Einaudi. Stile Libero Big

Dello stesso autore nel catalogo Einaudi

Il marchio dell'inquisitore

Marcello Simoni
Il monastero delle ombre perdute

Einaudi

www.einaudi.it

ISBN 978-88-06-22869-9

Il monastero delle ombre perdute

a Tosca e Luigi

Tra gli altri doni che aveva avuto dal Signore, egli ebbe quello di vedere spesso, nelle ore notturne e massimamente nel coro, i demoni che, in sembianze diverse, correvano qua e là.

CESARIO DI HEISTERBACH, *Dialogus miraculorum*.

Prologo

Roma, catacombe di Domitilla.
25 giugno 1625.

– Mia adorata... dove siete?

Anziché rispondere, madonna Leonora continuò a correre con le gonne sollevate, la lanterna tesa in avanti per squarciare il velo dell'oscurità. Il damerino che la inseguiva era goffo, petulante e di una bellezza volgare. Se la fanciulla aveva accettato d'appartarsi con lui, era stato soltanto per il gusto di sentirsi desiderata e per frustrare l'ennesimo corteggiatore. Sempre meglio che unirsi alle zie, intente ad agitar ventagli nella soprastante chiesa del Domine quo vadis.

– Sbrigatevi mio caro! – lo incitò con un tono di beffa che sfidava la tetraggine del luogo in cui si trovava.

Leonora non aveva paura del buio, né di turbare la quiete dei defunti. Era stata lei a decidere di scendere nelle catacombe, per sottrarsi alla noia di quel pomeriggio di inizio estate. Invece nulla, una vera delusione. Le nicchie che la circondavano erano ricettacoli di vecchiume e sporcizia, incapaci d'infonderle le emozioni degli antichi cristiani costretti a rifugiarsi nelle viscere di Roma. Ma ancor peggio, a suo avviso, erano le pitture grottesche che affioravano al barlume. Nulla di realmente spaventoso, a onor del vero, e nemmeno d'eccitante. Tanto valeva aggirarsi per rione

Trastevere, dove se proprio si voleva andare in cerca di brutture, lo si poteva fare all'aria aperta.

L'echeggiare di un tonfo la fece voltare di scatto, il lume sollevato sopra il capo.

– Ecco! – l'esclamazione del suo cavaliere rimbombò lontana, quasi ultraterrena. – Sono scivolato, siete contenta?

– Vi serva da lezione, – rise lei, alzando di un'ottava la sua voce di soprano per farsi udire. – Alla prossima occasione ci penserete due volte prima di cedere la lanterna a qualcun altro!

– Ma voi mi avevate promesso un bacio!

– E voi di farmi divertire!

Sentendolo che si avvicinava, Leonora imboccò una gradinata cosí ripida da indurla a usare prudenza. Bella figura, si disse, se fosse finita gambe all'aria e risalita in superficie con l'abito sudicio. Già immaginava i rimbrotti della madre e della fantesca.

I gradini la condussero a un passaggio angusto che lei superò a passetti svelti, ignorando i loculi a volta disposti lungo le pareti. D'un tratto il freddo si era fatto pungente, il silenzio una cappa di piombo.

Colta da un improvviso disagio, Leonora rivolse lo sguardo verso la direzione da cui era giunta e scrutò fin dove arrivava la luce. Il cunicolo che si era lasciata alle spalle era ben piú insondabile di quanto avesse immaginato, e per la prima volta le rese l'idea di trovarsi dentro una tomba.

– Mio caro? – chiamò, tirando la sua invisibile lenza. Quello sciocco non poteva essere molto lontano, eppure non rispondeva. – Se credete di spaventarmi… – fece per aggiungere, lasciando trapelare una nota di panico.

Uno strascicare sommesso attirò la sua attenzione. Il damerino doveva averla superata seguendo un percorso parallelo, strisciando di soppiatto. Non era poi cosí ingenuo…

– In fin dei conti, – sospirò la fanciulla, – quel bacio ve lo siete meritato.

Si affrettò quindi a raggiungerlo, interrogandosi sul perché lo spasimante perseverasse nel tacere. Era forse già stanco di corteggiarla? Impossibile, s'indignò Leonora. Lei era bella, anzi bellissima. Pur cercando in tutta Roma, quell'insulso farfallone non avrebbe mai trovato una dama piú graziosa di…

Si fermò di colpo, la bocca spalancata per la sorpresa.

A pochi passi da lei, nel cerchio di luce descritto dalla lanterna, c'era un uomo a terra. Supino, con gli occhi sbarrati, pareva morto. La fanciulla soffocò un grido e fece per indietreggiare, ma all'improvviso percepí un movimento nell'ombra.

Allora sollevò il lume e la vide.

Rannicchiata in un angolo, completamente nuda.

Una donna con la faccia di capra.

Parte prima

Corpus delicti

1.

Granducato di Toscana, diocesi di San Miniato.
27 giugno 1625.

Seguita da una nuvola di polvere, la carrozza spuntò oltre la gobba di una collina, attraversò sferragliando una distesa di terra brulla e rallentò con uno schiocco di redini davanti a una chiesa. I cavalli non avevano ancora terminato la loro corsa che la portiera della vettura si aprí, facendo scendere un frate avvolto in una cappa nera. Non alto ma d'incedere fiero, esibiva dei baffetti all'insú che gli avrebbero conferito l'aria dello spadaccino, se non fosse stato per la tonsura.

Il paesaggio lo avvilí fin dal primo sguardo. Sotto un tramonto solcato dalle rondini, il contado si estendeva al suo cospetto in un'eterna monotonia. Il frate rivolse un'occhiata al cocchiere, quasi per sincerarsi d'esser stato condotto nel posto giusto, infine scrutò la facciata della chiesa, l'oculo che la sovrastava, portandosi alla bocca una pipa col fornello in ceramica.

Fermo sul portale, un prete dai tratti rustici si tormentava il colletto della tonaca con le dita sporche d'inchiostro. Pareva indeciso se far gli onori di casa o eclissarsi.

– Cerco l'inquisitore Girolamo Svampa, – esordí il frate con urgenza.

Il prete osservò i suoi baffetti impertinenti, la pipa, poi le insegne pontificie che adornavano la carrozza. – Sprecate il vostro tempo, eccellenza, – squittí, indicando l'ombra oltre il portale come se vi si celasse una presenza ostile. – Lui non vi riceverà. Lui... non riceve mai nessuno.

– Con me farà un'eccezione, – minimizzò il frate, accompagnando le parole a uno sbuffo di fumo. E senza usargli alcun tipo di cortesia, avanzò verso l'interno della chiesa quasi volesse prenderne possesso. – Siate lesto, andate, – ordinò. – Riferitegli che è giunto padre Francesco Capiferro, il segretario della Congregazione dell'Indice. E che gli piaccia oppure no, dovrà fare armi e bagagli.

2.

– Non posso andarmene, – esclamò fra' Girolamo Svampa. La sua figura slanciata allungava falcate per il piccolo chiostro, le mani giunte dietro la schiena e il cappuccio da domenicano ben calato sul capo. La calura estiva era una tortura per lui, come pure l'afrore di stalla, la sabbia giallastra e gli insetti che infestavano ogni angolo di quella chiesetta rustica. Mai e poi mai, tuttavia, se ne sarebbe lagnato al cospetto di un confratello inviato dalla curia papale. Un confratello, per giunta, assai noto per il suo spirito mordace. – Sono qui per volere del cardinal vicario, – aggiunse con enfasi, – vi rendete conto?

Prima di rispondere, padre Capiferro osservò con scarso entusiasmo lo spazio in cui si trovavano, un quadrato riarso fra arcate di tufo. Rivolse un cenno d'intesa a un uomo d'arme stravaccato in un angolo, Cagnolo, bravo dell'inquisitore, e aprí le braccia come se stesse per parlare a un uditorio. – Mi rendo conto, – ripeté beffardo, – che il sole tosco deve avervi rincitrullito. Se fossi giunto non oggi ma tra un paio di settimane, vi avrei certo sorpreso a intrecciar canestri. O magari a tirar l'aratro come un mezzadro.

Lo Svampa ignorò la provocazione. – Sto seguendo un caso.

– Figurarsi! – non gli diede requie il segretario dell'Indice. – Lo sanno anche i muri che vi hanno appioppato quest'incombenza per tenervi lontano da Roma. Dietro il cardinal vicario si muovono personalità assai piú inquietanti. Personalità di cui, se permettete, gradirei tacere i nomi.

A quelle parole, l'inquisitore avvertí una fitta alla base del collo. Evitò di placarla com'era solito fare, ponendovi sopra una mano, e si avviò tra le colonne del chiostro, in fuga tra un gioco di chiaroscuri. – Fosse pur vero, la situazione non cambierebbe, – spiegò a Capiferro, che lo seguiva con la pipa protesa come il rostro di una nave. – Le accuse di stregoneria dilagano per i feudi di Toscana al pari di una pestilenza. Proprio l'altro giorno si è istruito un processo contro delle presunte fattucchiere e, benché sia tutto da dimostrare, le si vorrebbe già arse sul rogo.

– L'irruenza del volgo, – sospirò il confratello, impaziente d'arrivare al dunque.

Lo Svampa accennò un diniego. – È la nobiltà a soffiare sul fuoco, insieme agli Otto di Balia e al clero locale. Li guida un giudice d'intelletto assai grossolano, ma abbastanza scaltro da compiacere il granduca.

– E che siamo, in terra protestante? – declamò il segretario con ribrezzo. Quindi insinuò un risolino. – Davvero nessuno che condivida il vostro metodo del furetto?

L'inquisitore continuò a far strada senza accusare il colpo. Quand'era giunto in quella terra agreste, quasi selvaggia, aveva sperato con tutto sé stesso d'imbattersi in prove autentiche dell'esistenza del Maligno, il nemico invisibile a cui dava la caccia da anni senza mai coglierne nemmeno l'odore di zolfo. Del resto il suo metodo d'indagine, un'analisi oggettiva che ricordava l'intrufolarsi del furetto nella tana della preda, aveva ben poco da spartire con le superstizioni diffuse tra il popolino e le alte sfere del clero.

Fra' Girolamo superò il chiostro e imboccò un ingresso che conduceva all'aperta campagna, lungo uno stradello affiancato da uno steccato. – Me ne infischio di quei bifolchi, – sentenziò altero. – Finché sarò presente io, i loro tribunali dovranno rispettare alla lettera le procedure del Sant'Uffizio.

– Ho ben inteso? – lo punzecchiò Capiferro, affrettandosi a stargli al passo. – Vorreste dire che siete qui in veste di semplice supervisore?

Lo Svampa avanzò taciturno. A differenza della chiesa da cui era appena uscito, la vista degli agri lo rilassava. Era come se in quel luogo il fluire del tempo rallentasse, manifestandosi in eventi definiti dalle regole dell'essenzialità. Da quando vi si era insediato, non aveva piú abusato del laudano ed era persino riuscito a mitigare la rabbia che gli covava dentro fin dall'infanzia. – Il processo è stato affidato ad altri, – dovette ammettere con fastidio, – ma io sono indispensabile per...

S'interruppe di colpo, schermandosi il volto con un gesto inconsulto. Dei bambini comparsi dal nulla, a cavalcioni dello steccato, avevano iniziato a prenderlo a sassate. Capiferro corse verso di loro a braccia aperte, disperdendoli con un grido. Poi tornò al confratello. – Cosa significa? – domandò incredulo.

L'inquisitore si limitò a stringersi nelle spalle. Un taglio vermiglio gli solcava la fronte. – Curatevi degli affari vostri, – mormorò scontroso, – e ditemi piuttosto perché siete giunto fin qui a tormentarmi.

Il segretario rimase a fissare i piccoli avvoltoi in fuga tra i campi, finché non li vide scomparire dietro un filare di viti. Quando si rivolse nuovamente allo Svampa, il suo volto tradiva l'eccitazione di chi si prepara ad affrontare la piú avvincente delle sfide. – Un omicidio per stregamento, – rispose. – Il corpo è stato trovato due giorni fa, nelle catacombe di Domitilla. La vostra presenza è richiesta in Vaticano, dal pontefice in persona.

3.

Roma. Palazzo apostolico, corridore nord.
29 giugno.

Ritto davanti al parapetto della Torre dei venti, lo Svampa assisteva all'erompere dei bagliori che laceravano la notte. Oltre il borgo di San Pietro, Castel Sant'Angelo s'infiammava per celebrare la ricorrenza dei santi Pietro e Paolo con la *Girandola*, una fantasia di fuochi d'artificio lanciati dalla sommità del torrione centrale e dai bastioni laterali, con tanto di salve dei cannoni. Sotto quella pioggia sfolgorante, nugoli di barche, battelli e zattere adorne di ghirlande solcavano lo specchio del Tevere per unirsi ai festeggiamenti e salutare il papa.

L'inquisitore seguiva lo spettacolo con distacco, spossato dal viaggio in carrozza attraverso le terre tosche. Quell'essere sradicato da un luogo all'altro, cominciato in tenera età e mai cessato, iniziava a logorarlo nello spirito piú ancora che nelle membra. Ma il suo disagio nasceva dal basso, nelle vie oscure lungo le sponde del fiume, dove il popolo si accalcava per godere della vista dei fuochi. Lo Svampa ne percepiva le grida, l'ululato di mille corpi intenti a premersi l'uno contro l'altro, nel sudore e nella sporcizia. Poi pensò all'infinità di pellegrini giunti a Roma per l'anno giubilare e valutò che lo stuolo di gente sotto i suoi piedi doveva essere ben piú esteso di quanto immaginasse. E che entro breve avrebbe dovuto camminarci in mezzo.

– Fratello Girolamo, – si sentí chiamare. – Siete ammirato o fingete d'ignorarmi?

L'inquisitore si voltò, trovandosi di fronte a un uomo alto quanto lui ma con le spalle larghe quasi il doppio. Monsignor Niccolò Ridolfi, maestro del sacro palazzo, era a tutti gli effetti un monolite, sia nel carattere che nella stazza. Sintesi perfetta della mentalità gesuita e domenicana, rappresentava per lo Svampa la figura piú prossima al padre putativo.

– Meditavo, vostra eminenza.

– Mediterete poi, – l'ammoní il prelato, alludendo alla terrazza deserta. – Ho penato non poco per tener sgombero questo luogo in una simile occasione, e al solo scopo di parlare in privato con voi.

Lo Svampa sapeva bene che la Torre dei venti era il punto d'osservazione piú elevato del Vaticano. Se per la maggior parte dell'anno quel nido d'aquila accoglieva le meditazioni solitarie del maestro di palazzo, nella notte del 29 giugno avrebbe dovuto essere occupato da una corte di porporati rapiti dai fuochi di Sant'Angelo. Al pensiero d'aver fatto sloggiare quei parassiti, provò un fugace compiacimento. – Un simile sforzo, – commentò, – dev'essere commisurato alla vostra preoccupazione.

– Padre Capiferro vi ha spiegato il caso?

– Per sommi capi.

Monsignor Ridolfi non riuscí a trattenere un sorrisetto. – Secondo il suo resoconto, – lo canzonò, – sarebbe arrivato giusto in tempo per soccorrervi da bambini intenzionati a lapidarvi. Aspiravate al martirio?

– Conoscete la situazione in Toscana, – ribatté lo Svampa, tenendo per sé un'imprecazione rivolta al segretario.

– Il popolo è aizzato da canonici inetti e giudici ignoranti. Un inquisitore inviato dal Sant'Uffizio non può che suscitare malanimi.

– A tal riguardo, – il maestro tornò serio, – mi è giunta voce che il vostro Cagnolo è dovuto venire ai ferri corti con un paio di sgherri locali.

L'inquisitore fece un gesto vago. – Sono lontani i tempi in cui un abito da domenicano bastava a incutere timore, – e si rivolse alle folgori che attraversavano il cielo. – Ma non è mia intenzione tediarvi oltre, – aggiunse. – Se ho accettato d'incontrarvi, è soltanto per comunicarvi che rifiuto l'incarico.

Sul volto di Ridolfi affiorò un'espressione incredula. – Siete uscito di senno? – sbottò, sovrastando il boato dei cannoni. – Non siete nemmeno al corrente dei fatti!

Lo Svampa rimase impassibile. – Quel che mi ha rivelato padre Capiferro è piú che sufficiente. Si tratta di un banale rinvenimento di cadavere nelle catacombe di Domitilla. Non vedo come ciò possa giustificare l'aprirsi di un'indagine inquisitoriale.

– La testimonianza della persona che ha rinvenuto il corpo vi smentisce.

– Alludete alla fanciulla che avrebbe scorto una donna dalle sembianze di capra presso il cadavere? – soggiunse con scarsa convinzione. – Capiferro me ne ha parlato, sí, ma voi conoscete bene la mia posizione riguardo le testimonianze. A maggior ragione se provengono da una donzelletta spersa in una catacomba.

– Non si tratta di una ragazza qualsiasi, – obiettò Ridolfi. – Appartiene a una famiglia nobile, la schiatta calabrese dei Baroni, e se solo parlaste con lei...

Lo Svampa scosse il capo. – Rifiuterei pure se si trattasse di un parente stretto di sua santità. Sapete bene che le mie indagini si basano sui fatti, ovvero su eventi già accaduti, immutabili e supportati da elementi tangibili. E con il dovuto rispetto, vostra eminenza, la testimonianza di una fanciulla non rappresenta un *corpus delicti* su cui costruire congetture.

– Cosa sarebbe un *corpus delicti*? – intervenne una voce femminile alle loro spalle.

L'inquisitore si voltò di scatto ma non vide nulla. La Girandola aveva appena cessato d'illuminare il cielo, e le poche fiaccole fissate alle pareti non bastavano a fugare la tenebra in cui era sprofondata la terrazza. Poi una sagoma nera si avvicinò al parapetto, profilandosi lenta controluce. Per prima cosa emerse un'aureola di capelli ramati, poi un viso ovale incorniciato da un colletto di pizzo.

– Credevo fossimo soli, – s'irritò lo Svampa.

– La nobile zia della testimone, – spiegò Ridolfi, invitando la dama a mettersi al suo fianco. – Siete al cospetto di madonna Margherita Basile, pupilla di sua grazia il duca di Mantova, messer Ferdinando Gonzaga.

Per tutta risposta, l'inquisitore distolse lo sguardo e prese a fissare la notte. – Per *corpus delicti*, – spiegò con freddezza, – s'intende l'insieme di prove oggettive e tangibili che si collegano al crimine su cui s'indaga. Nel caso si alluda a un crimine di presunta natura stregonesca, ovvero un *maleficium*, le prove in questione dovranno confermarne l'entità soprannaturale.

– E il resoconto di mia nipote non sarebbe bastevole? – ribatté Margherita Basile con piglio di protesta. – È una fanciulla assai intelligente e perfettamente in grado di distinguere la verità dalla finzione.

– Nessuno lo è del tutto, – la contraddisse lo Svampa. – Il nostro modo di percepire la realtà che ci circonda è limitato, condizionato dai pregiudizi e dalle emozioni di cui ognuno di noi è giocoforza provvisto. A tal ragione, non posso tenere conto della testimonianza di vostra nipote.

– Per lo meno ascoltatela! – s'indispettí lei.

– A quale pro? – sbuffò con una punta di sarcasmo fra' Girolamo. – Pur se condividessi le sue fantasie, non le renderei certo piú reali. E se considerate...

Prima che l'inquisitore potesse terminare la frase, madonna Margherita si mosse verso di lui e lo schiaffeggiò.

Lo Svampa rimase a fissarla con la mano premuta sulla guancia, notando per la prima volta il taglio ferino dei suoi occhi e la posa altera delle spalle. Mai nessuno aveva osato muovergli un simile oltraggio. Nessuno, nemmeno quando si era trattato di scampare da minacce mortali o da congiure che gli erano quasi costate la scomunica. Per un attimo desiderò afferrarle un polso e costringerla in ginocchio, vederla vinta al suo cospetto. Poi si ritrasse con sdegno. – Vostra eminenza, – annunciò al maestro di palazzo, – reputo di non aver altro da aggiungere, – e senza piú curarsi di Margherita, abbozzò un cenno di congedo.

Ma Ridolfi lo bloccò, parandoglisi di fronte a braccia conserte. – Dove vorreste andare, frate Girolamo? La vostra posizione a San Miniato è stata già rimpiazzata, e al momento non avete uffici a cui far ritorno –. Attese che un'espressione di stupore balenasse sul volto dell'inquisitore, infine rimarcò: – Questo crimine va indagato a ogni costo, avete inteso? La vittima trovata da Leonora Baroni non è un uomo qualsiasi, bensí un cavaliere di Santo Stefano legato a un ramo cadetto dei Gonzaga. Il suo nome è messer Ferrante Cattaneo, paladino di grande valore, e intorno alla sua morte ci sono fin troppi interrogativi perché sua santità acconsenta ad affidare il caso ai birri. Visto quindi che voi siete l'indagatore piú acuto di cui io disponga, è a voi che spetta l'incombenza.

Lo Svampa trattenne un moto di stizza. Come al solito, pagava le conseguenze di non sapersi destreggiare in una partita in essere. La pratica del Sant'Uffizio, tuttavia, gli aveva insegnato a imporsi in ogni frangente, senza mostrare la minima esitazione. – Se accetterò, – chiarí, – lo farò soltanto a determinate condizioni.

– Ovvero? – non si scompose il maestro.

– Esigo che mi venga conferita la nomina straordinaria di commissarius, affinché nessuno m'intralci nell'adempimento delle mansioni che intendete affidarmi.

Ridolfi aggrottò la fronte. – Non sarà facile, considerati i precedenti abusi di potere di cui siete stato accusato. La corte vaticana pullula di vostri nemici, e voi, anziché tentare d'ingraziarveli, non fate altro che provocarli.

Indifferente a quell'avvertimento, l'inquisitore avanzò d'un passo e fissò il maestro di palazzo dritto negli occhi. – Inoltre, – proseguí, – pretendo di esaminare il cadavere di messer Ferrante.

– Su questo aspetto non scorgo alcun impedimento, – sorrise il prelato. – Vi attende nella ghiacciaia di Villa Giulia.

4.

Villa Giulia, ghiacciaia.
30 giugno, alba.

La salma di Ferrante Cattaneo giaceva su una lastra di marmo ricoperta di paglia, sul fondo di una cisterna sormontata da una cupola. Tutt'intorno, le pareti di pietra esalavano un freddo innaturale, al punto che lo Svampa, accedendovi con l'ausilio di una lanterna, si ritrovò a meditare sull'ultimo canto dell'*Inferno* e sull'abisso di ghiaccio in cui Lucifero era stato imprigionato. Il remoto borboglio di un acquedotto sotterraneo accentuò quella suggestione, facendo dimenticare all'inquisitore il varco principesco che aveva attraversato per giungere fin là sotto. Proprietà della Camera apostolica insieme ai giardini appartenuti a Giulio III, quella ghiacciaia rappresentava il luogo piú discreto in cui preservare un cadavere dall'afa dell'estate romana.

Seguito da padre Capiferro e da un chirurgo del Sant'Uffizio, tal Paolo Zacchia, lo Svampa avanzò senza indugio verso il corpo del cavaliere di Santo Stefano. Aveva ancora nella mente lo schiaffo di Margherita Basile, e il ricordo gli bruciava al punto da distrarlo sulle circostanze a dir poco discutibili per cui era stato richiamato dalla Toscana. Come suo solito monsignor Ridolfi era stato vago, lasciando trapelare un intrigo che andava oltre il delitto per *maleficium*. Un intrigo venato di politica, forse legato agli interessi della famiglia Gonzaga.

Ancora pochi passi e l'attenzione dello Svampa fu catturata dal cadavere.

Completamente nudo, eccetto un panno sulle pudenda, il fu messer Ferrante aveva i capelli neri pettinati all'indietro e le braccia stese sui fianchi. Le membra erano proporzionate, prive di eccessi di peluria e, grazie al rigore della ghiacciaia, ancora incorrotte dalla putrefazione. Nessun segno di violenza deturpava, a prima vista, il biancore delle carni.

Lo Svampa si soffermò sul collo e sul viso, avvicinando il lume per cogliere eventuali tracce di soffocamento. Irritato dalle nuvole di fumo che provenivano alle sue spalle, strappò di bocca la pipa a Capiferro e utilizzò il cannello per sollevare le mani del defunto. Controllò i palmi e le unghie senza trovare alcun segno particolare, poi scostò i lobi in cerca di eventuali ferite ai lati della nuca. Nulla.

– La schiena? – chiese, restituendo la pipa all'indispettito segretario.

– Niente, nemmeno lí, – rispose il chirurgo. – Ho controllato con dovizia, ve l'assicuro.

Lo Svampa scosse il capo. – Fatemi vedere lo stesso.

– Ma padre... – obiettò mastro Zacchia.

– Muovetevi, – insistette l'inquisitore in un moto d'impazienza.

Con un sospiro rassegnato, il chirurgo si avvicinò dunque al cadavere e, usando quanta piú delicatezza possibile, tentò di ribaltarlo senza farlo cadere dalla lastra di marmo. L'operazione richiese del tempo e un grande sforzo, dacché messer Ferrante non era certo stato un uomo di corporatura minuta.

– Come vi dicevo... – concluse mastro Zacchia, indicando la schiena del defunto con aria di ripicca. Escluse un paio di vecchie cicatrici, la pelle non recava alcuna ferita o livido recente.

Lo Svampa soffermò l'attenzione sulla zona del collo e delle spalle, spostandola infine verso le piante dei piedi.

– Se pensate di usare la mia pipa per ispezionargli anche le terga... – bofonchiò Capiferro, tirandosi indietro.

Perso com'era nelle sue riflessioni, l'inquisitore non lo udí nemmeno. Era ancora presto per parlare di una morte cagionata dal Maligno per malia di streghe o altre vie arcane. Benché all'apparenza vigoroso, messer Ferrante poteva sempre essere deceduto per ragioni naturali. Inoltre, nel caso si fosse trattato di un delitto, l'omicida poteva aver fatto uso di un veleno, senza per forza evocare le potenze infere.

– Esigo una perizia completa, – disse al chirurgo. – La cavità orale, le pupille, il naso, le orecchie, l'ano. Inoltre voglio che il corpo sia completamente rasato e controllato palmo a palmo.

– Cosa andate cercando? – protestò mastro Zacchia, che evidentemente riteneva d'aver già onorato i suoi doveri. – Non vi è ancora chiaro che...

– Cominciate subito, – lo sovrastò l'inquisitore, – e fatemi chiamare non appena avrete concluso.

Poi fece cenno a Capiferro di seguirlo fuori da quel sotterraneo. – Venite, – mormorò, – vi devo parlare.

5.

Poco dopo, i due frati domenicani stavano passeggiando per un parco dalle siepi ben potate, lungo una valle affacciata sul Tevere. Il sole non era ancora alto, ma abbastanza caldo da corroborare le loro membra reduci dalla visita alla ghiacciaia. Lo Svampa imboccò un sentiero in salita verso i marmi di Villa Giulia, sforzandosi di fugare un concatenarsi di pensieri legati al suo precedente incarico, in terra fiorentina. Del resto, le connessioni erano palesi. Ancora una volta gli si chiedeva di giustapporre degli elementi effimeri a dei fatti concreti. E ancora una volta, nonostante la sua ritrosia a dar la caccia alle chimere, veniva chiamato a varcare il limite tra il mondo tangibile e il regno di Lucifero.

– Perché voi? – proferí all'improvviso, dando sfogo alle sue perplessità.

– Cosa intendete? – sobbalzò Capiferro.

– Perché siete venuto proprio voi a prelevarmi dalla Toscana? – chiarí lo Svampa, con uno slancio quasi aggressivo. – Siete segretario dell'Indice, avrete una miriade d'incombenze a cui far fronte. Stento a credere che il maestro di palazzo difetti di emissari meno impegnati.

– Forse vi stupirà, – motteggiò il confratello, – ma non è affatto semplice trovare un cuor di leone disposto a sfidare la vostra indole sprezzante.

– Non divagate, – lo ammoní lo Svampa. – Cosa vi ha indotto a farvi avanti?

– La noia, – rispose Capiferro con un'alzata di spalle. Schivò un'occhiata scettica e proseguí con tono dimesso: – Da quando siete stato allontanato da Roma, sono tornato a non far altro che stendere elenchi di libelli potenzialmente eretici ma mortalmente monotoni. Son cosí stufo di leggere gli stessi sproloqui che quasi rimpiango Giordano Bruno e Baldesar Castiglione.

– Piú che stufo, vi direi disperato, – valutò l'inquisitore. – Cosí disperato da cacciarvi di vostra spontanea volontà in un caso senza capo né coda.

Il segretario mise il broncio. – Ficcanasare in storie di delitti mi affascina non poco, l'ammetto. E allora?

– Allora, – sentenziò lo Svampa, – non è ancora detto che la morte di Ferrante Cattaneo sia dovuta a un atto criminoso.

Erano ormai vicini all'ingresso di un ninfeo. L'inquisitore evitò d'inoltrarsi in quel labirinto di logge e cariatidi, dove gli eredi di papa Borromeo si aggiravano come animali da giardino, e si fermò a contemplare un rosaio. – Può sempre essersi trattato di un colpo apoplettico, di una febbre o di un'indisposizione improvvisa, – rimuginò, stringendo un bocciolo in un palmo. – In passato, per esempio, ho saputo di un soldato deceduto molti mesi dopo aver riportato una ferita da cui lo si credeva guarito.

– In altre parole, – concluse il segretario, – ritenete d'esser qui soltanto per capriccio del maestro di sacro palazzo?

– Non ho ancora idea del motivo per cui io sia qui, – lo contraddisse lo Svampa. – Cosa certa è che eventi sconosciuti hanno reclamato la mia presenza a Roma, e io intendo comprenderli.

Capiferro fece per portarsi la pipa alla bocca, poi la osservò schifato e la ripose dentro la manica della cappa. – Una trappola? – domandò con un sussurro.

Lo Svampa non tradí alcuna emozione. – Dovrete scoprirlo voi, – mormorò, riprendendo il cammino.

Per un attimo il segretario rimase immobile, a scrutarlo con un'espressione sbigottita. Poi vinse lo stupore e, sollevando i lembi della tonaca, allungò il passo per raggiungerlo. – Intendete reclutarmi per... – farfugliò, – per spiare monsignor Ridolfi?

– Non eravate annoiato?

– Sommamente. Ignoravo però che riponeste in me una simile fiducia.

– In effetti sono ancora indeciso se riporla o meno, – lo mise in guardia l'inquisitore, puntando verso una carrozza ferma sul limitare del parco. – Ma del resto, trovandomi costretto a pescare dal mazzo delle mie conoscenze, voi siete la persona che m'indispone meno di tutte le altre. Inoltre vantate un'intelligenza abbastanza acuta da non lasciarvi fuorviare da eventuali abbagli.

Pur vedendosi declassato a semplice pedina, il segretario annuí con fermezza. – A scanso di equivoci, – soggiunse con aria complice, – da dove dovrei iniziare?

– Dal legame tra la corte papale e la famiglia Gonzaga –. Cosí dicendo, lo Svampa ripensò a Margherita Basile, l'insolente pupilla del duca di Mantova. Il suo comparire sulla Torre dei venti non era certo stato un fatto casuale, ma era troppo presto per azzardare ipotesi. Tanto piú che il significato della parola «pupilla», in un mondo aristocratico-curiale pieno di doppi sensi, sfumava da favorita a *protégé*, passando quasi sempre per quello di amante.

– E voi, nel frattempo? – lo riportò alla realtà il confratello.

L'inquisitore lo squadrò come se gli avesse chiesto un'ovvietà. – Nell'attesa che il corpo di messer Ferrante venga esaminato, non intendo trascurare un ulteriore elemento che forse potrebbe fornirmi un valido *corpus delicti*, – e puntò un dito verso meridione, indicando i rioni oltre le mura aureliane. – Il luogo in cui è stato reperito il cadavere.

– In tal caso, state attento, – lo mise in guardia Capiferro.

– Attento a cosa?

– Be', vi state pur sempre accingendo a scendere nell'oltretomba.

6.

Catacombe.

Per lo Svampa non fu difficile trovare il luogo di reperimento del cadavere. Secondo le informazioni ottenute da Ridolfi e da Capiferro, Leonora Baroni si era imbattuta nella salma di messer Ferrante in un cubicolo contraddistinto dalla firma dell'antiquario Antonio Bosio. Non sapendo cosa aspettarsi, l'inquisitore aveva portato con sé il fido Cagnolo. Quei labirinti sotterranei erano famosi, nell'Urbe, per offrire riparo agli assassini e ai ladri dell'Appia, oltre che per la facilità con cui ci si poteva smarrire. Nel suo aver agito con leggerezza, la nipote di madonna Margherita poteva ben dirsi fortunata d'essersela cavata con un semplice spavento.

Lo Svampa avanzò fra cunicoli alti e strettissimi, autentiche calle ultraterrene, col bravo intento a reggergli il lume, finché non giunse in un ambiente ampio a sufficienza da contenere una decina di persone. Le pareti erano percorse da lunette istoriate con scene del Vecchio e del Nuovo testamento. Sotto una di esse, a mo' di scempio, campeggiava la scritta «Bosio» tracciata in nero.

Fatto cenno a Cagnolo d'attendere presso l'uscita, l'inquisitore s'impadroní della lanterna e rischiarò palmo a palmo l'intero pavimento, cercando d'immaginarsi il cavaliere di Santo Stefano sdraiato prono, privo di vita. Non era detto che l'uomo fosse davvero spirato in quel posto.

Forse era stato trasportato lí dopo la morte, per scopi misteriosi. A terra non compariva alcun segno di trascinamento, né altro genere di tracce che potessero essergli utili a comprendere cosa fosse avvenuto.

Lo Svampa illuminò dunque il soffitto, degnando di un'ultima scorsa le lunette decorate con gli antichi affreschi, e accennò a volersene andare.

– E se fosse stato davvero il diavolo?

Fra' Girolamo si voltò per osservare la smorfia di Cagnolo seminascosta dalla tesa del feltro. Raramente il bravo esprimeva un'opinione, e quando lo faceva era allo scopo di far calar la cresta a qualche smargiasso, oppure per esorcizzare una paura.

– Il diavolo? – ripeté lo Svampa.

– La donna con la faccia di capra, – specificò Cagnolo, stringendo una mano al cinturone, dov'era infilata la pistola.

– Dunque hai ascoltato.

– Be', – s'imbarazzò l'armigero, – il viaggio in carrozza è stato lungo e...

L'inquisitore lo tranquillizzò con un gesto della mano. – È piú probabile che si sia trattato di un'ombra di Platone.

Cagnolo si stropicciò i mustacchi. – Platone... il filosofo?

– Vieni avanti a me, mettiti di fronte alla parete, – sospirò lo Svampa con fare sbrigativo. – E ora apri le braccia. Ben alte, cosí.

Non appena il bravo ebbe eseguito l'ordine, l'inquisitore si spostò dietro di lui e sollevò la lanterna, in modo da proiettare la sua ombra contro un muro. Nel vibrare dei chiaroscuri, comparve all'istante la sagoma di un mostro dalle corna caprine.

– Ora hai capito? – l'ammoní lo Svampa, lasciando trapelare una punta di amarezza. – Questo è il diavolo scorto da Leonora Baroni. Il diavolo degli imbecilli. L'unico diavolo possibile.

7.

Capiferro scese dalla carrozza davanti alle mura vaticane e proseguí a piedi per la via Alessandrina, sotto il barbaglio del sole, tra sciami di religiosi e burocrati diretti verso le piú remote sedi del borgo di San Pietro. Superato il grande obelisco a guardia della piazza, si lasciò alle spalle la basilica e puntò verso il palazzo apostolico. La funzione dell'ora terza non era ancora iniziata, ragion per cui il segretario contava di trovare l'individuo con cui aveva bisogno di parlare in un luogo ben preciso. Un luogo non facilmente accessibile alla maggior parte delle persone intenta ad aggirarsi, come lui, nella cittadella del papa.

Raggiunto il cortile del Belvedere, seguí l'articolarsi delle logge di Raffaello fino al loro braccio settentrionale, tenendo d'occhio un boschetto di melangoli, melograni e altri alberi da frutto sotto le cui fronde biancheggiavano statue d'antica bellezza. Ma richiamo assai piú allettante era, per la sua mente avvezza a immagazzinare libri, la biblioteca collocata nelle vicinanze.

Procedendo spedito, accennò un saluto a un paio di guardie appostate fra i cespugli e varcò l'accesso di un giardino segreto.

Come previsto, monsignor Ridolfi stava passeggiando in mezzo al verde, occupato a discutere con due ambasciatori della Chiesa d'Oriente. Non appena vide il segretario dell'Indice, troncò la conversazione e congedò i suoi interlocutori.

Capiferro attese che il prelato restasse solo, quindi gli si avvicinò ossequioso e gli baciò l'anello. – Fra' Girolamo Svampa mi manda a spiarvi, – esordí con una strizzata d'occhio.

– Perché mai? – si rannuvolò il maestro di palazzo.

– È sua opinione che gli nascondiate qualcosa sul caso di Ferrante Cattaneo.

Ridolfi lo scrutò incredulo. – E avrebbe mandato voi?

– Non è un ingenuo, – puntualizzò il segretario. – Lo Svampa sa bene che vi sono leale, e immagino sia pure consapevole che in questo momento vi stia parlando vis-à-vis, con la franchezza degna d'un vassallo.

– Allora come vi spiegate questa messinscena?

– Suppongo sia un espediente per rivolgervi delle domande senza scomodarsi in prima persona. E forse anche per farsi beffe di noi. Per dirci a suo modo che ha subodorato la nostra tacita intesa.

Ridolfi emise un sospiro e fece strada lungo un vialetto dai basoli di cotto, tra file d'alberi e statue. – Suppongo voglia chiarimenti sul coinvolgimento dei Gonzaga.

Capiferro annuí.

– Come vi è noto, – proseguí il maestro, – non posso approfondire l'argomento. Almeno non fino a quando sua santità si sarà deciso riguardo il delicato affare di cui vi accennavo.

– Lo immaginavo, ma non posso certo usare questa scusa per placare l'inquietudine del vostro protetto.

– Dovrete sviare i suoi interessi.

Come se fosse un'impresa da poco, meditò Capiferro. – Giusto perché vostra eminenza ne sia informato, – seguitò con maggior tatto, – lo Svampa è anche ansioso di conoscere le ragioni per cui è stato richiamato a Roma. Non vi è certo ignoto il suo puntiglio riguardo i rapporti di causa ed effetto, soprattutto se si allude a eventi che lo riguardano in prima persona.

– Non gli ho già dato abbastanza su cui riflettere? – rimbrottò Ridolfi, quasi si rivolgesse direttamente all'inquisitore. – Che si concentri sul caso, piuttosto.

– Lo ritiene uno specchietto per le allodole, – spiegò Capiferro.

– Scoprirà presto che non lo è, – tagliò corto il prelato. – Inoltre non posso in alcun modo porlo di fronte alla verità. Dio ci salvi, se venisse a sapere da quali insidie l'ho messo al riparo richiamandolo dalla Toscana.

Colpito da quelle parole, il segretario si dimenticò per un attimo del contegno e afferrò il maestro per un braccio. – Cosa intendete?

Ridolfi si divincolò. – Badate, padre, – sussurrò con tono allarmato, – vi sto parlando in camera caritatis.

– Terrò il segreto, – promise Capiferro, tracciandosi una croce sulle labbra.

Prima di ribattere, il maestro raggiunse un pozzo circondato da viluppi di rampicanti, si guardò intorno con circospezione e, sempre a bassa voce, iniziò a raccontare: – Quando, mesi fa, allontanai fra' Girolamo dall'Urbe, fu per proteggerlo dai suoi nemici. Nemici che però l'hanno fatto seguire, diventando sempre piú audaci.

– Alludete a padre Gabriele da Saluzzo? – si adombrò Capiferro, rammentando l'odio nutrito dallo Svampa per quel vecchio inquisitore.

Il prelato annuí. – Con l'aiuto di alcuni amici di grande influenza, quel maledetto ha inviato due sicari in terra fiorentina per toglierlo di mezzo. Grazie a Dio il bravo Cagnolo ha avuto la meglio su di loro e fra' Girolamo ha inteso d'essere scampato a un agguato della nobiltà toscana. Ho saputo per tempo, inoltre, che Saluzzo stava preparando una nuova trappola. Ora capite? La morte di Ferrante Cattaneo è stata il pretesto ideale per riportare il nostro inquisitore all'ovile, prima che gli capitasse qualcosa d'irreparabile.

Di fronte a quella rivelazione, il segretario desiderò per un istante la quiete del suo studio e il sapore di un buon tabacco che sapesse fugare un improvviso senso d'angoscia. Lo stesso che trapelava dallo sguardo del maestro di palazzo. – Avete suggerimenti al riguardo? – riuscí soltanto a chiedere.

Ridolfi posò le enormi mani ai bordi del pozzo, quasi una posizione di preghiera. – Tenete gli occhi aperti, – mormorò pensieroso. – E in nome di Dio, stategli vicino.

8.

Rione Campo Marzio, via della Scrofa.

– Ho paura, – sussurrò madonna Leonora.

– Cosa ci posso fare? – sbuffò il damerino al suo cospetto.

Si erano appartati lungo la strada, a un angolo di palazzo Gonzaga, sotto l'edicola di una Madonna con Bambino. Il giovane, inguantato in un abito tutto pizzi e trine, stava appoggiato a una vasca di granito e sfiorava con le dita gli zampilli di una fontanella.

– Cosa potreste fare? – ripeté la giovane dama, irritata. – C'eravate anche voi, nelle catacombe. Tanto per cominciare, potreste confermare quel che ho visto.

– Io non ho visto un bel nulla, – la deluse lui. – Ero lontano, rammentate?

– Mi dareste della bugiarda?

– Non oserei mai, però...

– Però fate come gli altri. Si limitano ad assecondarmi, punto e basta.

– Ma se han persino mobilitato il Sant'Uffizio!

– E allora perché non la catturano?

– Chi? – la canzonò il damerino. Uno schizzo d'acqua gli bagnò il vestito, facendolo allontanare dalla vasca.

– La donna con la faccia di capra, – rispose Leonora con una punta di esasperazione. – Mi state ad ascoltare oppure no? Ho paura, vi dico. Mi sembra di vederla in ogni dove.

– Anche adesso? – s'informò lui, spiando oltre la mole del palazzo. Nella vicinissima piazza del Collegio clementino, gremita di gente d'ogni tipo, si muoveva una processione di padri somaschi.

– No, ora no... – sospirò lei, portandosi una mano al petto. – Però so che mi spia, lo sento! E finché permarrò in questo stato di terrore, non riuscirò piú a dormire, a mangiare, e nemmeno a esercitarmi nel canto.

Il giovanotto prese a fissare i chierici neri, intenti ad avanzare sotto il sole con i loro buffi berretti quadrati. – Abbiate fiducia, – cercò di rabbonirla, annoiato. – E pregate, pregate la santa Vergine.

– Pregare un corno! – esclamò la fanciulla, strattonandogli una manica. – Devo nascondermi, o lei me la farà pagare. Sapete di cosa son capaci, quelle streghe? Non avete mai sentito parlare degli effetti delle loro malie?

– Ora esagerate, dovete star calma, – disse lui, ponendole una mano su una spalla. E, approfittando del momento, si avvicinò per baciarla.

– Calma non riesco a stare, – si ritrasse Leonora, e indicò con un cenno l'edificio che aveva alle spalle. – Soprattutto in questa casa, con i suoi corridoi bui e le sue statue orrende che di notte sembrano prendere vita.

Lui la fissò basito. – Ma se è uno dei palazzi piú belli di Roma.

– A me non piace, – insistette lei.

– E quindi?

– Quindi, mio caro... mi dovete aiutare.

9.

Convento di Santa Maria sopra Minerva.

Lo Svampa non visitava la sede romana dell'ordine di san Domenico dall'inverno, e ancor prima di varcarne il chiostro rammentò il perché non ne avesse sentito la mancanza. Ogni ambulacro, loggia e cappella di Santa Maria sopra Minerva traboccava di confratelli intenti a chiacchierare, a ridere e ad aggirarsi senza meta, al pari di tanti uccelli da giardino. Per l'inquisitore, un simile spettacolo non equivaleva soltanto a veder calpestata la buona norma della *taciturnitas*. Era un'autentica violazione dei suoi spazi mentali, un'insidia molesta, oltre che fonte d'imbarazzo. Temendo quindi di essere riconosciuto e costretto a conversare con qualche pettegolo, affondò la testa tra le spalle e procedette con maggior solerzia verso gli spazi interni del convento.

Anziché recarsi all'alloggio che gli era stato assegnato, però, raggiunse l'ambiente degli archivi e chiese al padre guardiano di potervi accedere.

– Serve licenza del priore, del maestro di palazzo o del segretario dell'Indice, – gli rispose il confratello, squadrandolo da dietro un scrittoio coperto di scartoffie.

Lo Svampa diede una scorsa all'aula oltre il frate, tradendo l'ansia di rovistare tra gli armadi e gli scaffali disposti lungo le pareti. – Non ce n'è bisogno, – ribatté secco.

– Vi domando il permesso di entrare in qualità di inquisitore commissarius.

– Non mi è pervenuta alcuna segnalazione al riguardo, – gli fece presente il frate, con la mansuetudine fittizia di chi vuol prendere per i fondelli. – Avreste la cortesia di esibire il vostro mandato?

– Ancora non ne dispongo, – dovette ammettere, – ma è solo questione di tempo.

– In tal caso, mi vedo costretto a declinare la vostra richiesta.

– Non vi basta la mia parola? – s'indispettí l'inquisitore.

– Be', sapete... – si giustificò il frate. – Le regole...

Lo Svampa batté i palmi sullo scrittoio e, trattenendo l'impulso di scompigliare le pile di documenti che aveva davanti, ripiegò verso l'uscita con aria indignata.

Non si stupí troppo d'imbattersi in Capiferro, appostato a mo' di sentinella sotto l'arco d'ingresso.

– Ebbene, padre, – ammiccò il segretario, – cos'è questa smania d'andare a caccia di scartoffie?

– È una questione personale, – si decise a rispondere lo Svampa, infrangendo un ostinato silenzio che li aveva accompagnati fino agli alloggi piú elevati del convento. Forte di una sobria eleganza, concepita per ospitare i viaggiatori di riguardo, quell'ala della Minerva s'innalzava a baluardo di segretezza nella città piú spiata d'Occidente.

Capiferro continuò a far strada sotto un loggiato, contando una fila di porte sprangate. Per l'occasione esibiva una nuova pipa dal fornello in ceramica, a forma di maschera dal pittoresco nasone. – Se me ne parlaste, – propose con cautela, – sarei lieto d'aiutarvi –. Quindi si fermò davanti a un battente in legno borchiato e glielo mostrò a mo' d'invito.

– Preferisco attendere la patente di commissarius, – disse l'inquisitore, estraendo una chiave da una tasca della cappa.

– E se non arrivasse?

– Arriverà, – e fece scattare il catenaccio.

Il segretario assorbí il colpo con un sorriso sardonico. – Orbene, – divagò, – com'è andata la sortita alle catacombe?

– Parlatemi del vostro incarico, piuttosto, – ribatté lo Svampa, mentre osservava l'ambiente privato destinato ad accoglierlo nella sua permanenza a Roma. Dopo aver trascorso la notte precedente nella fin troppo sfarzosa foresteria del Palazzo apostolico, era lieto di trovarsi davanti a un semplice giaciglio cui facevano compagnia un baule e uno scrittoio sistemato sotto una finestrella. – Avete scoperto qualcosa?

– Abbiate pazienza, per carità, – protestò bonariamente il confratello. – Non mi avete certo affidato un compito facile.

– Dunque, nulla? – volle sincerarsi.

– Al momento, solo qualche informazione sulla vittima.

– *Presunta* vittima.

– Via, non fate il pignolo, – l'ammoní Capiferro. – Come già saprete, Ferrante Cattaneo apparteneva all'ordine cavalleresco di Santo Stefano, una confraternita militare e religiosa istituita da Pio IV per combattere i turchi ottomani nei mari d'Oriente. Parliamo di un uomo di coraggio, e anche molto devoto.

– Conosco l'ordine di Santo Stefano, – tagliò corto lo Svampa. – I suoi membri hanno sedi strategiche sull'isola d'Elba e a Pisa. Per la maggior parte, vengono reclutati dalla nobiltà del granducato di Toscana.

– Ciò che ignorate, tuttavia, è che messer Ferrante fosse reduce da una recente campagna militare condotta a Negroponte, a oriente della Morea. Era fra i pochi superstiti di uno scontro navale che ha visto colare a picco ben quattro legni cristiani.

L'inquisitore annuí. Era sempre stato avvinto dalle storie di mare, al punto che da bambino, quando viveva a Venezia, aveva sognato di arruolarsi nella fanteria da mar per far vela verso Paesi lontani, dai nomi esotici e misteriosi. Poi, con l'età adulta, il richiamo dell'avventura era rimasto impigliato tra mille dispiaceri, gli spigoli della sua razionalità e una posizione religiosa votata a dar la caccia ad altro tipo d'illusioni. Entrò nell'alloggio che gli era stato assegnato, raggiunse un catino per le abluzioni e, dopo averlo riempito con una caraffa, si sciacquò le mani e il viso. Suo malgrado, gli si profilò nella mente l'immagine di messer Ferrante nella mischia di un arrembaggio. Seguí una raffica di archibugi, una bordata di falconetti e il grido di un'orda di turchi dalle teste inturbantate. Lo sgocciolare dell'acqua nel catino lo riportò alla realtà, lasciandolo di fronte a un interrogativo. – Cosa avrebbe portato un uomo del genere a Roma?

– Dunque v'interessa! – esultò il segretario.

– Lungi da me il volerlo ammettere, – s'irrigidí lo Svampa. – Ma dal momento che v'intignate a non parlare d'altro...

– Sono comunque costretto a deludervi, – seguitò Capiferro. – Non ho reperito alcuna notizia sulle motivazioni che avrebbero spinto il nostro cavaliere a visitare l'Urbe.

– Non si sa neppure dove abbia trovato asilo prima di morire?

– Be', per ottenere questa informazione basterà chiedere a sua eminenza il governatore di Roma. Sono stati i suoi birri a recuperare il cadavere dalle catacombe e a scoprirne l'identità, prima che il caso passasse a monsignor Ridolfi.

L'inquisitore lo fissò incredulo. – Per quale ragione uno spirito orgoglioso come il governatore avrebbe ceduto un'indagine del genere al Sant'Uffizio?

– Per timore del *maleficium*, è ovvio, – rispose Capiferro, osservando il confratello che si stava già preparando a uscire dalla stanza. – E ora dove avreste intenzione di andare?

– Dato che siamo in tema di ovvietà, – rispose a tono lo Svampa, – alla ghiacciaia di Villa Giulia. Credo d'aver lasciato a mastro Zacchia fin troppo tempo per esaminare il cadavere.

– Sta bene. Lasciatemi il tempo di sbrigare un paio d'incombenze e verrò con voi.

– Non se ne parla, – esclamò categorico. – Voi vi recherete dal governatore per informarvi sull'ultima dimora occupata in vita da messer Ferrante.

– Mi avete preso per il vostro galoppino? – ribatté Capiferro, sbarrandogli il passo. – Perché non ci andate voi?

Lo Svampa gli pose una mano sulla spalla e lo scostò senza alcun riguardo. – Perché il governatore mi detesta a tal punto che, al nostro ultimo incontro, per poco non mi rinchiuse in gattabuia, – e si avviò verso i piani bassi. – Inoltre, come sapete, – aggiunse in segno di commiato, – non dispongo ancora del titolo di commissarius, quindi la mia autorità verrebbe messa in discussione.

10.

Cagnolo aspettava il suo padrone davanti al convento della Minerva, seduto sotto uno dei tanti alberi che adombravano lo spiazzo antistante il complesso. Nonostante il caldo, non aveva rinunciato a indossare la casacca in pelle di bufalo e un corto mantello che ricadeva sul fianco sinistro, nascondendo la spada e, in parte, la pistola. A dispetto delle grida che vietavano d'andare in giro armati, non eran tempi, quelli, per obbedire alle regole. Soprattutto se si era al servizio di un frate del Sant'Uffizio.

Il bravo d'altro canto non disdegnava il proprio mestiere. Sempre meglio che lanciarsi alla carica su un campo di battaglia, seguendo gli ordini di qualche scimunito alla ricerca della gloria. Inoltre, lo legava allo Svampa un rapporto particolare. Non si trattava solo degli anni trascorsi al suo fianco, ma anche del fatto che l'inquisitore avesse deciso di proteggere Matilda, la sua unica figlia. La ragazza era bella, cresciuta senza madre e segnata da una storia amorosa che l'aveva sconvolta, costringendo Cagnolo a rinchiuderla in monastero perché non commettesse un atto sconsiderato. L'intervento dello Svampa era stato fondamentale, in quel frangente.

Nessuno scrupolo, perciò, se di tanto in tanto si rendeva necessario infilzare qualche piantagrane o menar ceffoni in una bettola. Cagnolo ci sguazzava, in certe situazioni, tanto piú che, nonostante l'enormità di alcune sue spacconate, agendo in nome della Chiesa l'aveva sempre passata liscia.

Fino ad allora, per lo meno. Il suo occhio notò d'un tratto qualcosa di sospetto nel movimento di bestie e carri che scorrevano a fianco del Pantheon, a pochi passi dalla Minerva. Una carrozza nera, appena fermata ai margini della piazza prospiciente il convento. Forse non era nulla, si disse il bravo, ma avrebbe giurato d'aver visto quel mezzo passare almeno tre volte prima d'arrestarsi lí davanti. Inoltre era strano che una vettura del genere non fosse contrassegnata da stemmi o insegne d'alcun tipo.

Restando buono buono accanto al suo albero, Cagnolo studiò prima il cocchiere, che teneva la faccia celata sotto un capperone, poi i finestrini, sigillati da bandinelle scure che non permettevano di scorgere i passeggeri.

Non si sarebbe meravigliato se da una di quelle tendine fosse spuntata la canna di un moschetto, ma al momento poteva star tranquillo. Lui non era certo un bersaglio per cui prendersi tanto disturbo. Se davvero in quello scatolone c'erano dei confetti di piombo, il dono era per qualche venerabile cappone alloggiato presso i frati domenicani.

Abbassò quindi la falda del cappello, fingendo di sonnecchiare.

La carrozza non accennava a muoversi.

All'improvviso risuonarono i passi di tre frati diretti verso la strada. Cagnolo li seguí con lo sguardo, pronto a ogni evenienza, ma dalla vettura non ci fu alcuna reazione.

Forse s'ingannava, meditò a un certo punto. Forse dietro quegli sportelli di vernice nera si nascondeva una spia, l'amante di qualche prelato o un nobile indeciso se entrare in convento per confessare un terribile peccato.

– Andiamo, – ordinò una voce, strappandolo da quel fantasticare.

Il bravo alzò la falda del feltro e riconobbe lo Svampa.

Prima ancora che il presagio prendesse forma nella sua mente, rivolse un'occhiata alla carrozza in sosta e vide una tendina scostarsi. – Dietro di me! – gridò, scattando in piedi con la pistola già in pugno.

Ma ciò che seguí fu soltanto lo schiocco di frusta del cocchiere. Dopodiché la vettura ripartí, allontanandosi per le vie di Roma.

11.

Villa Giulia, ghiacciaia.

Lo Svampa stava davanti al corpo di messer Ferrante, un relitto restituito dal mar Egeo per finire nella risacca delle catacombe di Roma. Con il capo, il pube e ogni lembo di pelle accuratamente rasati, sembrava una carcassa pronta al macello.

Il chirurgo Paolo Zacchia si trovava dall'altro capo del catafalco, quasi ieratico nel suo abito nero abbottonato fino al collo. – Ho identificato la causa della morte, – e gli porse una lente d'ingrandimento.

– Non scorgo nulla, – protestò l'inquisitore, scrutando l'epidermide intatta del cadavere.

– All'inizio mi era sfuggita per via della posizione, – continuò mastro Zacchia, scostando il braccio sinistro di messer Ferrante in modo da tenerlo perpendicolare rispetto al tronco. – È nell'ascella.

Lo Svampa si chinò per osservare ma, con un'espressione inorridita, arretrò di colpo coprendosi il naso e la bocca. – Peste?

– In principio l'avevo supposto anch'io, ma non lo è –. Servendosi di una bugia, il chirurgo illuminò il piccolo bubbone violaceo che affiorava sotto il braccio del defunto. – Non correte alcun pericolo di contagio, ve lo garantisco.

Dopo un istante d'esitazione, l'inquisitore si avvicinò di nuovo con la lente in pugno e colse, in effetti, una particolarità che di primo acchito gli era sfuggita: due forellini rossastri al centro dell'escrescenza. – Il morso di un serpente? – ipotizzò.

– Dubito esistano animali in grado di lasciare segni del genere, – rispose mastro Zacchia. – Come potete vedere, i fori sono stati praticati di netto, senza provocare la minima slabbratura.

Lo Svampa tenne la lente puntata su quegli insoliti fori, sforzandosi d'immaginare come Ferrante Cattaneo se li fosse procurati. Il suo intelletto gli suggeriva ipotesi fin troppo assurde per non tener conto dell'opinione di una persona del mestiere. – A vostro giudizio, – domandò, – da quale sorta di ordigno, o d'arma, sarebbero stati cagionati?

Il chirurgo posò la bugia su un angolo del catafalco, il volto trasfigurato dallo sconcerto. – Credo di esser giunto all'unica spiegazione plausibile.

– Ovvero?

– Uno spillo.

– Assurdo, – obiettò lo Svampa. – Come avrebbe potuto causare, un simile oggetto, quell'escrescenza?

Mastro Zacchia annuí, lasciando intendere di essere tormentato dai medesimi quesiti. – Pur ammesso che lo spillo di cui stiamo parlando fosse ricoperto di sostanze infette, o di veleno, non avrebbe mai potuto provocare un rigonfiamento del genere. Se poi si giungesse a supporre, com'è lecito, che l'utensile in questione abbia causato la morte di messer Ferrante, ci si affaccia su un enigma a dir poco insondabile.

– Spiegatevi meglio, – lo spronò l'inquisitore.

– Non escludo, – chiarí Zacchia, – che uno spillo possa rivelarsi fatale, se conficcato a fondo nella carne. Alludo a un'emorragia o alla perforazione di organi vitali, m'intendete? Ma nel caso di messer Ferruccio, non è avvenuta né l'una, né l'altra cosa. I piccoli fori che state osservando sono appena superficiali, e di certo non possono aver causato dei danni interni.

Lo Svampa scrutò l'espressione vacua della salma, quasi si preparasse a rivolgerle delle domande, infine tornò al bubbone. La parola «marchio» gli rimbombava nella mente, ma lui faceva di tutto per ignorarla. Ammetterla, valutarne il significato occulto, sarebbe equivalso a bendarsi gli occhi e a ragionare alla stregua di un qualsiasi zappaterra ignorante. – Per mia buona norma non mi lascio influenzare dalle opinioni personali, – soggiunse, – ma in tali circostanze, dottore, la vostra esperienza vale quanto la lente d'ingrandimento che mi avete prestato. Ebbene, a quali conclusioni siete giunto?

– Conclusioni? – ridacchiò il chirurgo. – In vita mia ho maturato un'esperienza pressoché sconfinata in materia di piaghe, ferite e strumenti d'offesa, ma vi assicuro di non aver mai visto nulla del genere. Perciò, reverendo padre, con il dovuto rispetto e il giusto timor di Dio… non mi resta che addurre un'unica spiegazione.

12.

– Un *punctum diabolicum*? – esclamò Capiferro in uno slancio d'entusiasmo.

– Non è ancora detto, – sussurrò lo Svampa, intimandolo ad abbassare la voce.

Sedevano l'uno di fronte all'altro, all'estremità di uno dei due lunghi tavoli che occupavano il refettorio della Minerva. Davanti a loro, sotto un soffitto dalle arcate a botte, l'intera comunità conventuale stava consumando il pranzo.

Il segretario si guardò intorno con un'alzata di sopracciglia, a intendere di non aver allertato nessuno, quindi, sollevato l'indice come se stesse consultando la pagina di un libro, recitò: – «Egli li segna, uno per uno, con una verga oppure con un artiglio, chi sul braccio, chi sul dorso, e alcuni in modo del tutto diverso, sulla lingua, sul sedere, sui genitali...»

– Si può sapere cosa state leggendo? – l'interruppe l'inquisitore. Abituatosi ormai da tempo a quel genere di prodezze, aveva finito con l'arrendersi all'evidenza che la strabiliante biblioteca mentale di Capiferro esistesse davvero.

Con una punta di vanteria, il confratello fece il gesto di chiudere un invisibile volume e di allontanarlo nell'aria. – È lo stralcio di un processo tenutosi a Berna il secolo scorso, – rispose. – L'ho trovato sulla cronaca germanica di un tal Johannes Jacobus Wick, capite?

– Capisco che l'argomento vi ha sedotto, – replicò lo

Svampa, – ma a scanso di equivoci ve lo ripeto comunque: è prematuro parlare di un marchio diabolico.

– D'altro canto, se leggeste il *Discours exécrable des sorciers* di Enricus Bouget...

– Insomma! – l'ammoní. – Oggi non sapete far altro che citare degli scrittori protestanti?

Per tutta risposta, Capiferro pescò una pagnotta da un canestro e la spezzò. – Se può consolarvi, i loro libri non sono stati messi all'indice. Non ancora, per lo meno. E d'altro canto, – continuò, – è assurdo nascondersi dietro dei cavilli. Anche i santi Ireneo e Tertulliano ammettono l'esistenza del marchio. È il battesimo al contrario, la stimmate blasfema che infetta gli adoratori del caprone, i cosiddetti maghi e le fattucchiere che si cibano della carne dei bambini, – e, cosí dicendo, intinse un pezzo di pane in una ciotola di zuppa per fare la scarpetta.

L'inquisitore non riuscí a trattenere una smorfia di disgusto. Non era il tema dell'argomento a indisporlo, bensí il fatto di trovarsi fra decine di persone impegnate a masticare, a sorbire minestre e a soffocare rumori di stomaco. Per quanto si sforzasse, c'erano aspetti della vita umana in cui non riusciva a cogliere la minima scintilla di grazia divina. – Siete al corrente quanto me, – ribatté, – che simili dicerie sul *punctum diabolicum* si basano per buona parte su delle superstizioni.

– Eppure, – gli fece notare il segretario, – siete stato voi a pretendere la perizia di mastro Zacchia. Voi a far rapare il cadavere di messer Ferrante. Non significa forse che eravate alla ricerca di qualcosa del genere?

– A onor del vero, speravo di non trovare nulla, – sbuffò. – E invece...

– Invece vi è sorto un dubbio, – lo punzecchiò Capiferro.

Nell'attesa che l'interlocutore mandasse giú un boccone, lo Svampa appallottolò nervosamente una briciola di mollica. – Io non mi lascio fuorviare dai dubbi, – gli rammentò.

– Alludo alla *dubitatio licita*, – rettificò il confratello. – Ovvero al dubbio suscitato da un logico e plausibilissimo ragionamento basato sulla contiguità di certi elementi. E benché non l'abbiate ancora espresso in termini espliciti, immagino siate consapevole d'aver trovato un valido *corpus delicti* su cui basare la vostra indagine.

– In effetti è cosí, – dovette ammettere l'inquisitore, – siete contento?

– Come una pasqua.

– Ma prima di tirare le somme vorrei avanzare d'un passo.

– Quale passo?

– Non dovevate recare visita al governatore?

A quelle parole, il segretario tradí un fugace imbarazzo e trasse un sospiro. – Sua eminenza il cardinal Berlinghiero Gessi vi porge i suoi saluti, – rivelò, – insieme al suo categorico rifiuto a collaborare.

– Perché mai? – s'inviperí lo Svampa.

– Mi manda a riferirvi che se volete informazioni su Ferrante Cattaneo, o sui resti di qualsiasi altro individuo deceduto sul suolo o nel sottosuolo di Roma, dovrete recarvi da lui di persona e presentare una formale richiesta.

L'inquisitore si alzò in piedi con un moto di stizza. L'ora del desinare era conclusa, i frati della Minerva si stavano scostando dai tavoli con l'insofferenza di chi deve far ritorno ai propri uffici. – Sta bene, – disse, risoluto a non darla vinta a quell'impudente del governatore. – Significa che procederemo in altro modo.

– Ovvero? – domandò il confratello, pulendosi i baffetti con un tovagliolo.

Facendo caso a quel gesto, lo Svampa si rese conto di non aver ancora toccato cibo. Sinceratosi quindi di non avere piú seccatori intenti a masticare nei dintorni, prese la ciotola di zuppa che gli era stata servita a inizio pasto, ma prima di portarla alle labbra si accorse che sotto di essa era stata nascosta una striscia di carta. La raccolse in fretta, senza farsi notare dal segretario, e la strinse nel pugno di una mano. – Ritengo d'aver abbastanza elementi, – rispose poi, – per interrogare la testimone.

Capiferro lo fissò con meraviglia. – Alludete alla fanciulla scesa nelle catacombe?

L'inquisitore annuí. – Vi attendo tra un'ora, nella piazza davanti alla Minerva, – e prese congedo con un cenno sbrigativo.

Appena fu solo, aprí il pugno e controllò la striscia di carta. Conteneva un messaggio anonimo, scritto in latino.

Haeresis est maxima opera maleficarum non credere.

Una delle frasi piú celebri del *Malleus Maleficarum*.

«La piú grande eresia è non credere nell'opera delle streghe».

In altre parole, qualcuno lo stava accusando.

13.

La carrozza nera sbucò da sotto un arco affacciato su piazza Navona e proseguí spedita verso la fontana dei Calderai, incurante dei passanti che si scansavano in fretta per non restare travolti. Le bandinelle, non piú abbassate, oscillavano al vento come ali di corvo, lasciando scorgere un volto prelatizio rivolto al finestrino, intento a spiare il viavai della gente, i banchi degli ambulanti e file di balconi adorni di fiori.

La vettura avanzò un ultimo tratto, poi i cavalli frenarono davanti a un palazzo assai antico, con la facciata in peperino. Aperto lo sportello, il passeggero scese con cautela, accompagnandosi con un bastone dal pomo in argento. Era un uomo avanti negli anni, dall'aspetto ancora energico. Una fascia purpurea larga una spanna, segno del grado di cardinale, gli stringeva la tonaca all'altezza dell'addome.

Posati i piedi a terra, il prelato camminò verso l'ingresso dell'edificio senza attendere l'individuo che gli andava al seguito. Era, costui, un uomo d'arme vestito per intero di scuro, con un cappello ornato di piume, alla spagnola, che adombrava un terribile sfregio sulla faccia. Tenendo la mano sinistra appoggiata al fornimento della spada, scese in strada guardandosi intorno.

Il cardinale si fece baciare l'anello da un valletto giunto ad accoglierlo, infine ordinò al bravo d'aspettarlo lí dov'era ed entrò.

L'interno del palazzo, oltre che vetusto, era alquanto austero. Pareti prive d'intonaco, in blocchi di pietra che serbava il freddo dell'inverno, accompagnarono il nuovo arrivato fino a un ambiente rischiarato da poche candele, fra le quali sedeva un vecchio avvolto in una cappa da frate domenicano.

– Eminenza, – si alzò immediatamente quest'ultimo. – Quale onore.

– Reco messaggi, – si limitò a dire il prelato, ponendoglisi di fronte. – Messaggi nefasti.

Tra i lembi del cappuccio da domenicano spuntò la protuberanza di un naso adunco. – Di quale sorta?

– Fra' Girolamo Svampa, – rispose l'altro, sprezzante, – è tornato a Roma.

– Lo Svampa? – sibilò il vecchio. – Quell'infame! – E in un crescendo di rabbia colpí un vaso di terracotta in bella mostra su uno scaffale, mandandolo in frantumi.

Insofferente a quel genere di reazioni, il cardinale gli afferrò un polso e lo mandò a sedere con una spinta. – Calmatevi! – l'ammoní, torreggiando su di lui con aria di minaccia. – Frenate gli istinti, in nome di Dio, e pensate a prendere dei provvedimenti. Giacché, se non correremo subito ai ripari, quell'infame verrà insignito nuovamente dell'autorità di commissarius.

– Ne siete certo? – rantolò il vecchio, sbarrando gli occhi.

– Le voci si diffondono in fretta, nel borgo di San Pietro, – spiegò l'altro con fare misterioso. – E anche se la nomina non è ancora confermata, già immagino le conseguenze che potrebbero abbattersi su di voi. Anzi… su noi tutti.

14.

Rione Campo Marzio.

Palazzo Gonzaga s'incuneava tra via della Scrofa e la piazza dei padri clementini. Giunti davanti al portale, coronato da un elegante balconcino, lo Svampa e Capiferro si fermarono a osservarne la mole, quasi per saggiare la potenza della famiglia che vi dimorava da mezzo secolo. Accolti da un servitore, furono fatti entrare e scortati oltre il vestibolo con un eccesso di deferenza.

Mentre saliva una scala diretta al piano nobile, l'inquisitore cercò per l'ennesima volta di trovare un senso logico negli eventi che lo vedevano coinvolto. La vaghezza di monsignor Ridolfi, insieme alla bizzarria del delitto su cui si trovava a indagare, gli impediva, per il momento, di trarre delle conclusioni oggettive. Se poi considerava che da lí a poco si sarebbe forse imbattuto in quell'arrogante di madonna Margherita, sentiva crescere dentro di sé il desiderio di andarsene e di lasciare al segretario l'incombenza di quella visita.

Del resto, c'era da riporre ben poche speranze nella testimonianza di una ragazza. Se lo Svampa aveva deciso d'incontrarla, era stato soltanto per attenersi a una prassi il piú ordinaria possibile, almeno finché il maestro di palazzo non fosse riuscito a procurargli la patente di commissarius. Soltanto allora avrebbe rotto gli indugi, affidandosi a null'altro che al suo ragionamento. In primis, chiedendo al governatore dove avesse dimorato messer Ferrante il giorno precedente alla morte. E poi, scavando a fondo sul legame tra i Gonzaga, i cavalieri di Santo Stefano e la curia pontificia.

Nell'immediato, tuttavia, non aveva alternative. Doveva comportarsi alla stregua di un qualsiasi membro del Sant'Uffizio. Ovvero, con prevedibilità.

Era a metà della scala quando fu sorpreso da un coro di voci accompagnate da strumenti a corda. A stupirlo non furono né il ritmo né la melodia, bensí, per l'appunto, le voci.

Voci femminili.

Non essendo estimatore di quella forma d'arte, lo Svampa aveva familiarità soltanto con gli inni sacri e con le esecuzioni canore dei castrati e dei falsettisti che frequentavano gli oratori e i salotti prelatizi. Scrutò l'espressione di Capiferro, che incedeva aggrottato come se si stesse inoltrando in terra nemica, e proseguí per la salita al seguito del domestico.

Ben presto si trovò in un'ampia sala dalle finestre coperte da drappi. Al centro, accanto a un clavicembalo abbandonato a sé stesso, sedevano tre donne dall'espressione assorta, intente a riempire l'aria con il loro canto. Ognuna era dotata di un diverso strumento musicale, una lira, un'arpa e una tiorba, quasi per meglio enfatizzare le proprie peculiarità di carattere, oltre che di timbro. La dama al centro, dai capelli dorati, era un soprano leggero capace d'intonare acuti che s'innalzavano sulle voci delle altre due, un soprano drammatico e un contralto. In quest'ultima, con grande meraviglia, l'inquisitore riconobbe la rossa Margherita Basile.

Rimase in piedi, a osservare, dimentico del motivo che l'aveva portato in quel palazzo. Fino ad allora era sempre stato immune al fascino femminile. Non che ne fosse indifferente, ma riconosceva nell'ardore provocato da una donna la causa della debolezza che infiacchiva la tempra di molti uomini. Al pari di una febbre capace di provocar miraggi, e di far naufragare in un sogno senza fine. Inoltre la sua incapacità a comunicare con il prossimo, a cogliere e a condividere gli stati d'animo altrui, l'aveva sempre tenuto al riparo da simili passioni.

D'altronde, non era certo il risvegliarsi della lussuria ad aver stregato i suoi sensi. Nonostante le dame al suo cospetto fossero ben piú che graziose, la fonte del suo indugiare proveniva dalla musica, un madrigale in grado di distoglierlo, con leggerezza, dal forsennato bisogno di dare un senso logico a ogni singolo aspetto del mondo in cui abitava.

L'incanto svaní velocemente, consentendogli di udire un sussurro sprezzante di Capiferro su Ulisse e sulle sirene. Si ritrovò quindi nella sala, con le mani raccolte in grembo e la memoria dello schiaffo ricevuto da Margherita Basile. Alla sua sinistra, in un angolo in penombra, notò un uomo seduto su una poltrona. Capelli neri, sguardo intenso e baffi che facevano invidia a quelli del segretario dell'Indice, indossava un sobrio giustacuore che culminava in un rabat di lino.

D'un tratto l'inquisitore lo vide battere le mani e si accorse che il canto era cessato. Le donne, posati gli strumenti, si stavano alzando in piedi complimentandosi tra loro.

Fu proprio l'uomo a fare gli onori di casa. – Do il benvenuto alle vostre eccellenze, – disse, avvicinandosi ai due domenicani con modi deferenti. Disegnò un inchino e indicò le tre dame. – Spero che l'esibizione non vi abbia in qualche modo offesi.

Lo Svampa sgomitò in direzione di Capiferro, che stava già bofonchiando qualcosa, e alzò il mento. – Siamo qui per Leonora Baroni, – si limitò a ribattere, cercando un segno d'assenso fra il gruppo delle cantanti. – Colei che ha trovato il corpo di Ferrante Cattaneo nelle catacombe.

L'unica risposta che ottenne fu un sorrisetto provocatorio di Margherita.

– Allora dovrete aspettare, padre, – annunciò la donna, quasi volesse farsi beffe di lui. – Leonora è uscita di casa, e finché non tornerà dovrete sopportare la nostra presenza.

15.

Come prima reazione, lo Svampa si guardò intorno quasi fosse stato preso in trappola. A differenza di molti religiosi introdotti in ambienti nobiliari, lui non era avvezzo a trastullarsi in chiacchiere da salotto e men che meno a vedersela con dame avvolte in pizzi e merletti. Per di piú, complice l'atteggiamento canzoniero di Margherita, si sentí subito osservato al pari di una bestia rara. Le donne non facevano che scrutarlo e scambiarsi occhiate allusive, aizzando ancor piú la sua scontrosità.

– Cosa significa che la fanciulla è uscita di casa? – protestò in direzione dell'uomo giunto ad accoglierlo.

Vincendo un lieve imbarazzo, costui si strinse nelle spalle. – Leonora ha un'indole ribelle, – spiegò, – e di tanto in tanto, infischiandosene delle punizioni, tende a prendersi qualche licenza.

– Vorrà dire che faremo a meno della sua testimonianza, – concluse secco l'inquisitore, voltandosi verso le scale dirette al vestibolo.

– Aspettate, – lo trattenne Capiferro. E accostandosi al suo orecchio, sussurrò: – Al maestro di palazzo cosa direte? Lui è stato già informato di questa visita, e se venisse a sapere che avete rinunciato...

– Si trattava di un pro forma, – minimizzò lo Svampa, con le dita già aggrappate al corrimano.

– Un pro forma da cui potrebbe dipendere la vostra nomina a commissarius, – gli fece presente il segretario.

L'inquisitore si scostò dal confratello con un moto di stizza e, imprecando tra sé, si rivolse ancora ai presenti. Quattro sconosciuti. Davvero troppo per la sua fragile tolleranza nei confronti del prossimo, specie visto che non sapeva quanto avrebbe dovuto aspettare. Si diresse quindi verso una poltrona dai braccioli in legno e sedette, tutto rigido, quasi si preparasse a presiedere un interrogatorio. – Ebbene, – sentenziò, – non vedo altra soluzione che si mandi qualcuno a cercare quella benedetta fanciulla. Esigo che Leonora Baroni si presenti al piú presto al mio cospetto.

– La situazione vi sfugge, frate Girolamo, – l'apostrofò Margherita, facendosi avanti battagliera. – Mia nipote Leonora è uscita senza sorveglianti, sarà un'impresa ritrovarla.

– Insinuate che nessuno in questa casa conosca le sue abitudini? – intervenne Capiferro, prima che scoppiasse un battibecco.

L'uomo con i baffi consultò la dama dai capelli biondi con un'occhiata perplessa, infine si accarezzò il mento. – Be', ci sarebbe la sua fantesca, – ammise. – Ma mandarla da sola, a cercare una giovane per le strade di Roma...

– La fantesca andrà benissimo, – esclamò lo Svampa, battendo un palmo su un bracciolo. – Che si prepari senza indugio. Le farà da scorta un mio sottoposto, che la attende in strada.

Nell'ora del meriggio, la piazza del Collegio clementino era un forno di basoli e pietra. Una fontana, meditò Cagnolo. Sarebbe bastata una fontana per dar sollievo agli infelici che si trovavano a camminare sotto quel sole nefasto. Slacciò il mantello a costo di mostrar la spada e se lo mise sottobraccio, cercando riparo dall'arsura all'ombra di palazzo Gonzaga.

Dopo l'allontanamento di Matilda, non c'era piú nulla che lo legasse a Roma. Per quanto maestosa, quella città significava per lui soltanto brutti ricordi e la costante minaccia di beccarsi una lama nella schiena. Ora che iniziava a sentirsi vecchio, a dispetto del piacere che provava a far volteggiare la sua striscia, avrebbe desiderato ritirarsi in campagna, magari per allevar cavalli insieme alla figlia. E benché in materia di cavalli non sapesse un accidente, quel pensiero aveva il potere di rilassarlo. Quasi ci si vedeva, in un podere del regno di Napoli, a tirar su puledri e sellare destrieri. Del resto, sempre meglio di com'era andata al suo signor padre, un orgoglioso maestro di spada crepato povero in canna.

Era alla deriva di quei pensieri, con una piega melanconica sul volto, quando una donna in abiti da governante uscí sbuffando dal palazzo. Bassa e tonda come un'oca imbottita, marciò verso il centro della piazza reggendosi le sottane con i pugni.

– Messer Cagnolo! – strillò. – Son qui per voi!

– Mia petunia, – motteggiò il bravo, – vedovo una volta basta e avanza.

– Oh, messere, – arrossí la donna, andandogli incontro. – Equivocate.

Lui la squadrò da capo a piedi. – Me l'auguro di cuore, – e si toccò la punta del cappello.

– Ma cosa dite mai?

– Nulla. Vagheggio.

– Siete ben strano, – commentò lei, scrutandolo di rimando con la sua faccia da luna piena. – E il vostro padrone non mi aveva accennato a una simile stranezza.

– Il mio padrone? – ripeté Cagnolo, subito guardingo. – E cosa vi manderebbe a chiedere, il magister?

A quelle parole, la fantesca si fece subito seria. – Una missione della massima urgenza, signore.

16.

Nell'attesa che Cagnolo tornasse con madonna Leonora, lo Svampa fu costretto a intrattenersi con i suoi ospiti. E, benché non gliene importasse un fico secco, giusto per rispetto delle buone maniere volle informarsi sui loro legami di parentela. Apprese quindi che Margherita e la bionda sopranista, di nome Adriana, erano sorelle, mentre Caterina, la terza voce, era figlia di quest'ultima. Anche Leonora era figlia di Adriana, che a detta di tutte godeva di un'enorme fama nel mondo della musica e del teatro.

L'uomo invece, di carattere assai schivo, si chiamava Giambattista Basile ed era il fratello maggiore di Adriana e di Margherita. Forse attratto dai suoi formidabili baffi, Capiferro gli si era subito avvicinato per forzarne l'indole taciturna. Fu cosí che quell'individuo rivelò di essere un miliziano a riposo, un letterato e governatore di alcuni feudi estesi nel regno di Napoli, nonché servitore del principe di Stigliano e del viceré Antonio Álvarez di Toledo.

Lo Svampa intravide nel dialogo con quel gentiluomo la scappatoia da una situazione imbarazzante, e si alzò di scatto dalla poltrona per affiancarsi al confratello. Disgraziatamente fu circondato dalle donne e costretto a barcamenarsi in una delle conversazioni piú tediose della sua vita.

– Vi è piaciuta la nostra esibizione? – gli chiese Adriana, rigirandosi tra le dita una ciocca dorata.

– Non saprei, – si schermí l'inquisitore. – Non me ne intendo.

– È un motivo tratto dal *Lamento d'Arianna*, – specificò la cantante. – Lo eseguii circa un anno fa, a Roma.

– O fu a Mantova? – intervenne Margherita, apposta per rubarle la scena.

– Roma, Roma, – insistette Adriana. – Se ben rammenti, fu poco prima di partire per Napoli.

– Oh, come mi manca Napoli! – subentrò Caterina, sbattendo le ciglia come se stesse per cadere in deliquio. – E anche la piccola Posillipo, a onor del vero.

– Posillipo è noiosa, – tornò alla carica Margherita, avvicinandosi allo Svampa piú di quanto una femmina avesse mai osato fare. – Molto meglio qui, nell'Urbe. Ho ragione, padre?

L'inquisitore ripiegò verso un angolo, fingendosi interessato a un orrendo ritratto appeso alla parete. – Non intendo a cosa vi riferiate.

– Chissà che emozione indagare su crimini ed eresie in questa città! – continuò a stargli appresso lei, mentre le altre due si mantenevano a leggera distanza. – Immagino gli arresti, gli interrogatori, le torture…

Un chiaro riferimento al caso di messer Ferrante, pensò lui. – Ne parlate come se fosse un'avventura, – ribatté, infastidito da tanta confidenza.

Margherita rise. – E non lo è?

– A quanto pare, – l'ammoní, – trovate gusto nel contraddirmi.

– Stavo soltanto cercando di capire, – si giustificò la dama.

Lo Svampa si soffermò un attimo di troppo su quegli occhi verdi e sfacciati, provando lo stesso desiderio della prima volta in cui se l'era trovata di fronte. Afferrarle un polso e costringerla in ginocchio, per spezzare quella tacita sfida che le leggeva in volto. – Capire cosa?

Lei ignorò il suo tono scontroso e indicò con un cenno del capo Adriana e Caterina, intente a fissarlo con aria civettuola. – Quel che si stanno chiedendo mia sorella e mia nipote da quando avete fatto ingresso in questa sala, – bisbigliò con una punta di malizia. – Ovvero, perché vi siate fatto frate domenicano.

– E da cosa nascerebbe una curiosità tanto puerile?

– Un uomo giovane, col vostro aspetto... – spiegò Margherita.

– Ditemi piuttosto a chi appartiene questa dimora, – l'interruppe l'inquisitore, guardandosi intorno con le braccia intrecciate al petto. – Non certo alla famiglia Basile, suppongo.

– È una proprietà di sua signoria il duca di Mantova, – l'assecondò lei, divertita. – È stato grazie alla sua generosità che Adriana ha potuto far conoscere il suo talento a grandi compositori come Monteverdi e Giovanni dei Bardi.

– Davvero? Eppure avevo inteso che foste voi la sua favorita.

– Lo siamo entrambe, – gli confidò vaga.

– E i vostri signori mariti? – proseguí lui, continuando a guardarsi intorno in cerca di un pretesto qualsiasi per interrompere la conversazione. D'un tratto Capiferro e messer Giambattista parevano svaniti nel nulla.

– Sono attualmente in viaggio, per affari assai gravosi, – rispose la donna, lasciando sottintendere che, al momento, sia lei che la sorella erano libere d'andare in cerca di avventure.

Non che l'argomento suscitasse in lui un qualche imbarazzo. La curia di Roma era teatro di continui amorazzi che vedevano i piú svariati uomini di Chiesa alle prese con matrone, fanciulle ed efebi dai sorrisi delicati. E tuttavia, il presentimento che quell'insinuazione fosse rivolta a lui, a mo' d'invito, lo rese ancor piú irritabile. – Mi domando dove sia finito vostro fratello... – tergiversò.

– Sfuggite alle mie domande, padre? – insistette lei, implacabile.

– Non ho nulla da dirvi, signora, – rispose lo Svampa, avanzando d'un passo per liberarsi della sua asfissiante presenza. – Né sul mio conto, né tantomeno sull'indagine che sto conducendo.

– Ho capito, – sospirò lei, corrucciandosi. – Siete ancora offeso per lo schiaffo dell'altro giorno.

– Non siate ridicola.

Margherita scosse il capo. – Vi domando scusa, ho reagito d'impulso. Ma vedete... il giorno in cui è stato trovato il cadavere ero responsabile di Leonora. Stava sotto la mia custodia, capite? E... be', vedendola cosí terrorizzata, in lacrime, me ne sono risentita al punto che ho preteso d'incontrare la persona che si sarebbe occupata del caso.

– Ebbene, ora l'avete incontrata, – troncò di netto l'inquisitore.

Ormai agro di trovarsi in balia di quelle tre smorfiose, si chiese per l'ennesima volta dove diavolo fossero finiti messer Basile e Capiferro.

17.

Capiferro seguí messer Basile fino a un'ala attigua del palazzo, trovandosi all'improvviso in una libreria arredata di scaffali, ai cui margini compariva una scrivania sommersa di scartoffie.

– È qui dunque che vi rifugiate per comporre le vostre opere? – chiese il segretario, contemplando ammirato l'ambiente intorno a sé.

– Al momento sí, – rispose il gentiluomo con modestia. – Le corti di Napoli, di Mantova e dei Carafa non fanno che chiedermi versi da musicare, anagrammi, odi, *cunti*, villanelle e testi per le mascherate.

Capiferro annuí. – A tal riguardo, rammento una vostra celebre favola marittima, *Le avventurose disavventure*, stampata a Napoli per i torchi di Gargano e Nucci nel 1611.

– L'avete letta? – si stupí il gentiluomo. – La composi per il teatro.

– E la rimaneggiaste un paio d'anni dopo, presso uno stampatore mantovano, per ingraziarvi la famiglia Gonzaga, – soggiunse il domenicano con fare sornione. – Del resto, la vostra penna ha sempre lavorato con gran fervore, – e tendendo l'indice in avanti, iniziò a farlo scorrere come se seguisse una fila di tomi. – Vedo qui *Il pianto della vergine*, *La Venere addolorata*, varie raccolte di poesie insieme a testi di maggior spessore, come, per esempio, una curiosa *Tavola di tutte le desinenze delle rime del Casa*. Bravo, mi compiaccio.

Basile sbarrò gli occhi, impressionato. – Ma come riuscite a…

– La mia biblioteca mentale, – spiegò Capiferro con naturalezza, riprendendo a vagabondare con le dita intrecciate dietro la schiena. Diede una scorsa a un paio di libri pescati dagli scaffali, infine puntò verso la scrivania. – E ora, signore mio, a cosa state lavorando?

– Oh, nulla d'importante, – si affrettò a rispondere il gentiluomo.

Il segretario però, nella sua voracità di lettore, aveva già messo mano a un plico di pagine manoscritte e le stava divorando con lo sguardo. Basile gli fu subito al fianco per strapparle dalle sue dita, ma Capiferro fu lesto e si ritrasse con un'espressione inorridita.

– Avete scritto voi queste parole? – sibilò con tono d'accusa.

– Reverendo padre… – balbettò l'uomo, – lasciate che vi spieghi…

Il religioso indietreggiò, improvvisamente ostile, quasi si trovasse al cospetto del diavolo in persona. – Oh spiegherete, potete contarci! E pregate Iddio, affidategli la vostra anima… Perché, a meno che non m'inganni, queste righe d'inchiostro vi hanno appena spianato la strada verso il rogo!

E imboccando l'uscita della stanza, i fogli ancora in mano, gridò il nome dello Svampa.

18.

Dopo aver chiesto nella piazza dei padri clementini e lungo via della Scrofa di una fanciulla dall'abito turchese – tale era quello indossato da Leonora – Cagnolo e la fantesca furono indirizzati prima in rione Ponte, poi ancora piú in là, verso meridione. Secondo dei vecchi indaffarati a intrecciare sartiame sulle sponde del Tevere, una ragazza che corrispondeva alla descrizione era passata da quelle parti in compagnia di un giovanotto.

Una goccia in mezzo al mare, a onor del vero, ma da esperto segugio qual era, Cagnolo aveva proseguito la ricerca fino a scovare altre testimonianze. Questa volta provenivano dalle bocche sdentate di due mendicanti, sempre appostati presso il fiume, davanti a una teoria di battelli. A quanto pareva, una giovane dama dall'abito turchese e il suo altrettanto giovane cavaliere erano passati da lí mano nella mano, senza lasciare limosine.

Mentre calava la sera, il bravo si spinse a trascinare l'esausta fantesca fino all'intreccio di vie tra rione Renula e Ripa, a un tiro di schioppo dall'Isola Tiberina. Sempre giocando d'intuito, aveva continuato a interrogare persone che facevano dell'osservazione del prossimo, se non un mestiere, un impegnativo passatempo. E trattandosi per buona parte di gente poco raccomandabile, aveva dovuto in piú di un'occasione sborsare quattrini o far mostra della ferramenta.

Cagnolo, tuttavia, nutriva sempre meno speranze. Benché fosse avvezzo a dar la caccia a spie, assassini e briganti d'ogni sorta, trovare una ragazzina in quel labirinto non era certo impresa facile. Non senza un aiuto da parte di chi affermava di conoscerla bene.

– Possibile ignoriate dove si sia cacciata? – disse alla sua procace accompagnatrice.

La fantesca, accaldata, si portò una mano alla fronte. – Voi non immaginate le preoccupazioni che mi dà quella fanciulla!

– Ma il suo cavaliere... non avete davvero idea di chi sia?

– E come potrei? Siamo a Roma da una settimana appena e Leonora non è pratica di questi luoghi. È nata e cresciuta alla corte di Mantova, capite?

– Sapete cosa capisco? Che un'assenza cosí prolungata è strana, quantomeno.

– Magari, – propose la donna, – mentre noi la stiamo cercando qui, lei è già rientrata a palazzo Gonzaga.

Il bravo scosse il capo. – Gli indizi, finora, ci hanno portato in questa direzione.

– E se avesse preso una carrozza?

– Tutto può essere. Ma allora perché spostarsi fino adesso a piedi? No, signora mia, io son persuaso che la vostra Leonora si sia appartata col suo cavaliere.

– Oh, la mia bambina! – piagnucolò la fantesca.

– Di pulzelle spulzellate ce ne saran state mille in ognuno di questi androni, – osservò Cagnolo, guardandosi intorno. Erano giunti in una via di edifici bassi e grigi, fra i quali si aprivano miriadi d'imboccature nere come la notte dirette a giardini, orti e strettoie. – Il problema, – aggiunse, – è scoprire quale sia l'androne giusto.

La donna lo fulminò con lo sguardo. – Non mi vorrete per caso condurre in luoghi d'ambigui costumi!

– Giammai, mia colomba, – motteggiò il bravo. – Credo però valga la pena di far qualche altra domanda in giro.

– Per esempio?

Prima che Cagnolo potesse rispondere, udí degli strepiti provenire da uno spiazzo vicino. Seguendo l'istinto, si lanciò in quella direzione per controllare.

Un capannello di gente, per lo piú popolani, si era radunato intorno a un corpo che giaceva al suolo. Facendosi largo a suon di spallate, Cagnolo si trovò di fronte a un giovanotto rannicchiato nel fango, tramortito, come se l'avessero appena malmenato. Nulla d'interessante, fece per concludere, quando un grido della fantesca lo mise in allarme.

Spuntata all'improvviso tra la calca, la donna stava indicando il giovane con un'espressione d'accusa. – Il nastro che stringe nella mano! – esclamò concitata. – Appartiene all'abito di Leonora!

– Ne siete certa? – volle sincerarsi il bravo, e ricevuto un cenno d'assenso afferrò il malcapitato con la mano sinistra mentre con la destra sfilava la pistola.

Alla vista dell'arma, la folla si dileguò in un fuggifuggi generale, lasciando i tre da soli in strada.

– Ebbene! – ruggí Cagnolo, scuotendo la sua preda per il collo. – Dov'è la fanciulla?

Ridestatosi dal suo stato d'incoscienza, il giovane tentò di liberarsi dalla morsa che gli serrava la gola e cominciò a dibattersi alla guisa d'un pesce all'amo. L'apparire della bocca da fuoco a mezza spanna dal naso bastò a placarlo.

– Sputa il rospo, farabutto! – strepitò la fantesca, comparendo dietro le spalle di Cagnolo.

– È... è... scap... pata... – tartagliò il ragazzo col poco fiato che gli restava in petto. – Scap... pata...

Il bravo lasciò la presa, continuando a tenerlo sotto mira. – Scappata, dove?

– Non lo so... – continuò l'altro, riprendendo il respiro. Poi sedette a terra e iniziò a massaggiarsi lo stomaco. – Gliel'ho detto io, scappate!, non appena è comparso il cieco.

– Un cieco? – ripeté Cagnolo, incredulo.

– Così m'era sembrato, un mendicante cieco... E ve lo giuro, signore, nel vederlo avvicinarsi a testa bassa, con l'aiuto d'un bastone, mi era parso davvero che gli mancasse il lume d'entrambe le lanterne... All'improvviso però ha alzato il cappuccio di quel suo mantello cencioso e allora mi son reso conto che mi fissava. Anzi... che fissava lei, madonna Leonora!

– Un finto cieco, dici?

– Sí! – gli assicurò. – Se foste giunto un attimo fa l'avreste visto anche voi. Voleva parlare con la fanciulla, ha detto. E io... io le ho detto scappate!, scappate!

– E poi?

– E poi ho cercato di trattenere quella canaglia mentre Leonora fuggiva... Ma lui m'ha atterrato con un pugno nella pancia. Un pugno fortissimo...

Cagnolo abbassò la pistola e lanciò una scorsa alla piazza, notando che sboccava in due vie separate. – Da quale parte? – domandò in un crescendo d'urgenza.

– Di là, – rispose il giovane, indicando a sinistra.

Non aveva ancora finito di parlare che il bravo stava già correndo in quella direzione. – Tesoro mio, – avvertí la fantesca, – tenete d'occhio quel pelandrone fino al mio ritorno!

Li trovò a una cinquantina di passi, la fanciulla e il mendicante. Lei con la schiena addossata al muro, lui che le puntava contro un bastone. Si erano cacciati in fondo a un vicolo chiuso, fra scheletri di catapecchie che ricevevano gli ultimi sprazzi di luce diurna.

– Lasciatela stare! – si avvicinò il bravo, sguainando la striscia.

L'uomo misterioso, che gli dava le spalle, gettò il bastone a terra e si voltò con un rumore d'acciaio che scivolava fuori da un fodero.

Cagnolo fece appena in tempo a parare un fendente e dovette subito rispondere all'offesa. Cieco non lo era di sicuro, il fetuso, e nemmeno mendicante. Sotto il suo mantello cencioso nascondeva un corsaletto d'armigero e un budriere atto a tenere appesa un'arma assai piú temibile d'una semplice spada. Brandiva, infatti, una scimitarra dalla lama ricurva, di quelle usate dai turchi e dai mori di Spagna.

Il bravo tirò due volte d'affondo, accendendo scintille contro il ferro nemico, quindi si dette al gioco largo per sottrarsi al mulinare della mezzaluna argentata. – Chi sei? – sibilò a denti stretti.

Gli rispose un altro fendente, che lui schivò ruotando d'un quarto. – Dimmi chi sei! – ripeté.

Il finto cieco proseguí l'assalto, tagliando l'aria con la lama saracena. Fatti miei, suggeriva il suo sguardo. La carnagione chiara del volto, con gli occhi tanto azzurri da lacerare l'ombra, gli rivelarono le sembianze di un occidentale.

Turchi tuttavia non si nasceva. Cagnolo ne era ben consapevole, insieme al fatto che un'arma non bastasse a decretare la fede d'un guerriero. Avanzando d'un passo, si aprí una breccia e grazie a una combinazione di stoccate e fendenti riuscí quasi a ferire la faccia del rivale. – Attento che non ti renda cieco per davvero! – lo minacciò con una risata spietata. E prima che potesse ricevere pan per focaccia, balzò all'indietro ed estrasse la pistola con la mano sinistra.

Il nemico si fermò con la scimitarra tesa in avanti. Non un fiato uscí dalla sua bocca.

Il bravo gli girò intorno, avvicinandosi a madonna Leonora che era rimasta con la schiena appiccicata al muro. Pareva incolume, anche se terrorizzata.

– Ora mi dirai il tuo nome, – disse Cagnolo allo sconosciuto. – O giuro su Dio, ti pianto una palla nel cuore.

Proprio allora l'ultimo barbaglio del sole fece breccia fra i tetti, riflettendosi con un lampo accecante sul piatto della lama ricurva. Fu questione di un attimo, ma il finto cieco seppe approfittarne e, slacciatosi il mantello, lo gettò in faccia al bravo.

Dando fiato alla piú terribile tra le bestemmie, Cagnolo si liberò alla rinfusa da quel viluppo di stracci e fece per sparare. Troppo tardi.

L'uomo con la scimitarra stava correndo via, già lontano.

Parte seconda

La carrozza nera

19.

Borgo di San Pietro.

Lo Svampa era rimasto senza parole. Non tanto per il fatto che Giambattista Basile potesse essersi macchiato di un crimine, quanto per la reazione inconsulta del segretario dell'Indice. Nel momento in cui l'aveva visto irrompere nella sala di palazzo Gonzaga con un fascio di fogli in pugno e l'espressione di un fante alla carica, l'inquisitore era stato a malapena capace di chiedergli spiegazioni.

– Fate chiamare i cavalleggeri, le lance spezzate! – aveva sibilato Capiferro, seminando il panico tra le donne e i domestici.

Per porre fine a quell'imbarazzante situazione, era stato necessario accontentarlo.

Durante il viaggio in carrozza che li aveva portati in Vaticano, i due confratelli erano rimasti seduti l'uno di fronte all'altro senza proferir verbo, in compagnia di un armigero e del mortificatissimo Basile, che aveva accettato con mansuetudine di farsi arrestare.

Giunti a destinazione e affidato il prigioniero a una scorta, s'incamminarono verso il Sant'Uffizio. Ormai era notte e la mole del palazzo dell'Inquisizione, fusa alle caserme, dominava sulla piazza di San Pietro come la gobba informe di un'isola montuosa. Il segretario prese lo Svampa per un braccio e lo guidò all'interno, in un labirinto di corridoi rischiarati da fiaccole e lanterne. – Ho risolto il caso, – gli confidò infine, introducendosi in uno studio buio, odoroso di fumo e di tabacco.

L'inquisitore si avvicinò a una finestra e la spalancò per cambiare l'aria. – Addirittura? – ribatté, osservando il cielo stellato di Roma.

– Un colpo di fortuna, – si pavoneggiò Capiferro. – Anzi, d'occhio.

– Vorrete spiegarmi, suppongo.

– Riguarda la faccia di capra.

– Non l'avrete vista anche voi!

– In un certo senso, sí, – e dopo aver acceso una candela, gli porse dei fogli coperti da una calligrafia ricca di svolazzi.

– Di che si tratta? – s'informò lo Svampa.

– Un manoscritto di Basile, – rispose il confratello. – Era tra le sue carte.

Curioso di scoprire cosa avesse a tal punto impressionato il segretario e nel contempo irritato dal sentirsi superato in arguzia, l'inquisitore iniziò a leggere quello che pareva un testo in lingua volgare.

> *... le se strensero le mascarelle, le se 'ntorzaie la pelle, le se 'mpelaie la faccia, e le trezze...*

Restituí i fogli con malgarbo. – Il dialetto napoletano m'indispone.

– Da bravo veneziano, eh? – ridacchiò Capiferro. – Se non vi spiace, tradurrò io per voi.

– Ebbene, sbrigatevi.

– Si tratta di un *cunto*, una favola, – spiegò il confratello, facendosi serio. – Il tema gira intorno a una fanciulla colpita da un sortilegio che la trasfigurò in bestia. E a un certo punto, state ben attento, Basile scrive:

> La maga la maledisse, che le si cangiasse la faccia in quella d'una capra. E nel momento stesso che fu pronunciata la maledizione, alla giovane si allungò il mento con un palmo di barba, le mascelle si contrassero, si indurí la pelle, il viso si coprí di peli, e le trecce a canestrino diventarono corna puntute.

A quelle parole, l'espressione dello Svampa si rilassò. – Dunque, a vostro giudizio, – volle accertarsi, – il *cunto* di messer Basile si riferirebbe alla medesima donna capra scorta dalla giovane Leonora Baroni nelle catacombe?

– Non è evidente? – si rannuvolò Capiferro.

– Lo sarebbe se ci fossero delle prove che Leonora Baroni abbia effettivamente scorto una donna capra e che, di conseguenza, una donna capra esista davvero.

– La prova è il racconto di Giambattista Basile, – insistette il segretario. – Oltre a incriminare il nostro uomo di lettere, convalida la testimonianza della fanciulla.

– Quindi, in forza di un simile ragionamento, messer Basile sarebbe l'assassino di Ferrante Cattaneo?

– Può darsi. O può darsi che egli sia al corrente del *maleficium* che ha ucciso il cavaliere di Santo Stefano. Se prestiamo attenzione alla sua favola...

– Una favola, per l'appunto, – continuò a contraddirlo lo Svampa. – Una favola che madonna Leonora potrebbe aver benissimo letto prima di calarsi nelle catacombe, restandone cosí suggestionata da dar forma alle fantasie del suo signor zio. E in tal caso, – seguitò con un sorrisetto provocatorio, – avreste davvero colto nel segno. Ecco la donna capra vista dalla giovane dama: una fanfaluca!

Punto nell'orgoglio, Capiferro cercò riparo dietro una scrivania e, cacciati i fogli in un cassetto, contemplò una fila di formidabili pipe in bella mostra. – Ciò non toglie... – disse, – non toglie che messer Basile abbia descritto nel suo *cunto* una femmina dalle sembianze diaboliche.

– E cosa ne sapreste voi, di sembianze diaboliche? – obiettò ancora una volta l'inquisitore. – Vi siete mai imbattuto in una creatura dell'inferno? O in Satana in persona?

– Alludo alla lamia, lo sapete bene! – esclamò l'altro. – La strega bestiale che succhia il sangue degli infanti. La serva di Lilith, la demone vampira.

Lo Svampa scosse il capo. – State mettendo il carro davanti ai buoi.

– Ah, davvero?

– La vostra mente sovraccarica di nozioni, di leggende, di figure mitologiche, vi ha indotto delle suggestioni che hanno condizionato il modo di ragionare. Proprio com'è successo a madonna Leonora.

– E come potete affermarlo? – si difese Capiferro. – Da quel che mi risulta, con la ragazza non avete ancora parlato.

– Appena l'avremo a disposizione... – cominciò a rispondere l'inquisitore, quando un cigolio di cardini destò la sua attenzione.

La porta dello studio si era appena aperta in uno spiraglio, lasciando entrare la tesa d'un cappellaccio e due mustacchi da spadaccino. – La ragazza c'è, in effetti, – mormorò Cagnolo, abbozzando un cenno di saluto. – Mi hanno detto che vi avrei trovato qui, magister, e... be', Leonora Baroni vi attende al piano di sotto.

Incurante dell'espressione preoccupata del bravo, lo Svampa si precipitò verso l'uscita. – Ordunque, andiamo a interrogarla.

– E messer Basile? – gli rammentò il segretario, andandogli dietro.

L'inquisitore si strinse nelle spalle. – Che attenda, – esclamò. – Un po' di gattabuia gioverà di certo al suo estro di scrittore.

20.

La notte incupiva gli ambienti del Sant'Uffizio, rendendo necessario avanzare al lume di un candelabro. Lo Svampa non era affatto a disagio. Anzi, trovava nel buio una provvidenziale difesa dalle occhiatacce di Capiferro, che lo seguiva pieno di biasimo insieme a Cagnolo. Procedendo verso i piani inferiori del palazzo, l'inquisitore ascoltò senza proferir verbo il resoconto del bravo sulla fuga di madonna Leonora e sull'assalto del finto cieco, dopodiché chiese a uno degli armigeri di guardia nell'atrio di scortarlo dalla ragazza.

Leonora Baroni attendeva in un salottino dell'ala settentrionale, su un seggio dall'alto schienale che la faceva sembrare oltremodo minuta. Nella medesima stanza, seduto in disparte, c'era un giovane magro, con i capelli scarmigliati e l'aria avvilita.

– Costui chi sarebbe? – s'informò lo Svampa, varcando l'ingresso insieme al segretario.

– Il damerino malmenato dal finto cieco, – spiegò Cagnolo, appoggiandosi a braccia conserte contro lo stipite della porta.

– Il rapitore di madonna Leonora, – arguí Capiferro con piglio d'accusa.

– Io non ho rapito nessuno, – si difese il ragazzo. – È stata lei a insistere.

– È la verità? – chiese l'inquisitore, fermandosi davanti alla fanciulla. Di solito evitava le domande dirette, ma dal momento che quell'incombenza rappresentava per lui una mera formalità, tanto valeva spicciarsi.

– Sí, vostra grazia, – rispose Leonora alzando il mento. Anche nel flebile palpitare delle candele, il suo volto appariva bello come quello di Margherita Basile. – Cercavo un uomo vero, un protettore, – continuò indignata, – ma ahimè, mi sono imbattuta in una donnicciola.

– Un protettore? – ripeté lo Svampa. – Nella vostra dimora non vi sentivate abbastanza al sicuro?

La dama scosse il capo, poi si guardò intorno, quasi cercasse una presenza malefica celata nell'ombra. – Avevo paura... che *lei* potesse entrare.

– Lei chi?

– La donna con la faccia di capra, vostra grazia.

Lo Svampa indugiò sull'espressione sgomenta della giovane. – Per quale motivo temere un'intrusione? Gli accessi di palazzo Gonzaga mi paiono ben sorvegliati.

– Una strega può entrare in ogni dove, – ribatté lei, – senza che nessuno la scorga.

– Una strega... – rimuginò l'inquisitore, ignorando un'occhiata enfatica di Capiferro. – Ebbene parlatemi di questa donna. Di quando l'avete vista, intendo.

Prima di rispondere, Leonora sospirò e strinse le mani in grembo. – È successo la settimana scorsa, – disse, – mentre mia zia Margherita visitava la chiesetta del Quo vadis insieme alle sue amiche. Volevano tutte ammirare le impronte lasciate da Gesú Nostro Signore sulla famosa lastra di marmo... Ma io ero annoiata, non ne potevo piú della loro compagnia, perciò sono sgattaiolata via e scesa nelle catacombe con questo fanfarone, – fece una pausa, – quando all'improvviso... mi sono imbattuta in lei.

– Descrivete la scena, – la spronò l'inquisitore. – E riportate, se possibile, soltanto ciò che hanno visto i vostri occhi, senza aggiungere impressioni e opinioni personali.

La fanciulla annuí. – C'era un uomo sdraiato a terra, a pancia in su. Questa è stata la prima cosa che ho notato, padre, dacché era molto buio e non potevo scorgere altro intorno a me. Poi ho udito un rumore, una sorta di strascichio, e allora ho sollevato la lanterna. Lei era lí, a pochi passi dall'uomo, rannicchiata come una bestia in agguato.

– Nient'altro?

– È stato un attimo, capite? In un batter di ciglio si è dileguata.

– Pertanto, – cercò di metterla in difficoltà lo Svampa, – ne serberete un ricordo men che meno approssimativo.

– Al contrario, rammento benissimo! – s'impuntò Leonora, manifestando una risolutezza che mal conciliava con la sua giovane età. – Era nuda, con i capelli sciolti che le ricadevano sulle spalle. E il suo volto era lungo, villoso… sovrastato da due corna che le uscivano dalla fronte.

– Completamente nuda, dite, – l'assecondò lui, sempre piú riflessivo. – E avete notato per caso se brandiva qualche ordigno? Un'arma appuntita, per esempio.

– Dunque le credete! – esultò Capiferro.

– State zitto! – gli ordinò lo Svampa, senza neppure degnarlo di uno sguardo.

– Non ne conservo memoria, – rispose la ragazza. – Però, se è a questo che vostra grazia allude, ho scorto i suoi artigli. Li ho intravisti quando la donna si è alzata per fuggire, e sono rimasta impressionata da quanto fossero lunghi e acuminati.

Fatto cenno d'aver compreso, l'inquisitore si rivolse al giovanotto. – Voi invece?

– Io, cosa? – sobbalzò quello.

– L'avete vista anche voi, la donna capra?

– Io no, vostra grazia, – disse. – Sono giunto dopo.

– Dopo che cosa?

– Dopo il grido, – chiarí il ragazzo. – Una volta discesi nelle catacombe, madonna Leonora mi ha subito sottratto la lanterna e lasciato indietro. Io l'ho inseguita al buio, orientandomi con il suono della sua voce, l'eco dei suoi passi... finché d'un tratto, come vi ho detto, ho udito un sibilo acutissimo.

– Sono stata io, – intervenne la fanciulla. – Urlai per lo spavento.

– È stato cosí, – riprese il giovane, – che l'ho ritrovata. Era inginocchiata a terra, tremante, davanti al cadavere di un uomo.

– E mentre procedevate verso Leonora, – volle accertarsi lo Svampa, – non avete percepito alcuna presenza oltre alla sua?

– Nulla che io rammenti, vostra grazia.

Lo Svampa giunse le dita sotto il mento e rimase in silenzio per un istante, infine tornò alla fanciulla. – Ho due ultime domande per voi, – le annunciò. – La prima riguarda il vostro signor zio. Di recente avete letto i suoi scritti?

– No, vostra grazia, – rispose lei, visibilmente sorpresa. – Messer Giambattista è gelosissimo del suo lavoro di letterato e non permette a nessuno di frugare tra le sue carte, per timore che se ne sveli in giro il contenuto. Ma cosa c'entra con la donna capra?

– Ora la seconda domanda, – continuò l'inquisitore, zittendola con un gesto. – Cosa voleva da voi il finto cieco?

Leonora abbozzò una smorfia vaga. – Quell'uomo, – e indicò Cagnolo, – è giunto a soccorrermi prima che potessi capire. Ero molto spaventata, vostra grazia, e non pensavo ad altro che a fuggire.

– Il mio bravo, però, sostiene d'aver visto il finto cieco intento a interrogarvi.

– Aveva appena iniziato a parlare in effetti, ma ripeto, non ho avuto tempo d'intendere a cosa alludesse. Ho afferrato soltanto una parola, un nome.

– Ovvero?

– «Ammone».

– Ne siete sicura? – insistette l'inquisitore.

– Sí, – rispose la giovane. – Ammone. L'ha ripetuto due volte.

Lo Svampa, che porgendole quelle parole si era curvato su di lei, tornò a ergersi nella sua statura senza lasciar trapelare il benché minimo stato d'animo. – Che la fanciulla venga tenuta sotto stretta sorveglianza. Esigo inoltre che non parli con nessuno, inclusi i membri della sua famiglia, – e varcando l'uscita, si rammentò del giovanotto. – Lo stesso vale anche per lui.

– Aspettate! – lo rincorse Capiferro. – Perché una simile disposizione?

Prima di rispondere, l'inquisitore giunse alla metà di un corridoio affiancato da un loggiato e si appoggiò a una colonna, osservando la mole della basilica di San Pietro. – Perché, dite? – si rivolse gravoso al confratello. – Perché valutando con attenzione la testimonianza di madonna Leonora Baroni, si può giungere a tre diverse conclusioni: che sia stata vittima di una suggestione, che abbia affermato il vero, che abbia mentito. E nel caso si trattasse della terza, non si potrebbe escludere che sia proprio lei la nostra assassina.

21.

Poco dopo stavano camminando sul ponte di Sant'Angelo, in direzione della Minerva. Lo Svampa procedeva avanzato d'un paio di passi, sotto una luna che si profilava nell'ultimo quarto. A dispetto della sua apparente ritrosia, la vicenda iniziava a intrigarlo. Gli elementi di cui disponeva erano però ancora troppo vaghi per essergli d'aiuto. E l'unica prova tangibile, il *punctum diabolicum*, gli suscitava piú interrogativi che certezze.

– Dobbiamo parlare, – lo incalzò Capiferro, con un tono di voce che tradiva rimorso insieme a un senso d'urgenza.

– Domattina, – disse l'inquisitore, deciso a rimanere solo con i propri pensieri.

– Ma...

– Domattina, – reiterò. – Al termine della messa conventuale.

Raggiunto il suo alloggio, lo Svampa desiderava soltanto trovare requie dopo una giornata lunghissima trascorsa in compagnia di fin troppi estranei. I volti di mastro Zacchia, di Giambattista Basile, di Leonora Baroni e di madonna Margherita lo tormentavano al pari di spettri. C'era inoltre la questione del messaggio rinvenuto a pranzo, sotto la ciotola. Proveniva senz'altro da lui, il suo nemico giurato, ma l'inquisitore non poteva dimostrarlo. Non ancora, per lo meno.

Si sfilò la cappa, già pronto ad abbandonarsi al giaciglio, quando scorse una lettera in bella posa sullo scrittoio. Accostò una bugia al bollo di ceralacca e riconobbe il sigillo dell'Inquisizione. Lo spezzò come se infrangesse un'ostia, e ne lesse il contenuto.

A quanto pareva, monsignor Ridolfi aveva fatto miracoli.

Ma per beneficiarne, lo Svampa sarebbe dovuto passare sui carboni ardenti.

22.

Convento di Santa Maria sopra Minerva.
1° luglio.

Finita la messa conventuale, lo Svampa e Capiferro si recarono nel refettorio per consumare la colazione. L'inquisitore non smaniava di ritrovarsi ancora fra decine di frati ma, immaginando la giornata del segretario densa d'impegni, intendeva approfittare di quel momento per affrontare le questioni rimaste in sospeso la notte precedente.

Seduti che furono uno di fronte all'altro, Capiferro prese per primo la parola: – Ieri sono stato avventato, l'ammetto.

– Vi aspettate la mia assoluzione? – ribatté lo Svampa, scansandosi di poco per permettere a un servo di posare sulla mensa un boccale di latte e un canestro con pane e biscotti.

– Ecco, vedete? – protestò il confratello. – Io vi tendo una mano e voi la rifiutate.

– Quel che avevo da dirvi l'ho già espresso con dovizia, mi pare.

– Avrei preferito un cenno di consenso, ma mi accontenterò, – celiò il segretario, impadronendosi del boccale. – E in ogni caso avete ragione. L'ansia di scovare indizi, unita alle lusinghe dell'intelletto, ha ingigantito la pericolosità di quel che mi sono trovato di fronte, inducendomi a reagire senza il minimo tatto –. Mentre parlava, riempí la sua ciotola col latte e vi sbriciolò dentro del pane. – Del resto, – continuò, – vorrei vedere voi a trascorrere ogni santo giorno fra dei libri dal contenuto insulso, per decretare quale sia da censurare e quale no. È stata la noia, frate Girolamo! La noia ad alimentare il mio eccesso di zelo, – e gli passò il boccale.

Lo Svampa evitò di servirsi. Al momento avrebbe gradito soltanto un sorso di quella bevanda orientale, il caffè, giunta a Venezia ai tempi della sua infanzia. Ma in un convento domenicano, sarebbe stato chiedere troppo. – Ritirate quindi le accuse su messer Basile? – riprese il discorso.

– Be', questo no, – rispose Capiferro, sorbendo il latte. – Non del tutto, per lo meno. Sono sempre persuaso che quell'uomo vada interrogato al piú presto. Anche subito.

– Subito? – ripeté stranito. – Non avete delle incombenze?

– Cataste di libri che possono benissimo aspettare.

– Ciò nondimeno, – lo deluse lo Svampa, – dovremo rimandare.

– E perché mai?

– La mia presenza è reclamata al cospetto della commissione del Sant'Uffizio.

Il segretario posò la ciotola e si pulí i baffi. – Non ne sapevo nulla.

– Un messaggio di monsignor Ridolfi, – spiegò conciso lo Svampa. – La convocazione è per stamane.

– Riguarderà la vostra nomina a commissarius, suppongo.

– Immagino di sí, anche se l'esito è incerto.

Capiferro fece per pronunciarsi al riguardo, ma chiuse i pugni e si zittí. – Verrò con voi.

L'inquisitore lo scrutò in tralice. – Per fare che?

– Per darvi manforte, è ovvio.

– Per l'amor di Dio! Perché invece non vi impicciate degli affari vostri?

– Troppo tardi, – replicò il segretario, alzandosi in piedi. – E a esser franchi, strada facendo vorrei esporvi una mia teoria sul resoconto di madonna Leonora.

Lo Svampa scosse il capo. – Sapete bene che non sono avvezzo a spartire opinioni.

– Dovreste, – obiettò Capiferro. – A mio avviso, quel che ha raccontato la fanciulla su... – troncò la frase con un verso strozzato, premendo una mano sul ventre.

– E ora cosa vi prende? – fece l'inquisitore.

Il segretario si piegò in avanti appoggiandosi a un bordo della mensa. D'un tratto era diventato pallido, il volto congestionato da uno spasimo di dolore. – Lo stomaco... – e stramazzò a terra.

Ignorando le esclamazioni che iniziavano a levarsi per il refettorio, lo Svampa scavalcò il tavolo e fu subito al fianco del confratello. – Non agitatevi! – esclamò, afferrandolo per le spalle. – Ecco, cosí... – e riuscí a metterlo seduto. – Come vi sentite?

Per tutta risposta, Capiferro fu scosso da un fremito violentissimo. – Un medico... – biascicò, sbavando sangue. – Un medico...

23.

Un'ora piú tardi lo Svampa stava camminando con monsignor Ridolfi fra le lapidi e i cipressi del cimitero teutonico, uno dei luoghi piú quieti del Vaticano, a pochi passi dal Sant'Uffizio. Entrambi con le facce scure e le braccia conserte sprofondate nelle svasature delle loro maniche, confabulavano a voce bassa.

– Si salverà? – azzardò il maestro di palazzo.

L'inquisitore abbozzò una smorfia incerta. – Si parla di avvelenamento.

– Addirittura? – si scandalizzò il prelato.

– Nel latte, probabilmente.

– I servi di cucina sono stati interrogati?

– Uno di loro sembra essersi dileguato subito dopo aver imbandito la mensa. Si sta indagando.

Monsignor Ridolfi continuò a passeggiare in silenzio. Il suo corpo monolitico pareva assorbire ogni raggio di sole, proiettando un'ombra abnorme sull'erba. – Mi rincresce, frate Girolamo, – aggiunse. – So che padre Francesco Capiferro vi è amico.

Lo Svampa annuí, prendendo coscienza per la prima volta di quel semplicissimo dato di fatto. Capiferro gli era amico. Nonostante tutto. Nonostante lui non sapesse ricambiare, né comprendere l'amicizia. D'un tratto rivide sé stesso mentre soccorreva il confratello nella sala

del refettorio, con le mani intente a sorreggerlo e la paura di perderlo. Ora, invece, quel che provava era rabbia.
– Quel veleno era destinato a me, – disse a denti stretti.
– Come potete asserirlo con tanta certezza? – si adombrò Ridolfi.
– Ieri, a pranzo, ho ricevuto un messaggio anonimo. Una minaccia. Quel che è accaduto oggi non può essere una coincidenza. E non dubitate, verrò a capo della faccenda.
– Siete vago, – osservò il maestro, con l'evidente intenzione di carpire i suoi propositi.
Anche voi lo siete, fu tentato di ribattere l'inquisitore. E forse siete pure responsabile, a causa della vostra vaghezza, di quanto è successo a Capiferro. Ma prima che potesse dar fiato alla bocca, e guastare cosí i rapporti con uno dei pochi alleati di cui disponeva nella capitale degli inganni, udí i rintocchi di una campana provenire dalle finestre piú alte del Sant'Uffizio.
– La seduta si apre, – sospirò monsignor Ridolfi. – Non possiamo farli attendere oltre.

Le riunioni piú importanti dell'Inquisizione si tenevano i giovedí mattina, alla presenza di sua santità il papa. E dato che quel giorno era martedí, lo Svampa non prevedeva una grande affluenza. Si rese conto ben presto di essersi sbagliato. Entrato nell'aula conciliare al seguito di Ridolfi, trovò il collegio quasi al completo. Il padre assessore, i cardinali, gli ufficiali e i consultori l'attendevano su una serie di stalli disposti a ferro di cavallo, al cui centro sedeva sua eminenza il commissario generale del Sant'Uffizio, fra' Ippolito Maria Lanci ab Aqua Nigra.
Un'imboscata, avrebbe sussurrato Capiferro se fosse stato lí. Lo Svampa allontanò quel pensiero, avanzando a

testa alta fino al centro della sala. Nemmeno quando gli era stata revocata la *licentia inquisitorialis* aveva dovuto vedersela con tanti venerabili padri. E per quanto si sforzasse di capire, non riusciva a spiegarsi la ragione di un simile dispiegamento.

Poi, passando in rassegna i volti di fronte a sé, lo vide.

Gabriele da Saluzzo.

Sedeva all'estremità dell'ala destra, ancora piú vecchio e incartapecorito di quanto l'inquisitore rammentasse, con le dita nocchiute strette ai braccioli e gli occhi iniettati di sdegno.

Pur non avendo a che fare con quell'individuo da mesi, lo Svampa dovette compiere un enorme sforzo di volontà per soffocare un'ondata d'astio e, mantenendo il contegno, interrogò con lo sguardo il maestro di palazzo. Quest'ultimo, che l'aveva lasciato solo per prendere posto accanto al commissario generale, gli rivolse un'occhiata vaga, in bilico tra la sorpresa e l'impotenza.

Dopodiché non ci fu piú tempo per nulla.

Dalla sua postazione centrale, Aqua Nigra placò il brusio di sottofondo con un semplice gesto della mano e si levò in piedi. Era alto quanto Ridolfi, ma di una magrezza tale da farlo sembrare un'inquietante burattino avvolto in una toga nera con gorgiera. – Nel salutare gli eminentissimi padri e la commissione tutta al mio cospetto, – declamò con voce stridula, – *in nomine Urbani VIII pontifice et Dei gratia*, apro l'odierna seduta per valutare un'istanza a dir poco eccezionale, e che proprio a causa di siffatta eccezionalità si dovrà approvare con l'unanime consenso della presente adunanza.

– Se non unanime, – si precipitò ad aggiungere il maestro di palazzo, alzandosi a sua volta, – per buona grazia di maggioranza. Maggioranza auspicata da sua santità papa Urbano, di cui il sottoscritto fa le veci.

Il commissario generale apparve visibilmente seccato da quell'intromissione, ma trovandosi al cospetto di un'autorità a lui superiore fu costretto a camuffare l'aria di dissenso. – La decisione, – proseguí, – verte su una delega plenipotenziaria da attribuire o meno al qui presente padre Girolamo Svampa, frate dell'ordine di san Domenico e inquisitore presso codesta sacra congregazione. Orbene, la delega è quella di *inquisitor specialis*, altrimenti detta di commissarius, e – qualora si conceda il placet – sarà conferita con l'unico intento d'indagare su un crimine di sospetta entità soprannaturale consumatosi nell'Urbe al chiudersi del mese scorso.

Prima che le parole di Aqua Nigra si spegnessero in un'eco metallica, un cardinale basso e tarchiato si alzò dal seggio manifestando l'intenzione di parlare.

– A onor del vero, – disse questi, – esistono fior di istituti, di magisteri e di tribunali in grado di operare in ambito criminale. Non vedo perché ricorrere a una carica straordinaria, oltretutto obsoleta, come quella di *inquisitor specialis*.

Il commissario generale scambiò un'occhiata con Ridolfi. – Lasciamo che sia il diretto interessato a spiegare, – rispose.

Lo Svampa, che fino ad allora non aveva inteso di doversi difendere alla stregua di un processato, disegnò un breve inchino e si rivolse al cardinale tarchiato. – La ragione risiede proprio in quanto affermate, – esordí con fermezza. – Le strutture di controllo, a Roma, sono presenti in una tale sovrabbondanza che i loro sforzi si spendono nel prevalere l'una sull'altra. Una figura *super partes*, al contrario, potrebbe mirare direttamente all'obiettivo.

– Beneficiando di un'autorità smisurata, – replicò un altro prelato.

– Un'autorità, – precisò l'inquisitore, – di cui mi avvarrò soltanto per evitare di essere intralciato in corso d'indagine.

– Parole sagge, – lo provocò una terza voce, – da parte di chi in passato fu accusato di abuso di potere.

– Accusa che non mi trovò colpevole, – si difese lo Svampa alzando la voce. Ora parlava all'intera assemblea, quasi affrontasse un'unica creatura dalle cento facce. – E in quanto ai fatti di cui mi si dice coinvolto, dimostrai in maniera oltremodo esaustiva che agii per giusta causa. Salvando la vita a sua eminenza il cardinal Ludovico Ludovisi, per giunta.

A quell'ultima risposta, l'aula sprofondò nel silenzio. Un silenzio vibrante di sussurri e di fruscii di vesti che strusciavano sugli scranni.

Lo Svampa si mantenne impassibile, tornando col pensiero prima a Capiferro e poi all'enigma della donna capra. In quell'ultimo giorno il suo universo mentale si era riplasmato, facendogli dimenticare per un attimo il piano di vendetta covato per anni. Un piano impossibile da realizzare senza la patente di commissarius.

All'improvviso, quasi venisse sollevato dai fili di un burattinaio, Aqua Nigra si rialzò di scatto. – Se non ci sono altre perplessità, – sentenziò con un tono che voleva essere risolutivo, – chiederei dunque a frate Girolamo di uscire dall'aula affinché si decreti sulla questione in oggetto.

– Aspettate! – strepitò qualcuno all'estremità dell'ala destra. Era Gabriele da Saluzzo, piantato sul suo scranno con rabbiosa determinazione. – Domando a questa venerabile assemblea ancora un attimo di pazienza, allo scopo di rivolgere a frate Girolamo un ultimo quesito.

– Permesso accordato, – disse il commissario generale.

– Dissento! – intervenne Ridolfi, facendo tremare l'aula col suo timbro di baritono. – Il qui presente padre fra' Gabriele non è piú membro di questo collegio da lungo tempo. Causa la sua età avanzata, è stato privato dei poteri inquisitoriali e finanche del diritto d'imporre le proprie argomentazioni.

– Non ho l'ardire d'imporre alcunché ai miei esimi confratelli, – specificò Saluzzo, assumendo l'aria inoffensiva di un povero vecchio. – Il mio unico desiderio è chiarire un particolare che ritengo stia a cuore a tutti noi.

– Ebbene? – fu costretto a dargli corda il maestro

– Se ho ben inteso, – iniziò Saluzzo, – l'intervento di un *inquisitor* commissarius sarebbe richiesto dal verificarsi di un delitto fuori dal comune, ovvero di carattere sovrannaturale. Un crimine demoniaco o stregonesco, in sostanza. Ebbene, frate Girolamo, – e si rivolse allo Svampa, – qual è la vostra opinione al riguardo?

– Al momento non ne ho alcuna, – rispose con prontezza l'inquisitore. – Me la farò in corso d'indagine.

– Nutrite forse dei dubbi sul potere del Maligno? – proseguí il vecchio con teatrale ingenuità.

Lo Svampa colse il tranello. – Nutro dei dubbi, – rispose, – sull'eccesso di casi in cui se ne riconoscono i segni.

– In altre parole, biasimate l'operato dei vostri confratelli.

– Non ho mai affermato questo.

Ma a quel punto Saluzzo sembrò aver raggiunto il suo scopo. Si levò dallo scranno in uno slancio di cattiveria e aprí le braccia scheletriche, chiamando in causa l'intero uditorio. – Credete di essere soltanto voi a disporre della ragione? – gracchiò altisonante. – L'unico in grado di discernere tra il giusto e lo sbagliato?

– Proprio voi parlate? – s'infervorò lo Svampa, incapace di trattenere un crescendo di rabbia. – Voi, che provocaste l'ingiusta morte di mio padre!

– Vostro padre era un eretico! – proclamò il terribile vecchio, suscitando un vespaio di esclamazioni.

Incurante della bolgia che iniziava a diffondersi tra gli stalli, l'inquisitore fece per ribattere con l'indice puntato in avanti, una tempesta d'emozioni dipinta sul volto, quando l'enorme figura del maestro di palazzo si elevò sulle altre.

– Basta! – gridò Ridolfi, sedando la burrasca intorno a sé. – Basta con quest'alterco! E che Gabriele da Saluzzo la smetta di seminar malanimi, o quant'è vero Iddio... – Lasciò la frase in sospeso e afferrò il macilento Aqua Nigra per una spalla. – Vostra eminenza, – disse stringendo la presa, – vi chiedo la cortesia di non tener conto di quest'ultima disputa, che esorbita largamente dalle ragioni per cui si è riunito il consiglio. Ed estendo la presente richiesta all'intera commissione.

Il commissario generale contrasse il viso per il dolore, ma nemmeno per un istante osò ribellarsi alle dita di ferro del maestro di palazzo. – Come vostra grazia desidera... – mormorò. Ripreso dunque il suo piglio autoritario, gli indicò l'uscita. – Accompagnate frate Girolamo all'esterno. Ben presto, avremo il responso.

Mentre lo Svampa veniva condotto fuori dall'aula, incrociò le iridi color ardesia di Saluzzo. E, dentro di esse, vide l'inferno.

24.

All'infermeria della Minerva si accedeva oltrepassando un'anticamera adibita a spezieria. Lo Svampa si lasciò precedere di una decina di passi dal padre *infirmarius* che gli faceva da guida e indugiò davanti a un armadio dalle ante di vetro, attraverso cui s'intravedevano vasetti e ampolle di vario genere. *Pocula*, sciroppi, unguenti e radici essiccate campeggiavano al suo cospetto come tanti canopi collezionati da un antiquario. L'inquisitore scorse con attenzione le etichette applicate su quei contenitori, dopodiché, con un movimento furtivo, schiuse un'anta e prelevò una boccetta, facendola sparire in una tasca della tonaca.

Poi tornò al seguito del frate.

Padre Capiferro giaceva nell'ambiente attiguo, su una branda semioccultata da una tenda di lino. Col busto sollevato contro la spalliera e il volto scavato dalla sofferenza, abbozzò un debole gesto di saluto.

– Vi trovo meglio, – si compiacque lo Svampa, evitando di lasciar trasparire le proprie emozioni.

– Ringrazio il… Cielo… – tossicchiò il segretario. La sua spossatezza era tale che gli impediva persino di tener alzate le palpebre.

– Ringraziate chi vi ha propinato il veleno, – soggiunse l'*infirmarius*. – Se avesse azzeccato la dose giusta…

L'inquisitore si rivolse subito a quest'ultimo. – Dunque avete concluso che si tratta di veleno?

– Be', per esser certi bisognerebbe ispezionargli le viscere, – si difese il frate, suscitando uno scongiuro molto poco cristiano da parte di Capiferro. – Però credo di non sbagliarmi. Veleno.

– Di quale tipo?

– Cantarella, acqua tofana, acquetta di Perugia… chi può saperlo? Senz'altro è presente dell'arsenico. L'edema giallastro intorno agli occhi, gli attacchi di nausea e le vesciche sotto la lingua fugano ogni dubbio.

– Se ho ben compreso, – volle sincerarsi lo Svampa, tornando a osservare il pallido segretario, – il rischio è scampato.

– Padre Francesco è fuori pericolo, ne sono certo.

Capiferro gonfiò le guance in segno di protesta. – E allora per… perché diamine mi è stato proibito di fumare?

– Non fategli caso, – bisbigliò l'*infirmarius*. – L'indisposizione lo incattivisce.

– Portategli qualche libro da leggere, – suggerí l'inquisitore. – Ne sarà contento. – E accennò un saluto.

– Aspettate frate Girolamo… – mormorò Capiferro, opponendosi a un'improvvisa fitta allo stomaco. – Com'è… com'è andata?

– Vi riferite alla convocazione di stamane? – chiese lo Svampa.

– Si capisce…

– Ebbene, – sorrise, – avete di fronte un *inquisitor* commissarius.

– Bene, bene… – si complimentò il segretario. – Allora vi devo assolutamente… parlare. Quell'Ammone…

– Non adesso, – gli disse fra' Girolamo, aiutandolo a trovare una posizione piú comoda. – Voi dovete riprendere le forze. E in quanto a me, non trattenetemi oltre. Ho una questione assai delicata da sbrigare.

25.

Padre Gabriele da Saluzzo uscí dal palazzo del Sant'Uffizio molto tempo dopo che l'adunanza si era sciolta. Cagnolo l'aspettava per spiarlo. Seduto sopra una piramide di palle di cannone, a ragionevole distanza dall'edificio, lo guardò marciare con passi furiosi verso una carrozza nera che l'attendeva all'ombra di un'antica murata, non lungi da Porta Cavalleggeri.

Il bravo non poteva essere certo che fosse la medesima carrozza fermatasi il giorno prima davanti allo spiazzo della Minerva, ma le circostanze erano tali da non ammettere coincidenze. Saluzzo era nemico giurato dello Svampa. Nemico mortale, per giunta. E, in un mondo in cui la piú autentica forma di lealtà consisteva nel tacito impegno fra due rivali di farsi la pelle, valeva la pena controllare. Anche senza il permesso dell'inquisitore.

Seguí i movimenti del vecchio frate fino alla vettura, chiedendosi cosa tramasse e con chi fosse in combutta, quando fu testimone di un singolare evento.

Saluzzo non aveva ancora aperto lo sportello della carrozza che gli si avvicinò un ragazzino. A giudicare dai piedi scalzi e dai capelli lunghi raccolti in una reticella, non poteva trattarsi di un cantore né tantomeno di un seminarista. Era un figlio del popolo.

Di primo acchito, fra' Gabriele fece per allontanarlo con malgarbo. In seguito, però, il ragazzino dovette dire qualcosa di grande interesse, giacché il religioso si soffermò ad ascoltare.

Fu una conversazione assai breve. E Cagnolo non poté far altro che assistere da lontano, senza capire cosa riguardasse. Ma non appena Saluzzo fu salito in carrozza e schizzato via verso Porta Cavalleggeri, il bravo abbandonò la sua postazione e raggiunse in tutta fretta il piccolo informatore.

Lo acciuffò presso le mura, già infilato per metà in uno scolo per l'acqua che gli avrebbe consentito di uscire non visto dal perimetro di San Pietro.

– *Ahò!* – protestò il ragazzino, sentendosi afferrare per una caviglia. – *E mmò che vole 'sto pijancúlo?*

– La verità, voglio! – esclamò il bravo, facendolo strisciare fuori dalla via di fuga.

– *'A verità?* – ripeté l'altro, mentre scalciava.

Sempre tenendolo per la caviglia, Cagnolo lo sollevò finché non l'ebbe appeso a testa in giú. – Quello che hai detto al vecchio frate, – chiarí con aria minacciosa.

Anziché mostrare spavento, il fetente iniziò a dimenarsi come un'anguilla. – *Lasciateme!* – sbraitò. – *Lasciateme annà o strillo!*

– Strilla pure, burinello, – disse l'uomo, guardandolo penzolare. – Strilla, dài, cosí racconterò ai birri che ti ho sorpreso a rubare.

– *Nun so' 'n ladro!*

– M'importa un fico secco di cosa sei, – e gli mostrò il calcio della pistola. – Vuoi dirmi o no cos'hai detto al frate?

Alla vista dell'arma, il ragazzino si quietò. – *Poca ròbba, siggno'*, – farfugliò vago.

– Oh, mi dài anche del signore, adesso, – ghignò il bravo, posandolo a terra. – Orsú, perché l'hai avvicinato?

– *Era pe' faje paga' 'n certo serviggio*, – e prese a guardarsi intorno, quasi stesse pensando da che parte scappare.

Cagnolo gli fece passare i bollenti spiriti con un brusco strattone. – Quale servigio?

– *Nun lo so, lo ggiuro!* – indietreggiò il ragazzo.

– E dovrei fidarmi d'un disgraziato come te?

– *M'avete pijato pe' 'n fregnacciaro?*

Il bravo grugní esasperato. Se il moccioso mentiva era un fior d'attore, ma da come fissava il cinturone con la pistola aveva sicuramente capito che si stava giocando la pelle. – Sai almeno chi è a pretendere questo pagamento?

– *N'omo… nun so er nome*, – rispose quello, sempre vago. – *M'ha dato 'n quattrino ppe' di' a 'sto frate 'ndo' potesse trovallo.*

– Un uomo, eh?

– *N'omo, n'omo!*

– Allora facciamo un patto, – concluse il bravo ritirando l'arma. – Io di quattrini te ne do tre, e tu in cambio mi porti da quest'uomo. Di corsa.

26.

Lo Svampa sventolò la patente di commissarius sotto il naso del custode ed entrò senza fornire spiegazioni nell'archivio della Minerva. Agendo in quel modo, sapeva bene d'infrangere i divieti che gli erano stati imposti dal collegio del Sant'Uffizio, ovvero il servirsi di un'autorità straordinaria per scopi personali. D'altro canto, sapeva altrettanto bene che le informazioni a cui dava la caccia avrebbero gettato luce su un abuso di potere assai piú grave del suo. Un abuso rimasto celato per troppo tempo agli occhi dei tribunali ecclesiastici, e assai piú preoccupante del caso della donna capra.

Ne era venuto a conoscenza poco prima di partire per le terre tosche, durante l'esecuzione di un eretico. All'aprirsi dell'Anno Domini 1625. Di norma, lui evitava quel genere di spettacoli. L'invito, però, era provenuto da monsignor Ridolfi in persona. Impossibile sottrarsi.

Il rogo si era tenuto nella piazza della Tor di Nona, grigia come il ferro, davanti alle acque gelide del Tevere. L'uomo legato alla pira, e di cui l'inquisitore non rammentava il nome, aveva continuato a gridare in preda allo strazio, maledicendo il papa e l'intero ordine gerarchico della Chiesa finché il fuoco non gli aveva avvolto testa e capelli. Una dimostrazione di resistenza al limite dell'umano, a onor del vero. Ed era stato poco prima di morire, quando il povero diavolo rivolgeva ormai i suoi improperi all'aldilà, che gli era uscita di bocca una frase enigmatica: – Magari fossi stato protetto come il Cesare Torrefosca!

Al suono di quel nome, lo Svampa aveva avuto un sussulto. Torrefosca. Non lo udiva da una vita. Da quando suo padre, tipografo di Venezia, si era rifiutato di stampare un libro consegnatogli sotto forma di manoscritto da un gruppo di gentiluomini venuti da chissà dove.

Benché all'epoca fra' Girolamo fosse solo un bambino serbava perfetta memoria di quell'alterco degenerato in lite. L'unica circostanza in cui avesse visto il genitore in preda a un'ira cosí grande da mettere in fuga gli individui entrati nella sua bottega. «Non sarà mai! – aveva continuato a gridare l'artigiano. – Mai pubblicherò le bestemmie di Cesare Torrefosca!»

Lo Svampa non sapeva capacitarsi degli scherzi del destino. Gli era bastato udire quel nome, rimasto sepolto sotto i suoi traumi d'infanzia, per intuire dopo oltre vent'anni di interrogativi la verità sulla morte del padre. Era stato proprio il giorno successivo alla lite, infatti, che si erano presentati alla bottega alcuni agenti del Sant'Uffizio. E a mandarli era stato proprio Gabriele da Saluzzo, allora inquisitore generale di Venezia, con l'ordine di trascinare il tipografo Fulvio Svampa al suo cospetto affinché si pronunciasse su certe accuse di eresia mosse da voci anonime.

Fugando i ricordi prima che diventassero troppo dolorosi, lo Svampa si toccò la base del collo, nel punto esatto in cui, in quel giorno lontano, era stato marchiato a fuoco perché suo padre ammettesse delle colpe che non gli appartenevano.

Non si trattava di un marchio qualsiasi, ma del medesimo che Fulvio Svampa usava imprimere sui frontespizi dei libri usciti dal suo torchio.

Un roveto ardente.

L'inquisitore soffocò un crescendo di rabbia e continuò a rovistare tra le carte dell'archivio, diviso tra il bisogno di scavare nel passato e quello di aprire la boccetta rubata nella spezieria della Minerva.

Di solito non prestava fede alle parole dei condannati a morte, cosí come a quelle di qualsiasi altra persona si presumesse capace di affermare la verità. A suo avviso, il genere umano era un'accozzaglia di accidenti necessari a cui si doveva ricorrere, in corso d'indagine, soltanto in extremis. E nulla di piú.

Eppure quel nome aveva aperto una voragine nella sua coscienza.

Cesare Torrefosca.

Possibile che Gabriele da Saluzzo avesse fatto arrestare suo padre a causa di quell'uomo misterioso? Per un qualche errore o per uno scopo preciso? E, soprattutto, chi diavolo era Torrefosca?

Dopo mesi di riflessioni, aveva concluso che esisteva soltanto un luogo in cui poter raccogliere qualche indizio al riguardo. E ora che si trovava al suo interno, fremeva per l'impazienza di reperire gli strumenti che gli avrebbero consentito di attuare la sua vendetta.

27.

Rione Trastevere.

Cagnolo seguí il ragazzino verso il luogo dell'incontro, che non era affatto vicino. Dovettero percorrere sotto un sole cocente buona parte del lungotevere fino alla vecchia Porta Portuensis e alla via che ne prendeva il nome, trovandosi davanti a una distesa di catapecchie affacciate sul fiume. Poco piú in là, sul lato opposto della riva, decine di barconi trainati dai buoi e dai *pilorciatori* risalivano la corrente per scaricare le loro merci davanti al monte Testaccio.

Il bravo si appoggiò a un muro. – Dov'è? – chiese trafelato.

Il moccioso, che al contrario non mostrava alcuna stanchezza, indicò una vecchia banchina seminascosta da una fila di tamerici.

Fu allora che Cagnolo rivide la carrozza nera, ferma sotto una cascata di fiori rosa. Portò d'istinto la mano alla pistola e fece cenno al piccolo compagno di stare indietro. Magari non si trattava di nulla, e tutto quell'inseguimento era equivalso a una gran perdita di tempo, ma il fiuto gli suggeriva di stare all'erta.

Avvicinarsi senza farsi notare fu un azzardo. Piú procedeva verso il Tevere, piú le catapecchie si diradavano in uno spiazzo sabbioso tagliato da un vialetto deserto. Pochi alberi garantivano una scarsa protezione, che tuttavia veniva meno nell'ultimo tratto. Circa venti passi allo scoperto, in piena luce. Solo un idiota si sarebbe arrischiato.

Cagnolo si accucciò dietro il riparo piú avanzato, un rovo rinsecchito, e si sporse con cautela per spiare. Udiva delle voci. Almeno due uomini intenti a discutere, uno dei quali con l'accento spagnolo. Il corpo della carrozza gli nascondeva la scena, che doveva tenersi presso la sponda del fiume.

Titubante sul da farsi, il bravo valutò se procedere o meno. I finestrini della vettura erano occultati e il cocchiere guardava altrove. Nessuno, probabilmente, l'avrebbe notato. C'era soltanto da chiedersi se valeva la pena esporsi a tal punto per lo Svampa.

Stava ancora valutando i pro e i contro della faccenda quando udí un grido.

Proveniva esattamente dal punto che stava tenendo d'occhio.

Snocciolando una bestemmia, Cagnolo sfilò la pistola e si precipitò a canna tesa verso quella direzione. Lo sapeva, si disse. Lo sapeva che c'era del marcio! Pronto a far fuoco, raggiunse di volata il retro della carrozza, ma, quasi fosse una creatura viva, quest'ultima parve avvertire la sua presenza e partí all'improvviso, lasciandogli intravedere un uomo che balzava dentro l'abitacolo con una daga insanguinata in pugno.

Fu solo un attimo dopo, mentre rallentava il respiro, che il bravo si rese conto d'aver udito un tonfo nell'acqua. Raggiunse quindi la sponda e vide un corpo che affondava nel grigiore del Tevere.

– Pezzo di cornuto, aspetta! – gridò liberandosi di budriere, feltro e mantello. – Aspetta ad andare a fondo!

28.

Convento di Santa Maria sopra Minerva.

Era già trascorsa l'ora del pranzo quando lo Svampa uscí dall'archivio, pago e al contempo turbato dalle sue recentissime scoperte. La verità su Torrefosca era piú complessa di quanto si fosse aspettato e, benché il pensiero lo mettesse a disagio, l'inquisitore sarebbe riuscito a portarla a galla soltanto con l'aiuto di Capiferro. Se voleva avere successo, gli serviva la formidabile memoria del segretario e soprattutto la sua capacità di collegare le storie degli uomini a quelle dei libri.

A tal ragione, stava giusto imboccando un ambulacro diretto all'infermeria quando vide venirgli incontro il padre guardiano.

– Magister, – lo chiamò questi con tono concitato, – una persona chiede di voi.

– Che aspetti, – tentò di liquidarlo lo Svampa, senza rallentare il passo.

– Impossibile, – insistette il frate.

L'inquisitore fu costretto a fermarsi. – Se si tratta di un membro della camera apostolica… – sbuffò, augurandosi che non fossero sorti problemi riguardo la sua nomina a commissarius.

– Be', no, – tentennò l'altro.

– E allora chi sarebbe?

Il padre guardiano tradí una punta d'imbarazzo. – Una donna.

Margherita Basile attendeva nel chiostro della Minerva, tra gli affreschi con la vita di santa Caterina da Siena. Avvolta in una spolverina color cenere, vagava come un'anima del limbo tra le arcate deserte.

Come la vide, lo Svampa si rannuvolò. – Cosa siete venuta a fare? – proferí, sbucando dalla penombra di un loggiato.

La dama alzò il cappuccio che le celava il volto. – A rivolgervi una supplica, – rispose con deferenza.

– Rivolgetela al maestro di palazzo.

– Vi spavento a tal punto? – s'irritò lei.

Lui le si mise di fronte, squadrandola dalla testa ai piedi. – Spaventarmi... voi?

– Ogni qualvolta vi trovate al mio cospetto, – spiegò Margherita, – non fate che oscillare tra l'indifferenza e la provocazione.

Lo Svampa ignorò quel commento e prese a vagare per il chiostro. – Ebbene, – seguitò con piglio sbrigativo, – ditemi quel che volete e andatevene.

– Sono qui per mio fratello e per mia nipote, – rispose la dama, ritrovando i suoi modi affabili. – Hanno entrambi trascorso la notte nelle prigioni pontificie per vostra volontà, mi è stato riferito, ma a parte questo noi della famiglia non abbiamo saputo altro. Se perciò vostra grazia fosse cosí cortese...

– Dovrete aspettare, – tagliò corto lui.

– Non potete rivelarmi nulla? – lo implorò. – Nemmeno di quali reati si sarebbero macchiati?

– È presto per dirlo, madonna. E in ogni caso, se può consolarvi, Leonora non è trattenuta in una cella ma in appartamenti affatto sgradevoli.

– Pretendo d'incontrarla.

– Assolutamente no.

– Ma sua madre è in pena!

– Sua madre... – rimuginò l'inquisitore, quasi fosse alle prese con un concetto astratto. – Perché non è venuta lei al vostro posto?

– L'avreste preferita? – replicò Margherita, allusiva.

– Non siate sfacciata.

– Adriana ha soggezione di voi, – riprese lei, in un crescendo di nervosismo. – Come tutti, del resto.

– Me ne compiaccio, – rispose a tono lo Svampa. – E in ogni caso, abbiate la bontà di comunicare a vostra sorella che Leonora è in ottime mani e che molto presto...

Stanca di vederlo camminare avanti e indietro, Margherita scattò in avanti e in uno slancio di rabbia gli ghermí un braccio.

– Come osate? – sobbalzò lui, fulminandola con lo sguardo.

– Non credevo d'aver unghie tanto affilate, – rise la dama, lasciando la presa. D'un tratto la sua espressione era mutata, riacquistando la ferocia della notte in cui si erano conosciuti.

Incapace di comprendere se quella impudente lo schernisse o gli stesse lanciando una sfida, lo Svampa represse l'istinto di schiaffeggiarla. – Già una volta passaste il segno, – l'ammoní. – Tornate dunque al vostro palazzo, andate! Questa non è la corte di Mantova e io non son certo il vostro protettore.

– Avete ragione, non lo siete, – si azzardò a ribattere lei. – Ma forse un giorno sarò io a dover proteggere voi, e allora non vi rivolgerete a me in modo tanto ostile.

Lo Svampa non avrebbe permesso a nessuno, neppure a Ridolfi, di parlargli con una simile arroganza. La frase di madonna Basile, tuttavia, gli risuonò cosí sibillina che non poté tacere una domanda, seppur offensiva: – Quale genere di esaltazione v'ispira simili vaneggiamenti?

La dama arretrò beffarda. – Lo scoprirete a tempo debito, magister.

– Lo scoprirò adesso, invece! – s'inalberò lui. – O, vi do la mia parola, resterete qui finché non mi avrete risposto.

– Oh, quindi adesso mi trattenete, – continuò a provocarlo, quasi respingesse un corteggiatore. – Ebbene, padre Girolamo, sappiate che non avreste mai ricevuto la delega di commissarius, se mi fossi rifiutata d'intervenire.

– Figurarsi! Le vostre insinuazioni non hanno alcun senso.

Margherita però sembrava fin troppo persuasa delle proprie parole. – Monsignor Ridolfi mi aveva avvertito che siete tanto geniale quanto cieco, – continuò. – Ma al contrario di sua eminenza, io ritengo che questa vostra cecità non si debba a un semplice disinteresse verso il prossimo, bensí a un'incontenibile paura verso il mondo che vi circonda.

– Moderate i toni, madonna, – la mise in guardia l'inquisitore. – Io non temo nulla e nessuno.

– Davvero? – lo derise lei. – Ebbene, il giorno in cui vi deciderete a mostrarmi l'uomo che si nasconde sotto questa tonaca, – e gli batté una mano sul petto, – saprò dirvi se avete ragione.

Dopodiché, fece scomparire la sua chioma di fiamma sotto il cappuccio e si avviò con aria sdegnosa verso l'uscita. – Rammentatevi, padre, – aggiunse marziale. – Mia nipote e mio fratello!

29.

Riprese il cammino per l'infermeria con le parole di madonna Basile che gli bruciavano ancora nelle orecchie. Fino ad allora l'inquisitore aveva conosciuto l'odio, lo sdegno e persino la frustrazione di affrontare dei casi all'apparenza irrisolvibili, ma mai l'esasperazione instillata da una femmina. Una femmina, per giunta, capace d'attaccare nello stesso momento su due fronti, quello dell'orgoglio e quello della curiosità.

La possibilità che Margherita avesse avuto un ruolo nell'attribuzione della sua carica di commissarius lo turbava non poco, ma a peggiorare la situazione c'era il desiderio di trovarsela di fronte, ancora una volta, per prendersi la soddisfazione di metterla a tacere.

Cercò di placare l'inquietudine concentrandosi sulle informazioni reperite in archivio. Scoprire chi fosse Cesare Torrefosca e quali legami avesse con Gabriele da Saluzzo doveva avere precedenza su ogni cosa, compreso l'enigma della morte di Ferrante Cattaneo. Erano anni che lo spettro di suo padre reclamava giustizia e lo Svampa non intendeva farlo attendere un giorno di piú.

Gli serviva con urgenza Capiferro, pertanto. Il suo acume, la sua memoria infallibile… Ma quando fu giunto al cospetto del confratello, si rese conto d'aver messo il carro davanti ai buoi.

Il segretario giaceva nella penombra, immerso in un sonno profondo.

Povero illuso, si disse. L'ansia di vendetta gli aveva fatto sperare di trovarlo cosciente e abbastanza lucido da poter discutere con lui. Invece eccolo spossato, al pari di un soldato ferito da un colpo di moschetto destinato a un commilitone.

Lo Svampa si avvicinò con passi leggeri e si chinò su padre Capiferro per controllarne il respiro. Non gli era mai capitato di osservarlo cosí da vicino e per la prima volta fece caso alla sua fronte nobile, ben distesa, e al naso aquilino. Raramente si soffermava sui tratti fisici delle persone e ancor piú di rado ne conservava memoria. A quel genere di particolari, fin troppo comuni e ripetitivi, ne preferiva di piú astratti, derivati dalle sensazioni e dai contesti legati alla gente con cui aveva a che fare. Come se ogni singolo individuo si riducesse a una nebulosa di pensieri, colori e odori che di tanto in tanto entravano in collisione con lui, costringendolo a prenderne atto.

Si rialzò e ripiegò verso l'uscita.

Per il adesso il suo piano di vendetta doveva attendere. Tanto valeva occuparsi del caso per cui era stato richiamato a Roma.

L'ultima volta che aveva attraversato via dei Pontefici era quasi notte, con le luminarie a rischiarargli il cammino. Ora invece la luce del sole tingeva le facciate degli edifici con le infinite tonalità dell'ambra. Lo Svampa si fermò davanti al palazzo del governatorato e, schermandosi gli occhi dal barbaglio, chiese alle guardie d'interloquire con sua eminenza, monsignor Berlinghiero Gessi. Un armigero lo scortò subito all'interno.

L'inquisitore visitava sempre malvolentieri quel luogo. Il governatore di Roma, capo dei birri, delle carceri e di un tribunale criminale, rappresentava un'interferenza di autorità nei confronti del Sant'Uffizio. All'uno spettava punire i reati comuni, all'altro quelli di natura piú sfuggente, come l'eresia, la blasfemia e la stregoneria. Ma, di tanto in tanto, si ritrovavano a contendersi la competenza su delitti d'incerta attribuzione.

Per giunta, c'era da fare i conti con l'aspetto non proprio gradevole di monsignor Gessi. Obeso, con mani e piedi deformati dalla gotta, stava arroccato dietro la scrivania del suo pomposo ufficio al pari di un enorme granchio rossastro.

– Questa è bella! – ghignò non appena vide entrare lo Svampa. – Bella per davvero.

– Non mi aspettavate? – ribatté l'inquisitore, sconcertato.

– Oh sí, – rispose Gessi, posando un messaggio spiegazzato sul ripiano. – Siete qui per il caso di Ferrante Cattaneo, suppongo. Ma quando vi avrò spiegato la ragione della mia ilarità, avrete da ridere anche voi.

Credendolo un maldestro tentativo di canzonarlo, lo Svampa gli sedette di fronte con fare incurante. – Parlatemi del cavaliere di Santo Stefano, piuttosto.

– Lasciate prima che mi complimenti con voi per la delega di commissarius, – soggiunse il governatore, senza attenuare i suoi modi spiritosi. – La seconda in pochi mesi. Davvero notevole.

– Si tratta di uno strumento per raggiungere un fine, – minimizzò l'inquisitore.

– Purché il conseguimento di questo fine non mi arrechi delle scocciature, – commentò l'altro, – avete la mia benedizione.

– Ordunque, – s'irrigidí lo Svampa, – torniamo a messer Ferrante.

– C'è ben poco da dire, – si decise Gessi. – Il cadavere di Ferrante Cattaneo è stato rinvenuto dai miei uomini in seguito a una segnalazione di alcune nobildonne delle famiglie Baroni e Basile. Ma questo lo saprete già, immagino. Giaceva in una catacomba, senza ferite o segni che potessero aiutare a stabilirne la causa della morte. E tuttavia, in base alla testimonianza della fanciulla...

– Tralasciate pure, – lo interruppe. – Mi interessa dell'altro.

– Ovvero?

– Notizie riguardanti messer Cattaneo quand'era ancora in vita.

Il governatore lo fissò spaesato. – Era cavaliere di Santo Stefano, un autentico crociato del mare, – iniziò a raccontare. – Partecipò a una campagna al largo di Negroponte, una battaglia navale che si vocifera abbia spalancato le porte dell'inferno...

Lo Svampa sollevò la mano destra. – Anche su questo ne so abbastanza.

– E allora cosa accidenti pretendete che vi dica? – si spazientí l'obeso.

– L'ordine di Santo Stefano è legato alla Toscana, le sue principali sedi sono a Pisa e a Portoferraio, – gli fece notare l'inquisitore. – Siete a conoscenza di cosa abbia portato il nostro cavaliere a Roma?

– Non ho avuto tempo di chiederglielo. L'ho conosciuto soltanto da morto.

– Però, a detta di padre Francesco Capiferro, i vostri uomini hanno scoperto dove alloggiava.

– Non è un mistero, – gli confermò Gessi. – Pare trovasse asilo da una settimana circa in rione Trevi, presso la certosa di Santa Maria degli Angeli.

Aveva senso, rifletté lo Svampa. In fin dei conti quel monastero era stato edificato per volere dello stesso fondatore della milizia di Santo Stefano, papa Pio IV. – Quindi, – concluse, – per ottenere maggiori informazioni sulla vittima basterà interrogare i monaci certosini.

– Avete mal inteso, – lo avvertí il governatore. – Non mi riferivo alla foresteria di Santa Maria degli Angeli, ma alle sue immediate vicinanze. Messer Ferrante alloggiava in una bettola a ridosso delle antiche rovine delle terme di Diocleziano.

– Sta bene, – ribatté lo Svampa. Per lui non faceva alcuna differenza. Bettole, monasteri o gallerie sotterranee, si trattava essenzialmente di reperire degli indizi che gli consentissero di ricostruire l'ultimo giorno di vita della vittima. Si rialzò in piedi, prendendo un veloce congedo.

– Aspettate, – rise Gessi, alzandosi a sua volta con aria faceta. – Non siete curioso di conoscere il motivo della mia gaiezza?

L'inquisitore, già davanti all'uscita, si voltò per fissarlo con sufficienza. – In effetti, – replicò, – non potrebbe importarmene di meno.

Il prelato, che non la smetteva di sghignazzare, lasciò trapelare dagli occhi una nota di sadismo. – In tal caso, – insistette, – significa che mi terrò in ostaggio il vostro bravo.

– Il mio bravo? – sobbalzò lo Svampa.

Per tutta risposta, il governatore raccolse il messaggio spiegazzato che riposava sulla sua scrivania e glielo passò. – Quella buon'anima di Cagnolo Alfieri, – specificò, deformando il volto in un'espressione rapace. – Pare che i miei uomini l'abbiano ripescato dal Tevere un'ora fa. Insieme a un cadavere.

30.

Rione Campo Marzio.

Margherita Basile fece ritorno a palazzo Gonzaga con un diavolo per capello. Nessuno l'aveva mai trattata cosí, nessuno! Fin da quando era stata consapevole della propria avvenenza, non c'era stato uomo – nobile, prelato o castrato che fosse – in grado di resisterle o di negarle qualcosa. E ciò che non era riuscita a ottenere grazie al suo bel viso, l'aveva conquistato con l'arguzia. Osannassero pure sua sorella Adriana, la sirena di Posillipo, la voce sovrana, ma era stata lei ad ammaliare il duca di Mantova, lei a garantire per sé e per la propria famiglia una vita d'agi degna di un piccolo casato nobiliare.

Girolamo Svampa, tuttavia, sembrava insensibile al suo carisma. Che fosse a tal punto devoto a Dio e all'ordine dei frati di san Domenico? No, si rispose Margherita. L'inquisitore non emanava il fervore spirituale degli asceti e nemmeno l'esaltazione di chi si mortificava in nome del Signore. D'altro canto, non era nemmeno uno di quei chierici effeminati attratti soltanto dai giovani aitanti, né uno di quegli ingenuotti che restavano bambini fino alla vecchiaia. No, ripeté a sé stessa. Lo Svampa era un uomo tutto d'un pezzo. Il suo contegno tradiva la tempra d'un cavaliere d'altri tempi, uno spirito votato a una missione da adempiere a ogni costo. Ed era stato proprio quel contegno, quell'impenetrabile armatura, a tradirlo.

Un uomo siffatto, cosí sdegnoso, forse ferito, non avrebbe mai potuto servire con cieca obbedienza la Chiesa. La tonsura e la cappa dovevano essere soltanto una maschera atta a nascondere un mare costantemente in tempesta. Un mare fra le cui onde navigava un Ulisse infuriato alla ricerca di un porto. L'unico porto, nell'intero l'universo, in grado di dargli pace.

Giunta in via della Scrofa, la dama allungò il passo verso palazzo Gonzaga e, notando un cieco che le veniva incontro sbattendo il bastone a destra e a manca, lo scansò senza rallentare.

E adesso, pensò, chi l'avrebbe sentita Adriana? Disperata per la figlia e per il fratello, si sarebbe scagliata contro di lei, accusandola d'aver stretto alleanze sbagliate, di essersi ingannata nel valutare le persone. Ma Margherita non intendeva certo perder tempo in futili litigi e piagnistei. Se c'era una cosa che detestava era lasciarsi sopraffare dalla rassegnazione. Molto meglio elaborare un piano, rifletté. E passare subito al contrattacco.

Era cosí assorta in quei pensieri che, ormai raggiunto il portone della sua dimora, non si accorse che il cieco si era fermato sul ciglio della strada e, piantato il bastone per terra, si era voltato per guardarla.

Il finto cieco osservò madonna Basile entrare nel palazzo, dopodiché abbassò il lembo del cappuccio che gli nascondeva la faccia e, sempre simulando un incedere malfermo, proseguí verso rione Ponte finché non giunse nella piazza della Tor Sanguigna. Il vociare del popolo gli ronzava intorno come uno sciame d'api, ma lui continuò a camminare a testa bassa, urtando di tanto in tanto qualche passante per render piú credibile la sua pantomima. Accertatosi quindi di non avere ficcanaso alle calcagna, si affrettò lungo un'antica murata in blocchi di tufo e imboccò un androne.

Appena fu all'ombra, scoprí il volto e appoggiò il bastone a una parete. – Ne ho abbastanza di questa commedia, – sbuffò. – I Basile non sanno nulla.

Davanti a lui c'erano due uomini vestiti alla sua stessa maniera, con cappucci e mantelli da viaggio.

– Come puoi esserne tanto sicuro? – obiettò subito il piú alto.

– Ho controllato le loro mosse, – spiegò. – Non sanno nulla, ti dico.

– La ragazza però... – insinuò l'altro, dalle spalle tanto larghe che quasi occludevano il passaggio dell'androne.

Il finto cieco scosse il capo. – La ragazza era soltanto spaventata, – lo rassicurò. – L'ho vista bene in faccia. Anche se l'avessi interrogata, non sarebbe stata in grado di rivelarmi un bel niente.

– La fai facile, tu.

– Sarei io a farla facile? – sbottò. – Io che son stato l'unico, finora, ad aver rischiato la pelle con quel bravaccio?

Intimiditi dalla sua reazione, i due compari arretrarono d'un passo scambiandosi un'occhiata perplessa.

– E l'Inquisizione? – aggiunse infine quello con le spalle a incudine.

– Fratelli miei, suvvia! – li scherní il finto cieco, accarezzando l'elsa della scimitarra che teneva celata sotto il mantello. – Non avrete per caso paura.

31.

Rione Trastevere.

Montato su una carrozza scortata da due archibugieri, lo Svampa partí con il governatore Gessi per la sede distaccata dei birri di Trastevere, presso Ponte Sisto. Non riusciva a immaginare in quale guaio si fosse cacciato Cagnolo, ma per l'intero tragitto evitò d'interrogare l'irritante prelato. E, anche una volta entrato nella caserma, rimase in silenzio mentre si faceva condurre in una segreta adiacente alle prigioni.

In cuor suo, iniziava ad averne abbastanza di quella situazione. Proprio lui, che non amava lasciarsi distrarre né tantomeno sviare dalle indagini, fino adesso non aveva fatto altro che assecondare ora l'uno ora l'altro individuo. Era il momento di smetterla, si disse. Il tempo di togliere dagli impicci il suo bravo e si sarebbe recato di gran carriera alle terme di Diocleziano.

Ma quando giunse a destinazione, in una sala sotterranea illuminata da fiaccole, capí che ne avrebbe avuto ancora per molto.

Cagnolo sedeva su una panca con le manette ai polsi, davanti a un cadavere sdraiato su un tavolaccio di legno. Nelle vicinanze c'erano un paio di armigeri, il caporale dei birri di Trastevere, un notaio e – con suo grande stupore – il venerabile fra' Ambrogio Brandi, priore di Santa Maria sopra Minerva.

– Venite, magister. Venite, – fece strada Berlinghiero Gessi, senza concedergli il tempo d'acclimatarsi. – Sarete curioso di sapere cosa succede, immagino.

– Oltremodo, – l'assecondò atono il commissarius.

– Ebbene, – spiegò il governatore, – poco prima che vi presentaste al mio palazzo, ricevetti un messaggio che m'informava del cosiddetto ripescaggio del vostro bravo dalle acque tiberine, non lontano da Porta Portese. Insieme a lui, c'era questo pesciolino, – e indicò il corpo sul ripiano.

Sempre impassibile, lo Svampa osservò il cadavere. Un uomo di mezza età vestito con il saio nero dei conversi di san Domenico. Uno strappo del tessuto, all'altezza dell'addome, metteva in evidenza una ferita profonda, cagionata verosimilmente da una spada o da un pugnale.

– Non l'ho ucciso io! – vociò all'istante Cagnolo, scattando in piedi. – Anzi, ho tentato di tirarlo su!

– Saresti diventato cadavere anche tu, – lo canzonò il caporale, rimettendolo a sedere con uno spintone, – se non fossero sopraggiunti i miei birri.

– Affogavo, – borbottò il bravo, cercando d'incrociare lo sguardo del suo padrone. – M'ero scordato di non saper nuotare e…

L'inquisitore lo fulminò con un'occhiata. – Cosa c'entri tu con quest'uomo?

– Procediamo per gradi, magister, – intervenne il governatore. – Riconoscete la vittima?

Lo Svampa aveva già tratto le sue conclusioni, ma preferí rivolgersi al priore della Minerva. – Lascio rispondere voi, reverendo padre.

Fra' Ambrogio, un uomo basso che aveva superato i settant'anni e che guidava il convento domenicano di Roma da oltre quindici, lo fissò come se avesse appena assistito a un atto di profanazione. – È uno degli inservienti delle cucine della Minerva, – rispose con voce d'asceta. – Anzi, lo era, – e si fece il segno della croce.

– Lo stesso di cui si erano perse le tracce da stamane?

– Precisamente.

A quel punto l'inquisitore tornò al bravo. – E tu come l'avresti trovato?

– Per caso, padrone, – fece Cagnolo. – Passeggiavo.

– Come no, – sbottò Gessi, incredulo. – Fra le baracche portuali di Trastevere.

Il bravo non si scompose. – Mi piace rimirare i mulini galleggianti, vostra eminenza.

– I mulini?

– Embe'? Non si può?

Rosso di rabbia, il governatore afferrò il caporale per la collottola e lo strapazzò con foga. – Fai parlare questo fesso! – gridò. – Fallo, o giuraddio gli faccio cavar la pelle con le pinze arroventate!

– Invece non farete un bel niente, – esclamò lo Svampa, battagliero. – Quest'uomo è sotto la mia protezione.

Prima che Gessi potesse ribattere, il priore della Minerva si avvicinò al tavolo del cadavere e vi batté sopra un palmo. – Fra' Girolamo, aspettate, – l'apostrofò con sdegno. – Vi rendete conto che costui è quasi di sicuro l'avvelenatore di padre Francesco Capiferro?

– Certo che sí, – disse l'inquisitore. – Ma se il mio bravo asserisce di non aver visto nulla e di essere estraneo agli eventi che provocarono la morte di questo individuo, io gli credo.

– Come osate! – tornò alla carica monsignor Gessi.

– Come osate voi, – gli rinfacciò lo Svampa. – Conoscete l'autorità di cui dispongo. Ebbene, se m'intralciate non esiterò a servirmene.

Il governatore era ben lungi dal voler cedere alla minaccia. – Quale autorità? – obiettò. – Questo omicidio non c'entra nulla con quello che vi è stato affidato.

– Sapreste dimostrarlo? – lo sfidò.

– Cosa insinuate?

– È palese, – ribatté l'inquisitore, fronteggiandolo con piglio aggressivo. – Padre Capiferro, ovvero un elemento indispensabile per la risoluzione del delitto di messer Ferrante Cattaneo, è stato avvelenato guarda caso proprio all'aprirsi delle indagini. Non escludo a tal ragione che si tratti di un sabotaggio. Un sabotaggio riguardante il *mio* caso.

– Vi state arrampicando sugli specchi, – gli rise in faccia il governatore.

– Può darsi, eccellenza, ma al momento non avete modo di confutarmi –. Cosí dicendo, lo Svampa strappò un martelletto appeso alla cintura del caporale e lo usò per aprire le manette di Cagnolo. Quindi, incurante degli improperi che gli venivano rivolti alle spalle, si avviò con la massima imperturbabilità verso l'uscita.

Non appena fu all'esterno della sede dei birri, lo Svampa allungò il passo verso le sponde del Tevere, con Cagnolo che gli andava dietro massaggiandosi i polsi. Il sole iniziava ad assumere una tonalità cremisi, mentre alcuni uccelli marini, giunti da chissà dove, graffiavano il cielo con i loro versi malinconici.

– E adesso, – ordinò l'inquisitore, – mi dirai tutto quel che hai visto e sentito.

Il bravo annuí. Attese che si fossero allontanati un altro po' dalla caserma, poi, dopo essersi guardato intorno con un sorriso gaglioffo, raccontò al suo padrone di Gabriele da Saluzzo, della carrozza nera e dell'assassinio a cui aveva assistito.

32.

Gabriele da Saluzzo scrutò dalla finestra del vecchio palazzo, spiando il viavai serale di piazza Navona. Quasi si aspettava di vederlo spuntare da un momento all'altro, il miserabile Svampa, col mento alzato e lo sguardo ardito. Lui, insieme a una scorta di fanti papalini pronti a fare irruzione.

Ma non c'erano prove, si consolò il frate. Con l'avvelenatore finito nel Tevere, sarebbe stato impossibile risalire ai mandanti. E se il commissarius si fosse azzardato a puntare il dito contro di lui, l'accusa gli si sarebbe ritorta contro.

C'era assai poco di cui andar fieri, tuttavia. Saluzzo era già al terzo tentativo di far fuori il nemico e aveva raccolto soltanto fallimenti. L'attentato in Toscana, il veleno, l'arringa tenuta presso il collegio del Sant'Uffizio… Un altro insuccesso e si sarebbe di certo tradito. Allora sí, i soldati di San Pietro avrebbero bussato al suo uscio.

Guardò dabbasso, per trovar conforto, i tre armigeri di guardia davanti al palazzo. Stavano all'ombra della carrozza nera, ferma in strada come un monito a tornare subito in azione. Il loro capo, uno spadaccino spagnolo dal volto sfregiato, teneva i gomiti posati sul ripiano posteriore della vettura. In attesa.

– Mi date le spalle per nascondere le vostre vergogne? – lo richiamò all'attenzione una voce.

Il vecchio inquisitore si voltò con lentezza, trovandosi di fronte al suo piú temibile alleato. Il cardinal Ireneo Palombara, alle prese con degli alambicchi e dei fornelli su un tavolo che sarebbe passato per quello di uno speziale, se non fosse stato per i libri aperti sopra di esso. Le sue iridi d'aquila, piú azzurre del cielo, peregrinavano senza sosta dalle righe d'inchiostro alle sostanze contenute nel vetro.

– L'unica vergogna che conosco è provocata dall'ignavia, – ribatté Saluzzo.

– Sarà pur come dite, – gli concesse l'altro, controllando alla luce della fiamma un fluido rosso rubino, – ma inizio a nutrire delle perplessità sulla vostra condotta. Lo smalto del predatore si è forse offuscato?

– Non siate ingrato, eccellenza. Vi esprimeste con ben altri termini quando vi aiutai a sviare i sospetti del maestro di palazzo.

– Sospetti che, del resto, continuano a gravare su di noi.

– Basterà eliminare lo Svampa, – lo tranquillizzò Saluzzo con una smorfia di puro odio, – la punta di lancia di Ridolfi.

Palombara versò il fluido color rubino in una provetta sistemata sul fuoco, osservando i pennacchi di vapore che ne fuoriuscivano. Neri, bianchi, gialli e infine rubizzi. Annuí compiaciuto e annotò qualcosa su un taccuino. – Anche sbarazzarsi di quel Capiferro non sarebbe stato male, – aggiunse poi. – Potrebbe diventare una spina nel fianco.

– Prendetevela con voi stesso, – gli fece presente il frate. – Il veleno è opera vostra.

– Evidentemente quella zucca vuota dell'inserviente l'ha diluito troppo. Se l'è meritata, la spanna di metallo nelle budella.

Il vecchio inquisitore annuí. Guardò di nuovo all'esterno, in direzione dello spagnolo sfregiato, dopodiché si avvicinò al tavolo alchemico. – In certi casi, – mormorò, – i metodi brutali sono sempre i piú efficaci.

Palombara inarcò un sopracciglio. – Suggerite un agguato al commissarius?

– Perché no?

– Avete già tentato in diocesi di San Miniato, se ben rammento.

– Quelli erano degli incapaci, – protestò fra' Gabriele, ripensando agli sgherri a cui si era rivolto. – Ma se potessi disporre degli uomini di cui voi disponete qui a Roma...

– Be', – ammiccò il prelato, – quella sí che è gente del mestiere.

Parte terza

L'avemaria dei morti

33.

Rione Trevi.

Era ormai calata la notte quando lo Svampa e Cagnolo giunsero alle terme di Diocleziano, un enorme recinto a forma di quadrilatero al cui interno si celava la magnificenza della certosa di Santa Maria degli Angeli. Dacché monsignor Gessi era stato assai vago nel fornire indicazioni sul luogo in cui aveva alloggiato Ferrante Cattaneo, il piano consisteva nell'armarsi di pazienza e bussare alla porta di ogni locanda nei paraggi. I due iniziarono dunque a costeggiare il monumento, partendo dalla sua grande esedra per poi seguirne le mura affacciate sul Viminale. Sopra di loro, l'aureola dorata di qualche fiaccola fugava a stento l'oscurità. I dintorni di rione Trevi restavano celati ai loro sguardi.

Svoltarono a un angolo e, non scorgendo né osterie né taverne, superarono la vigna dei monaci certosini e continuarono a seguire il perimetro delle terme ai piedi del Quirinale.

Era probabile che il cavaliere di Santo Stefano avesse trovato asilo in quel punto, rifletté l'inquisitore. Fra le mura diocleziane e l'antico tracciato della via Alta Semita sorgevano infatti diversi esercizi dalle lanterne accese. Incuneati tra i ruderi di età romana alla guisa di cripte sepolcrali, quei tuguri rappresentavano le vestigia delle abitazioni di fortuna usate dal popolino prima che papi e cardinali decidessero di ristrutturare la borgata.

Ansioso di progredire nell'indagine, lo Svampa controllò a una a una quelle bettole, mandando Cagnolo in avanscoperta per interrogare i loro gestori. Scoprí però che si trattava per buona parte di ricettacoli di lenoni e bevitori. L'unica dotata di giacigli destinati a visitatori rispettabili portava l'insegna della Giara.

L'inquisitore entrò per primo, accedendo in una sorta di antro che doveva fungere da vestibolo. Pareti di mattoni, collane d'aglio, moccoli di candela e panche di legno scheggiato gli fecero quasi rimpiangere le catacombe di Domitilla.

– Vostra grazia, – lo salutò un ragazzino, venendogli incontro con un orcio tra le braccia. – Vi posso servire?

Lo Svampa lo fissò incredulo. Lindo, ben educato e persino in grado di parlare in modo comprensibile, pareva che quel piccolo garzone non c'entrasse nulla con l'ambiente in cui si trovava. – Cerco il locandiere, – gli rispose.

– Mio padre è malato, ha la febbre, – sospirò il ragazzo, deponendo a terra il recipiente. – Dite pure a me.

– Cerco notizie su un forestiero che potrebbe aver dimorato fra queste mura la settimana scorsa. Messer Ferrante Cattaneo, cavaliere di Santo Stefano. Si tratta di un individuo diverso dai soliti, e benché possa essersi fatto passare per un comune viandante...

– Il marinaio, – annuí di colpo il valletto.

– Cosa dici? – gli si avvicinò l'inquisitore.

– Messer Ferrante, il marinaio, – ripeté candido il piccolo. – Me lo ricordo bene, vostra grazia. Appena aveva un attimo di tempo si metteva a chiacchierare con me. Mi raccontava tante di quelle avventure di mare, vi dico, che al solo pensarci mi vengono ancora i brividi.

– In quale stanza alloggiava? – s'informò lo Svampa, osservando una rampa di scale diretta al piano superiore.

– Qui non abbiamo stanze, eccellenza, – ridacchiò il garzone. – Si dorme tutti in un ambiente unico, su brande e letti separati da semplici tende.

– In tal caso daremo uno sguardo alla branda occupata da messer Ferrante, – l'assecondò l'inquisitore, nella speranza di reperire cosí un qualche indizio.

– Mica l'aveva, una branda personale, – lo deluse il giovane. – I nostri clienti non si fanno lo scrupolo di dormire sempre nello stesso giaciglio. Quando arrivano si buttano dove capita, senza tanti complimenti, e lí restano a ronfare fino al mattino.

L'inquisitore lo trapassò con un'occhiata incredula. – E quindi, dove avrebbe lasciato messer Ferrante i suoi effetti personali?

– Be'...

– Parliamo di un uomo di mare, un combattente, – rincarò il religioso. – Non può essere giunto a Roma soltanto con gli abiti che aveva indosso. Deve avere *per forza* portato qualcosa con sé.

– Io... – titubò il figlio del locandiere. – Io non saprei...

– Sputa il rospo! – intervenne Cagnolo, minacciando di prenderlo a sberle.

Lo Svampa ghermí l'uomo per un polso e lo respinse in malo modo, poi si chinò davanti al ragazzino. – Son forse venuti i birri? Hanno portato via qualcosa?

– I birri sono venuti la scorsa settimana, ma hanno parlato solo con mio padre. Non so cosa gli abbiano detto, giuro... Però sono sicuro, vostra grazia, non hanno portato via niente.

– Niente, – ripeté l'inquisitore. – Spiegami il significato di questo niente.

– Se ve lo dicessi, – fremette il garzone, – messer Ferrante si arrabbierebbe.

– Non lo farà, te lo prometto.

– Voi dite? Eppure... m'ha pagato bene per far la guardia al suo baule.

Lo Svampa si rialzò di scatto. – Quale baule?

Il ragazzo lanciò un'occhiata istintiva al sottoscala. Un attimo dopo Cagnolo si stava già precipitando a controllare. Trovò un'anta e la spalancò, rivelando la presenza di un ripostiglio zeppo di cianfrusaglie. Ficcandosi dentro con la testa e il busto, frugò all'interno finché, con un'esclamazione soddisfatta, non ne uscí trascinando sul pavimento una cassa di legno borchiato.

– È il baule di messer Ferrante? – volle sincerarsi lo Svampa. Ottenuto un cenno affermativo del garzone, ordinò al bravo di aprirlo.

Cagnolo cercò di forzare il lucchetto con la punta della daga, ma, subito spazientito, estrasse la pistola e lo fece saltare con uno sparo.

– Siete uscito di senno? – esclamò il figlio del locandiere. – Se l'han sentito i birri di ronda...

L'inquisitore lo zittí con un'occhiata autoritaria, infine indicò al bravo di sollevare il coperchio.

L'interno del baule conteneva l'uniforme dell'ordine militare di Santo Stefano, una medaglia con una croce a otto punte, una scarsella piena di fiorini d'oro e due splendide pistole a focile.

Sostituendosi a Cagnolo, lo Svampa controllò di persona quel che restava sul fondo, ovvero un rotolo di fogli stretti da un laccio di pelle. Per la maggior parte carte nautiche, alcune delle quali in lingua turca. Fra di esse tuttavia c'erano anche dei documenti manoscritti e... un messaggio che recava la data del 24 giugno 1625.

L'inquisitore aguzzò lo sguardo.

Era il giorno precedente al ritrovamento del corpo di Ferrante Cattaneo.

Il testo diceva:

Signore,

raggiungetemi domani, dopo compieta, al Collegio romano. Ho scoperto qualcosa di interessante sul vostro idolo.

I miei rispetti,

Johannes Bollandus, s. j.

34.

Con il messaggio tra le dita e il rotolo delle carte nautiche sottobraccio, lo Svampa si precipitò all'esterno della locanda della Giara. Finalmente aveva una prova concreta, un appiglio da cui poter iniziare l'indagine. Altro che la donna capra! Qualsiasi cosa fosse accaduta prima della morte di Ferrante Cattaneo, passava per il nome di Johannes Bollandus. Un nome enigmatico che sapeva di terre nordiche, ma al tempo stesso legato a delle iniziali fin troppo note: «s. j.», *Societas Jesus*. La Compagnia di Gesú.

Non c'era bisogno di essere ferrati in materia d'intrigo per sapere che i gesuiti avevano le mani in pasta nelle cospirazioni di mezzo mondo. E in effetti, dal momento che il misterioso Bollandus aveva dato appuntamento al cavaliere di Santo Stefano proprio al Collegio romano, sede della Compagnia, non sarebbe stato azzardato aspettarsi qualcosa di losco.

Ma l'inquisitore non era solito lasciarsi fuorviare dai sospetti, né tantomeno dalle suggestioni. L'idea di procedere per partito preso, seguendo una mera *dubitatio incerta*, valeva a suo giudizio quanto un'ammissione di idiozia.

Innanzitutto, si disse, avrebbe dovuto scoprire chi fosse quel Bollandus, accertarsi che si trovasse ancora nell'Urbe e infine…

Si fermò di colpo.

Era stato preso a tal punto dalla foga del ragionamento da procedere per strada come una nave alla deriva. D'un tratto si ritrovò nel buio, vicino alla chiesa di San Bernardino.

Davanti a lui, tre uomini gli sbarravano il passo.

Lo Svampa capí subito in quale sorta d'individui si fosse imbattuto. Grazie alla fievole luce proveniente da qualche finestra, notò che due di loro avevano i capelli raccolti in una reticella e la spada appesa al fianco. Quello al centro, forse il capo, indossava invece un corto mantello e un cappello decorato da un pennacchio.

– Venite padrone, – mormorò Cagnolo alle sue spalle. – Venite, che qui non tira aria.

Prima che l'inquisitore potesse ribattere, il bravo gli mise una mano su una spalla e lo invitò a indietreggiare.

Ma non appena si mossero, i tre sgherri presero a camminare verso di loro.

Lo Svampa, che teneva ancora il biglietto di Bollandus tra le dita, lo infilò in una tasca della cappa e impugnò il rotolo delle carte con la mano sinistra, in modo da avere la destra libera per qualsiasi evenienza. Tutt'intorno la via era deserta, immersa nel silenzio austero del Quirinale. La torre di San Bernardino, un'immagine salvifica a poca distanza, pareva quasi farsi beffe di lui.

– Dietro di me, – lo riportò alla realtà Cagnolo. La sua voce era bassa, attraversata da una nota d'eccitazione.

L'inquisitore si accorse che aveva sguainato la striscia. – Dammi la tua daga, – gli disse, anziché obbedire. – Posso difendermi.

Il bravo lo scostò di lato con uno strattone, parandosi davanti a lui a mo' di scudo. – Sono in tre e io ho la pistola scarica, – grugní. – Scappate mentre li tengo occupati.

Intuendo i loro piani, gli sgherri si avvicinarono con maggior solerzia. Due di loro, quelli con le reticelle in testa, avevano già le spade in pugno.

Erano a circa sei passi di distanza quando Cagnolo scattò in avanti a lama tesa, minacciando un affondo. I cani randagi arretrarono all'istante, tradendo una fugace esitazione.

– Andate via! – ne approfittò per gridare il bravo, rivolto al suo padrone.

In quell'attimo si udí un rollio di ruote e un trepestio di zoccoli provenire dal fondo della strada. Lo Svampa guardò dietro di sé, cogliendo la lanterna di una carrozza emergere dall'oscurità. Il frastuono della vettura si faceva sempre piú intenso, echeggiando tra la facciate della via deserta.

Altri suoni, tuttavia, iniziarono a rimbombare alle sue spalle.

I rumori del duello.

Cagnolo stava difendendosi da un doppio assalto, destreggiandosi in un gioco largo dalle fulminee prese di ferro. Benché i rivali non gli concedessero tregua, la vera minaccia sembrava provenire dal tipo col cappello piumato, rimasto in disparte a osservare.

Prima che l'inquisitore decidesse se fuggire o dar manforte al suo bravo, la carrozza era ormai prossima. Fu allora che il cocchiere frenò con violenza, facendo impennare i cavalli.

– Salite! – sibilò una voce di donna, mentre una canna di pistola sgusciava da un finestrino e faceva fuoco.

Pur temendo di cadere in una trappola ancora piú insidiosa, lo Svampa non vide altra scelta che correre verso la vettura. Si aggrappò a uno sportello, l'aprí, ma prima di mettersi in salvo attese che Cagnolo abbandonasse il combattimento e lo raggiungesse a gambe levate.

Soltanto allora balzò all'interno dell'abitacolo, finendo bocconi su un sedile.

La carrozza riprese immediatamente la corsa, piú veloce di una folgore. E, alzando lo sguardo, l'inquisitore poté infine riconoscere la sua salvatrice.

35.

– Siete ferito? – chiese Margherita Basile, posando la pistola fumante in grembo.

Lo Svampa si limitò a scuotere il capo. Ormai lontana dal luogo dell'agguato, la carrozza filava lungo la strada buia in direzione di rione Pigna, ma lui non ne percepiva nemmeno il ballonzolare. Diviso tra la gratitudine e la curiosità, decise di stare zitto per non tradire il suo stupore di fronte a una donna che, con ogni evidenza, era assai piú accorta e pericolosa di quanto avesse osato immaginare.

– Siete stata *voi* a sparare? – domandò Cagnolo, che a differenza del suo padrone era incapace di nascondere un ammirato sbalordimento. – Voi?

– Ringrazio il cielo d'essere giunta in tempo, – lo ignorò la dama, continuando a fissare l'inquisitore.

C'era premura nei suoi modi, insieme a una punta di sollievo. Lo Svampa tuttavia continuava a scrutarla come se avesse di fronte una bestia feroce. I capelli fulvi, il taglio delle sopracciglia e le dita affusolate ancora strette sull'arma da fuoco… Da qualsiasi inferno provenisse, meditò, madonna Basile aveva barattato da tempo il ruolo di vittima con quello di carnefice. – Dovrei essere io a ringraziare, e non certo la provvidenza, – si decise a parlare. – Se non fosse stato per il vostro intervento, io e il mio bravo saremmo di sicuro già al cospetto del Creatore. Ma vi dirò grazie, – aggiunse, – soltanto quando avrete spiegato la vostra presenza in un simile frangente.

Lei rise. – Non potrebbe essersi trattato di un caso?

– La casualità è un lusso per i poveri d'intelletto, – ribatté. – Voi siete arrivata nell'attimo giusto per salvarmi la vita.

Margherita si fece seria. – Giacché amate esprimervi in termini di tempismo, – gli fece presente, – sappiate che non è il momento opportuno per rispondervi. Temo d'essermi esposta fin troppo, per ora, quindi limitatevi a essermi grato. Inoltre... – e bussò con il calcio della pistola sulla sommità dell'abitacolo, – siete giunto a destinazione.

In quell'istante, la vettura frenò. Lo Svampa guardò all'esterno e riconobbe la facciata della Minerva fra le ombre della notte. Aprí subito lo sportello, ordinando a Cagnolo di scendere. Quindi si rivolse di nuovo a Margherita.

– Non intendo andarmene finché... – azzardò.

– Un frate di san Domenico appartato in una carrozza con una dama, – cinguettò lei, maliziosa. – In tutta franchezza, non so se possa risultare piú compromettente per il mio o per il vostro buon nome.

– Date fiato alla bocca soltanto per proferire provocazioni? – s'infiammò lui.

Lei continuò a sfidarlo con la sua finta svenevolezza. – Sono giunta alla conclusione che reputiate la mia stessa persona una provocazione.

– Vogliate spiegarmi, – insistette l'inquisitore, – e vi libererò della mia presenza in un amen.

Per la prima volta, la dama lasciò trapelare un'ombra di ripensamento. – Saprete ogni cosa domani, se verrete, – gli promise infine. – Prima di mezzogiorno, al Monte di Pietà.

Dopodiché gli accarezzò il dorso di una mano, come per suggellare un patto di tacita intesa.

Sceso dalla carrozza, lo Svampa si avviò verso la Minerva con le campane che battevano l'una di notte, un invito a chiunque fosse ancora desto di recitare il *De profundis*. L'avemaria dei morti, le porte dell'invisibile spalancate su un mondo d'insonni.

Cagnolo gli fu subito al fianco. – Padrone, – sussurrò, – avete fatto caso allo sgherro col cappello piumato? Quello dei tre rimasto in disparte?

L'inquisitore annuí. – Ebbene?

– È quello con lo sfregio in faccia, – rispose il bravo. – Quello che ha pugnalato il poveraccio ripescato dal Tevere –. E toccandosi la punta del feltro, gli rivolse un cenno di commiato piú confidenziale del solito. Come tra compagni d'arme.

36.

Convento di Santa Maria sopra Minerva.
2 luglio.

Lo Svampa si svegliò molto tardi, in un bagno di sudore, con l'eco di una nenia dentro la testa. Aveva sognato suo padre. Prima senza vita, in una cella allagata da una piena del Tevere, poi sotto forma di ombra, intento a osservarlo davanti al letto. Mise in ordine i pensieri massaggiando le palpebre. L'enigma di Bollandus, l'agguato dei tre sgherri, l'ombra di fra' Gabriele da Saluzzo... e lei, Margherita Basile.

Sgusciò dalle coltri completamente nudo e trovò sul pavimento la boccetta rubata dalla spezieria. Il tappo era rotolato lontano, in un angolo. Lo raccolse e chiuse il contenitore, leggendo con un senso di sconfitta il nome sull'etichetta. «Laudanum».

Aveva tentato di resistere, ma una volta ritirato nella solitudine del suo alloggio non c'era stato verso di prendere sonno. Immagini ed emozioni, stilettate cosí rapide da infiammargli la mente, avevano incrinato l'equilibrio che lo aiutava a mantenere il distacco da ogni cosa e persona. Era colpa di quella donna, del modo in cui si era intromessa nella piega degli eventi, tra la sua vendetta e il rapporto con il maestro di palazzo. Distorcendo la percezione di tutto ciò che gli ruotava intorno. Di chi gli era amico e di chi fingeva di esserlo.

Si toccò il dorso della mano, nel punto esatto in cui lei l'aveva fatto quella notte, e sentí montare di nuovo la rabbia. Era stato manipolato. Non sapeva ancora in quale maniera, ma madonna Basile non sembrava affatto estranea a quel gioco d'inganni. Forse, grazie a lei, avrebbe squarciato il velo.

Il Monte di Pietà, gli aveva detto. Prima di mezzogiorno.

Lo Svampa aprí la finestra, restando abbagliato per un attimo dal sole già alto. Prima di recarsi all'appuntamento, avrebbe dovuto incontrare Cagnolo per affidargli un incarico della massima urgenza. Era necessario che il bravo si recasse subito al Collegio romano per verificare, con la dovuta cautela, se vi dimorasse ancora l'autore del messaggio recapitato a messer Ferrante poco prima della sua morte, il misterioso Johannes Bollandus.

E poi ci sarebbe stato da affrontare una certa questione con Capiferro, ma per il momento era meglio aspettare che il segretario si fosse ristabilito.

Perciò, dopo essersi sciacquato davanti al catino, l'inquisitore indossò il suo abito, uscí dall'alloggio e puntò verso l'esterno senza passare per il refettorio. Non intendeva dar spettacolo facendosi vedere appena sveglio a un'ora cosí tarda e nemmeno rischiare d'imbattersi nel vecchio priore, che di certo avrebbe preteso spiegazioni sul suo comportamento irriguardoso nei confronti del governatore Gessi. Inoltre non c'era da escludere un secondo tentativo di avvelenamento. A partire da allora, si ripromise di evitare la mensa del convento. Meglio consumare cibi acquistati per strada, in luoghi sempre diversi.

Giunto nella piazzola della Minerva, trovò Cagnolo intento a sonnecchiare sotto la chioma di un albero. Lo svegliò con un leggero calcio, facendolo sobbalzare.

– È cosí che vegli su di me? – si finse arrabbiato.

– Ma padrone… – balbettò il bravo. – Vi aspetto dall'alba!

– Alzati, datti una rassettata. Ho un compito per te.

37.

Rione Regola.

Prima dei rintocchi di mezzogiorno, lo Svampa si fermò sotto l'arco voltato che univa il corpo principale del Monte di Pietà alla cosiddetta «casa grande» dei Barberini, da poco annessa alla struttura creditizia. Con i suoi tre palazzi e la rispettiva piazza, l'isolato era talmente vasto che l'inquisitore non riusciva a immaginare né dove l'attendesse Margherita Basile, né per quale ragione la dama avesse scelto un luogo simile per incontrarlo. Il Monte lucrava sulla miseria del popolo in nome della Chiesa, dividendosi tra la recita delle omelie e il conteggio del denaro. Una pratica che lo Svampa aborriva ancor piú dello sfarzo di cui quel genere d'istituzioni usava circondarsi.

Ma con sua grande sorpresa, non fu una fila di poveri che vide accalcarsi davanti al complesso. Al contrario, c'era un viavai di portantine da cui scendevano porporati e nobili in pompa magna, come se dovessero prendere parte a una solenne cerimonia. Alcuni di questi si attardavano a chiacchierare sotto il sole, scambiandosi vicendevoli saluti, mentre altri seguivano in fretta la comitiva che, sempre piú numerosa, sciamava dentro l'edificio.

Impaziente di trovare Margherita, l'inquisitore prese a vagare tra quella fauna di velluti, zucchetti e alamari, finendo per essere trascinato senza quasi accorgersene all'interno di un sontuoso vestibolo e poi di un corridoio che sfociò in una cappella dominata da un monumentale organo a canne. Soltanto allora la calca iniziò a rallentare, disponendosi a cerchio. Lo Svampa si portò d'istinto ai margini, rintuzzando la sua insofferenza per i luoghi affollati, e dispose d'andarsene il prima possibile... quando gli giunse alle orecchie un'armonia di voci e di corde pizzicate.

Rivolse quindi l'attenzione al centro dell'ambiente e vide due donne assorte in un esercizio di gorgheggio con l'accompagnamento di un'arpa.

Non fu la scena in sé a sconvolgerlo, bensí i volti delle cantanti. La prima era Adriana Basile, l'altra sua figlia, Leonora Baroni.

L'inquisitore fu tentato di fendere con un sibilo la folla e attraversarla come Mosè il Mar Rosso, ma dovette trattenersi. Il pubblico era appena sprofondato nel silenzio, l'esecuzione iniziata. All'improvviso lo spazio della cappella vibrò per l'intensità delle voci dei due soprani intenti a tessere un brano dagli accenti drammatici, spezzato da acuti che di tanto in tanto crescevano fino al soffitto, strappando sospiri estasiati.

Lo Svampa non colse nemmeno un'aria. Restò ad assistere a pugni stretti, livido per la rabbia, domandandosi chi avesse osato far uscire Leonora Baroni dagli alloggi del Sant'Uffizio. Nella sua mente si fece di nuovo strada il pensiero che qualcuno l'avesse manipolato e che il caso di messer Ferrante fosse un teatrino montato ad arte per nascondere degli intrighi di cui lui era all'oscuro. Ma io non sono un burattino, si disse. Io non danzo come i pupi di Sicilia e nemmeno alla guisa di un soldato al battere del tamburo. Era già sul punto di andarsene, quando una mano lo fermò.

Si voltò di scatto, trovandosi di fronte Margherita Basile.

– Siete venuto, – bisbigliò lei con un sorriso. Fasciata in un elegantissimo vestito nero, con i capelli raccolti in un'acconciatura alta e il viso seminascosto da un velo crespo, aveva attirato gli sguardi degli uomini piú vicini, religiosi inclusi.

L'inquisitore fece per riversare sulla dama il suo disappunto, ma Margherita, quasi fosse un gioco, l'anticipò ponendogli un dito sulle labbra.

– Seguitemi, – gli disse. E iniziò a far strada.

Giunti in una stanza attigua, Margherita fece cenno allo Svampa di stare di guardia all'ingresso e chiuse a una a una le finestre, tirandone le pesanti tende di velluto. Accese poi un candeliere e con questo i vari lumi presenti nell'ambiente. Soltanto allora raggiunse una porta laterale, l'aprí e con un inchino riguardoso accolse l'uomo che aspettava dall'altro lato. Ancor prima di vederlo emergere dall'ombra, l'inquisitore capí di chi si trattava.

L'uomo avanzò con le mani giunte in grembo, come se volesse manifestare l'intenzione di difendere un prezioso segreto. Salutò con un rapido cenno, quindi si fermò al centro della stanza.

Lo Svampa attese per un po' che l'individuo iniziasse a parlare, ma, cogliendo la sua ritrosia, non riuscí a frenare la lingua. – Dunque ci siete voi dietro tutto questo, – sentenziò.

– Dipende da cosa intendete per «tutto questo», – si difese monsignor Ridolfi.

Anziché rispondere a parole, l'inquisitore spostò il suo sguardo verso la dama.

– Quello con madonna Basile è stato un incontro fortuito, – spiegò il maestro di palazzo, mantenendo la sua sfuggevolezza. – Fino al delitto delle catacombe non avevo avuto il privilegio di conoscerla, non di persona intendo, ma mi era giunta voce di certe sue imprese presso le corti di Mantova, di Monferrato e di Napoli. Ebbene, mi è parso ovvio cogliere la palla al balzo e chiederle alcuni servigi.

– Quali servigi?

– Quel genere, – intervenne Margherita, – che esorbita dalle competenze degli armigeri e degli indagatori ufficiali.

– Una spia, – concluse l'inquisitore con sprezzo.

– Esistono definizioni piú eleganti, – sorrise lei, – ma... sí.

– E nell'interesse di chi agireste?

– Nel mio soltanto, – gli rispose senza alcun tentennamento, – con l'unico scopo di procurarmi amicizie potenti. Amicizie in grado di difendere la mia famiglia.

– Amicizie di cui madonna Basile gode già, – precisò il maestro, spezzando la tensione che andava creandosi tra i due. – Come vi dissi, è assai benvoluta dal duca di Mantova, – e si avvicinò allo Svampa, – e siffatta benevolenza ha permesso di sciogliere alcune resistenze sulla vostra nomina a commissarius. Il nome di Gonzaga è una chiave che può aprire molte porte, anche in Vaticano. Anche se soltanto sussurrato.

Finalmente l'inquisitore comprese il significato delle parole che gli erano state rivolte il giorno prima dalla dama, nel chiostro della Minerva, e capí di avere nei suoi confronti un significativo debito di riconoscenza. Ma non ancora pago di ottenere risposte, sottolineò: – L'intromissione di madonna Basile va ben oltre.

– Se alludete al salvataggio in extremis della notte scorsa... – fece per spiegare lei.

– Insomma! – sbottò Ridolfi, manifestando di voler chiudere in fretta. – Sono stato *io* a chiederle di vegliare su di voi!

Il suo tono di baritono scemò in un silenzio carico di tensione, lasciando spazio a un acuto proveniente dalla cappella. Un acuto che suscitò in Margherita una fugace smorfia d'invidia.

– E in cambio di questa vigilanza non richiesta, – riprese lo Svampa, sfidando a viso aperto il maestro, – avete liberato sua nipote?

– Per quello dovete incolpare me.

I tre si voltarono di scatto verso una sagoma nera che stava uscendo dall'ombra. Di altezza media, con una cappa da domenicano e i baffetti impomatati, avanzò con calma fino al loro cospetto.

– Avrei dovuto immaginare che eravate coinvolto anche voi, – sbuffò l'inquisitore, senza attenuare la sua asprezza.

– In effetti sto molto meglio, vi ringrazio, – celiò padre Capiferro, giocherellando con la pipa tra le dita. A guardarlo bene aveva ancora un aspetto patito, ma il suo incedere tradiva una ritrovata vigoria che tracimava nella fierezza. – Quello che dalle vostre parole parrebbe un complotto, – continuò, – è soltanto una misura adottata per tenervi al sicuro.

– Deciderò poi di cosa si tratta, – lo sferzò lo Svampa. – Ora parlatemi di Leonora Baroni.

Il segretario estrasse del tabacco da una tasca e lo pressò dentro il fornello. – La richiesta di liberazione è stata presentata da madonna Margherita Basile ieri sera, agli alti seggi della curia apostolica, – rispose impassibile. – E giacché le mie condizioni di salute erano migliorate, il maestro di palazzo mi ha chiesto la cortesia di occuparmene di persona. Ho quindi interrogato per la seconda volta la giovane Leonora e in seguito il suo signor zio letterato, messer Giambattista Basile. Trovandoli entrambi estranei alle modalità del delitto, ho consentito che venissero rilasciati *sine strepitu*, alla condizione di non allontanarsi da Roma fino alla risoluzione del caso.

– E tutto senza consultarmi, – l'ammoní l'inquisitore.

– Tra il cadavere ripescato dal Tevere e l'agguato alle terme di Diocleziano, – ribatté Capiferro, – reputo abbiate avuto già abbastanza da fare.

– Quindi sapete...

– Madonna Basile ci ha informati su ogni cosa, – chiarí Ridolfi.

Diviso tra l'ira e l'umiliazione, lo Svampa fronteggiò i tre al suo cospetto con l'animosità di chi si prepara a un duello. – A quanto pare, – disse, – la mia autorità è stata messa in discussione. Devo ritenermi sollevato dall'incarico?

– Per carità, frate Girolamo! – sdrammatizzò il maestro di palazzo. – Vi è stato offerto un aiuto, punto e basta. E se padre Capiferro ha permesso la scarcerazione di messer Basile e della nipote è stato alla luce di supposizioni che meriterebbero la vostra attenzione.

– Io non mi baso sulle supposizioni altrui, – gli rammentò l'inquisitore. – E non inizierò a farlo proprio ora, dopo aver appena individuato una nuova pista sulla morte di messer Ferrante. Una pista probabilmente risolutiva.

Sul volto del prelato affiorò una nota di disappunto. – Di questo non ci avevate parlato, – commentò in direzione di Margherita.

La dama apparve spiazzata. – Ne sono all'oscuro quanto voi, eminenza.

– Ve ne parlerò a tempo debito, – promise lo Svampa. L'improvvisa consapevolezza di precedere gli altri di una mossa fu un toccasana per il suo orgoglio ferito, inducendolo a prendere subito il controllo della situazione. – Ma prima, – aggiunse, – vorrei concentrarmi su ben altro genere di questione, ovvero sui rischi corsi di recente da me e da padre Capiferro.

Ridolfi si adombrò. – Siete giunto a delle conclusioni?

– A parte i fatti di cui siamo a conoscenza, – rispose l'inquisitore, – posso basarmi soltanto sulla testimonianza del mio bravo.

– Reputavo non prestaste fede alle testimonianze, – gli fece presente Capiferro.

– In linea di massima no, in effetti, ma Cagnolo è una persona fidata. Inoltre le sue parole fanno riferimento a dei precedenti che non possiamo ignorare e questo le rende credibili al di là di ogni dubbio.

– Quali precedenti?

– Gabriele da Saluzzo.

Dopo aver fatto quel nome, lo Svampa si dilungò a parlare della carrozza nera, dello sgherro sfregiato e del legame tra il suo nemico mortale e il converso della Minerva ripescato nel Tevere. I suoi interlocutori ascoltarono immobili come statue di sale.

– Ho delle obiezioni riguardo al servitore di mensa gettato nel fiume, – si espresse infine Ridolfi. – Non abbiamo né certezza che quell'uomo sia il responsabile dell'avvelenamento di padre Capiferro, né che Saluzzo sia il suo mandante.

– Se non certezza, – insistette l'inquisitore, – esiste una *dubitatio licita*, – e rivolse un'occhiata d'intesa al segretario. Che dal canto suo preferí armeggiare in silenzio con un acciarino e la pipa.

– Mi meraviglio di voi, frate Girolamo, – tornò alla carica il maestro. – Appena vi si prospetta l'occasione di crocifiggere Saluzzo, non esitate a mettere da parte la vostra logica e la vostra freddezza. Dov'è, ora, il metodo d'indagine per cui andate tanto fiero? Dove la vostra capacità di discernere tra la nebbia delle ipotesi e le prove inconfutabili?

– Se considerate i trascorsi... – tentò di ribattere lo Svampa.

Ma Ridolfi levò le mani con fare teatrale. – Basta! – lo tacitò. – Lasciate stare Saluzzo, è un ordine.

– Non sono certo stato io a stuzzicare il can che dorme, – si difese. – Non io il primo a provocare.

– Davvero? – continuò a rimproverarlo il prelato. – Eppure mi risulta che siate andato in cerca di vecchie scartoffie su di lui.

Lo Svampa alzò il mento con sdegno. – Un'altra spiata di madonna Basile, suppongo.

– Oh, non è stato necessario, – spiegò l'altro. – L'archivista della Minerva ha l'occhio lungo e la chiacchiera facile, – e senza attenuare il suo contegno severo, lo invitò a lasciare la stanza. – Adesso andate, frate Girolamo. Concentratevi per una buona volta sul caso di messer Ferrante e lasciate che sia io a pensare al resto.

Ma sono io a rischiare la pelle, fu tentato di ribattere l'inquisitore. Tuttavia si limitò ad annuire. Prima di passare al contrattacco, aveva bisogno di riordinare le prove di cui disponeva. E di aggiungerne di nuove.

Vedendolo avviarsi verso l'uscita, Capiferro e Margherita fecero per seguirlo.

– Madonna, restate, – ordinò a quel punto il maestro di palazzo. – Ho ancora necessità di parlarvi. In privato.

Non appena i due domenicani ebbero lasciato la sala, monsignor Ridolfi richiuse con cautela la porta e, dopo un attimo di esitazione, si avvicinò a Margherita.

– Voglio che effettuiate dei controlli sullo sgherro sfregiato, – disse con un filo di voce, – e sui possibili legami di quell'uomo con Gabriele da Saluzzo.

– Dunque credete allo Svampa, – concluse la dama, quasi per punzecchiarlo.

Il prelato sbuffò innervosito. – Lui non dovrà saperne nulla.

– Tenerlo all'oscuro potrebbe non essere facile.

– Sarete pagata anche per questo.

– Pagata? – ripeté la dama con aria di protesta. – Finora non ho ricevuto un bel niente.

A quelle parole, la mole del maestro di palazzo parve aumentare a dismisura e piegarsi su di lei, minacciosa. – Desiderate forse che torni sulla questione di vostro fratello? – le rammentò con beffarda cortesia. – Sapete bene che messer Giambattista non è del tutto innocente, e se solo lasciassi trapelare una parola...

Lei arretrò d'un passo. – Non ce ne sarà bisogno, eminenza.

E con malcelato livore, gli baciò l'anello e prese congedo.

38.

Uscito in fretta dal palazzo del Monte di Pietà, lo Svampa si rifugiò sotto l'arco rivolto alla piazza in compagnia di Capiferro. L'esibizione canora si era appena conclusa e gli spettatori iniziavano a riversarsi all'esterno, sotto il sole cocente del primo pomeriggio. Impegnato a pianificare la prossima mossa, l'inquisitore seguí oziosamente quel traffico di uomini e portantine come si trattasse di grossi insetti sbucati da una tana.

– Quindi avete una nuova traccia, – attaccò il segretario, dissimulando un atteggiamento di circostanza.

Lo Svampa si finse interessato al viavai. Non aveva ancora perdonato il confratello per la sua defezione e ci mancò poco che lo prendesse a insulti. Se si trattenne, fu per la necessità di confrontarsi con lui.

– Un nome? – insistette Capiferro. – Un indizio?

– Un messaggio, – si decise l'inquisitore. – Un messaggio inviato da un gesuita a messer Ferrante il giorno prima della sua morte.

– Ah, – fece l'altro con piglio battagliero.

Lo Svampa conosceva l'avversione del segretario per la Compagnia di Gesú e sperava appunto di poter utilizzare quel genere d'informazioni come una moneta di scambio. – L'autore si firma col nome di Bollandus, – continuò, apposta per stuzzicarlo. – Padre Johannes Bollandus.

– Bollandus, dite? Mi evoca un non so che di olandese.

– Sarà per colpa del vostro pessimo tabacco.

– Macché, – bofonchiò Capiferro, mettendosi a rimuginare con l'indice alzato. – *Fasti sanctorum* del 1607... *Martyrologium romanum* del 1613... Opere di un tal Heribertus Rosweydus, sempre gesuita. Ma non riesco ancora a cogliere il nesso con...

– Uscite dalla vostra biblioteca mentale, – lo esortò. – Forse ho scoperto dove alloggia il nostro Bollandus. Stamane ho inviato Cagnolo per verificare.

Capiferro annuí con fermezza. – Dovremo interrogarlo, si capisce.

– Dovremo? – ripeté lo Svampa con diffidenza. – Quindi ora siete passato di nuovo dalla mia parte?

– Lo sono sempre stato, – protestò il segretario.

– Eppure, scarcerando messer Basile e nipote, avete agito a mia insaputa.

– Non siate cocciuto, è stato per cause di forza maggiore.

– Alludete al maestro di palazzo?

– No, alla mia curiosità, – confessò Capiferro. – Ero impaziente d'interrogare Giambattista Basile per verificare una mia ipotesi sulla donna capra e... be', alla prima occasione ne ho approfittato.

Lo Svampa represse un moto d'irritazione. – A quanto pare, oggi ne approfittano tutti.

– Vi riferite all'improvvisa simpatia di monsignor Ridolfi per Margherita Basile? – indagò il confratello, sornione.

– Per l'esattezza.

– Non sarete geloso di quella donna!

– Che assurdità, – si schermí l'inquisitore, cambiando subito discorso: – Parlavate della vostra ipotesi.

– Oh, – si compiacque Capiferro, – dunque adesso vi interessa ascoltarla.

– Sempre che non intendiate inebetirmi con delle futili ampollosità.

– E sia, – gli concesse il segretario, facendosi serio. – Con Basile abbiamo preso un granchio.

– Parlate al singolare, – rettificò lo Svampa. – Conoscete bene la mia opinione al riguardo.

– Facendo arrestare quel letterato ho agito con irruenza, l'ammetto. Interrogandolo mi sono reso conto di quanto differisca la donna capra descritta nel suo racconto, un mero spauracchio napoletano, da quella che noi andiamo cercando.

– Noi? Ancora una volta mi attribuite vaneggiamenti che non condivido. Io non sono alla ricerca di nessuna donna capra, lo sapete bene. Siete *voi* a insistere su questo fronte.

– Lo fareste anche voi, – ribatté inorgoglito il segretario, – se aveste riflettuto sulle parole del finto cieco.

L'inquisitore attenuò i suoi modi sofistici. – Intendete l'uomo che ha aggredito Leonora Baroni? Quello con la scimitarra?

Capiferro annuí. – Secondo la fanciulla, avrebbe pronunciato un nome: Ammone.

– Me ne rammento. E allora?

– Allora ho consultato la mia biblioteca mentale.

– Ci risiamo, – sbuffò lo Svampa.

– Ho tentato di accennarvene, – seguitò il segretario, – poco dopo essere stato avvelenato.

– Ricordo anche questo. Ero convinto che foste in preda al delirio.

– Be', un po' lo ero in effetti. Ma non sragionavo, potete giurarci. Ebbene, frate Girolamo, sono persuaso che quell'Ammone sia la chiave del delitto di messer Ferrante. Si tratta di un idolo pagano, capite? Un idolo che risale ai tempi del Vecchio Testamento. È certamente a lui che si deve il *punctum diabolicum* reperito sotto l'ascella della vittima. È la sua impronta, il suo segno malefico.

Lo Svampa inarcò un sopracciglio. – *Un idolo*, avete detto?

– Sí, perché?

– Anche nel messaggio di Bollandus compare questa parola. È molto probabile che si tratti di un caso, ma... suvvia, parlatemi di questo idolo.

– Esistono pochissimi riferimenti, – esordí Capiferro, trascinato da un oscuro entusiasmo. – Il principale deriva da una fonte che fu scritta tredici secoli or sono, l'*Oratio contra gentes* di sant'Atanasio. Tra le varie divinità egizie e dei popoli della Libia, l'antico vescovo di Alessandria cita infatti il dio Ammon, *arietis capite*, ovvero un essere mostruoso dotato di testa caprina. Anzi, di ariete.

L'inquisitore si limitò ad annuire.

Il segretario lo interpretò come un invito a proseguire. – Come ben saprete, gli idoli pagani non sono che angeli ribelli precipitati sulla terra insieme a Lucifero, demoni malvagi e ingannatori che popolano il mondo sublunare, invisibili al nostro sguardo ma capaci di influire nella vita di chiunque, specie attraverso chi li venera e chi offre loro sacrifici. Ammon, o Ammone che dir si voglia, non rappresenta certo un'eccezione.

Lo Svampa era suo malgrado affascinato. La prima volta che monsignor Ridolfi gli aveva parlato del segretario dell'Indice, si era subito prodigato a metterlo in guardia sulla sua capacità di costruire castelli per aria. Castelli cosí imponenti e complessi da non riuscire a credere che poggiassero su qualcosa di piú effimero di una piuma. – Ordunque, – si preparò a ridimensionarlo, – considerato che siete giunto a queste conclusioni accostando le parole di una giovane cantante agli scritti di un antico vescovo di Alessandria...

– A proposito di vescovi! – lo interruppe Capiferro.

La sua attenzione si era spostata all'improvviso verso la piazza, su un terzetto di prelati appena usciti dal Monte di Pietà.

– Cosa avete visto?

– *Chi*, vorrete dire, – mormorò il confratello a denti stretti. Poi, quasi fosse pentito d'aver parlato troppo, improvvisò un gesto impacciato per sottintendere la grande importanza di quelle personalità. – Il giovanissimo cardinal Francesco Barberini, – disse, indicando l'unico porporato. – E al suo fianco, l'altrettanto giovane ed enormemente ricco monsignor Bernardino Spada, vescovo di Damiata. Vescovo *in partibus*, – si corresse, – dacché la sua diocesi è in terra d'Egitto, occupata dai turchi.

– E il terzo? – chiese lo Svampa, piú che altro per fomentare l'inspiegabile imbarazzo del segretario.

– È il vescovo di Rodi.

– Anch'egli *in partibus*, suppongo.

– Naturale, – tagliò corto Capiferro, sempre piú a disagio. – E ora, se non avete piú bisogno di me, tornerei alla Minerva.

– Aspettate, – lo trattenne l'inquisitore. – Non siete piú curioso di sapere dove alloggia il nostro Bollandus?

– Oh, certo! – si ringalluzzí il segretario. – E pure di interrogarlo!

– Allora verrete con me. Ma a una condizione.

– Vi ascolto.

– Dovrete dirmi ciò che sapete su un tal Cesare Torrefosca.

Capiferro sobbalzò per la sorpresa. – Dove diavolo avete pescato quel nome?

– Ho il vostro appoggio? – volle sincerarsi lo Svampa.

– Contate pure su di me... – tentennò il segretario. – Però...

– E la vostra discrezione? – rimarcò fra' Girolamo, scrutandolo dritto negli occhi.

– Avrete anche quella, lo giuro.

– In tal caso faremo la strada insieme, – l'inquisitore si voltò di scatto, iniziando ad allontanarsi da quel luogo. – Cosí vi metterò al corrente di ogni dettaglio.

Prima di seguirlo, il segretario rivolse ancora lo sguardo ai tre prelati appena usciti dal palazzo. Soffermandosi per un attimo sull'unico di cui non aveva pronunciato il nome.

39.

Margherita sedeva di fronte a Adriana, all'interno di una portantina diretta al palazzo di via della Scrofa. Aveva sempre trovato la sorella maggiore piú bella di lei, ma pur invidiandola non era mai riuscita a odiarla. E questo per merito della dote assai piú preziosa di cui il Creatore le aveva fatto dono. A Giambattista l'estro, a Adriana la suadenza e a lei il talento per l'intrigo.

Sbirciò attraverso il graticcio della finestrella un fitto andirivieni spossato dalla calura. Provava un fascino quasi perverso alla vista delle masse che pascolavano alla cieca, ignare della vera natura dei loro padroni e del mondo che le circondava. Tutti a ripetere le stesse azioni, a fare le medesime scelte, nonostante già conoscessero il destino a cui andavano incontro. A Margherita sembravano tanti automi privi di cervello, messi lí al semplice scopo di non lasciare spogli strade e palazzi. Di riempire il vuoto con altro vuoto.

Fra quei burattini amorfi, però, si nascondevano i demiurghi. Madonna Basile aveva imparato a riconoscerli fin dalla tenera età, individuando tra le persone in cui s'imbatteva coloro che possedevano volontà e intelligenza non comuni. Erano gli *dei ex machina*, i giocatori occulti che usavano i popoli per raggiungere i propri scopi. Tra di loro, monsignor Ridolfi occupava una posizione di riguardo.

Non era semplice indovinare le mire di quell'uomo. Se nei confronti dello Svampa oscillava tra il premuroso e il manipolatorio, si mostrava anche vago riguardo l'indagine sulla donna capra. Piú che a smascherare l'assassino, sembrava interessato a creare scompiglio tra le varie figure coinvolte anche solo di striscio nella vicenda. Quasi intendesse stanare una preda.

Margherita era persuasa che entrando nelle grazie del maestro di palazzo si sarebbe guadagnata non pochi vantaggi, ma l'unico modo per farlo era eseguirne alla lettera gli ordini. Trovare lo sgherro sfregiato, verificare i suoi legami con fra' Gabriele da Saluzzo. Un'impresa non facile. La notte del salvataggio in extremis, mentre gridava allo Svampa di saltare in carrozza, la dama non aveva affatto prestato attenzione ai volti dei tre aggressori. Figurarsi poi, col buio della notte e nella foga del momento, se le fosse stato possibile far caso a uno sfregio. Una possibilità però c'era...

– Ti sei esposta troppo.

Margherita tornò alla realtà e scorse Adriana intenta a fissarla. – La notte scorsa? – le chiese soprappensiero.

– Oggi, al Monte di Pietà, – rispose la sorella. Nella sua voce c'era una nota di biasimo. – Una signora come te, appartarsi con un giovane frate domenicano...

– Figurarsi.

– Ti hanno notata in molti. Conosci le malelingue.

– Ben presto se ne dimenticheranno.

Ma Adriana restava aggrappata alla sua apprensione. – Sei nella città dei papi, – le rammentò. – Qui ogni cosa può essere usata come un'arma.

– E lo dici a me? – la scherní Margherita con una risatina stridula. – Pensa a tua figlia, piuttosto. È grazie al mio intervento se è tornata in libertà. Pure Giambattista.

– Sarà come affermi, – sospirò la sorella, – ma io non vedo l'ora di andarmene da Roma.

– Io invece spero di rimanere a lungo, – ribatté Margherita apposta per farle dispetto. Schiuse la finestrella e richiamò l'attenzione del valletto che conduceva i cavalli a cui era fissata la portantina.

Non appena il servo si fu avvicinato, le dita della dama sporsero all'esterno e gli consegnarono un biglietto.

– Portalo a chi sai, – gli sussurrò madonna Basile, tornando con la mente ai suoi intrighi.

40.

Capiferro conosceva la tragedia che aveva segnato l'infanzia e il carattere dello Svampa, ma ogni qual volta la sentiva uscire dalla bocca dell'inquisitore tratteneva a stento la commozione. L'arresto del padre, la sua traduzione a Roma e l'annegamento in una cella sotterranea della Tor di Nona. Tutto per una decisione presa da fra' Gabriele da Saluzzo. Non si trattava certo dell'unico caso in cui un membro del Sant'Uffizio avesse provocato la morte di un uomo ancora in presunzione di innocenza. Ma che il figlio di quell'uomo, dopo aver condiviso la prigionia e i tormenti del genitore, fosse diventato frate domenicano e poi inquisitore commissarius, quello sí era un evento piú unico che raro. Oltre che sommamente pericoloso.

Camminando verso rione Pigna, all'ombra delle pareti di tufo di via del Monte Frumentario, il segretario ascoltò il resoconto dello Svampa cogliendo in ogni sillaba il retrogusto dolciastro della vendetta.

– Il nome di Cesare Torrefosca risale alla mia infanzia, – giunse al dunque l'inquisitore. – Per essere precisi, al giorno prima che mio padre venisse messo in ceppi.

– Non rammentate altro?

– No, a parte la lite avuta con i signorotti entrati nella bottega.

– Stando a quanto asserite, – ricapitolò il segretario, – vostro padre si rifiutò di pubblicare un manoscritto del

Torrefosca. E questo ricordo vi sarebbe affiorato alla memoria soltanto da pochi mesi.

Lo Svampa annuí.

– All'epoca eravate un bambino, – gli fece presente Capiferro.

– Non m'inganno, – gli assicurò l'inquisitore. – L'eco di quelle parole rimbomba nella mia testa come se fossero state appena pronunciate. Ma mi conoscete, non è basandomi su impalpabili ricordi che intenderei istruire la procedura d'accusa.

Il segretario calciò un sasso lungo la strada. – Siete consapevole di esporvi a un rischio ancora maggiore di quelli che avete già corso?

– Non ho intenzione di tirarmi indietro.

– Attento, allora. Sarete pur bravo a ricostruire gli eventi del passato, ma quando si tratta di guardarvi alle spalle vi dimostrate piú cieco di una talpa.

– Ci penserà Cagnolo a proteggermi.

– Povero martire, quel bravo.

– Ebbene, – insistette lo Svampa, – volete aiutarmi?

Certo che voleva, meditò Capiferro. Non vedeva l'ora di affondare le mani nell'acqua marcia e di portare alla luce un qualche orrendo complotto. Colui che gli camminava al fianco, tuttavia, era piú di un confratello. Era un amico, e gli amici andavano difesi, non spinti al massacro. – Se ho ben compreso, – si mantenne sul vago, – il vostro piano d'attacco si baserebbe sul documento che avete reperito nell'archivio della Minerva.

– Sí, – rispose l'inquisitore. – Consiste in un verbale steso dal Consiglio dei dieci di Venezia l'anno precedente all'arresto di mio padre. Il testo riguarda la formale apertura di un'indagine contro Cesare Torrefosca motivata dalle accuse di un libraio protetto dall'anonimato.

– Un libraio che forse, per vedersi ridotta una pena, pensò bene di scaricare fango su qualcun altro.

– Non è questo il punto, – ribatté lo Svampa. Un paio di svolte e si trovarono a percorrere via Monterone, a un centinaio di passi dal Pantheon. – Secondo il verbale del Consiglio dei dieci, – aggiunse, – l'indagine fu affidata all'allora inquisitore generale di Venezia, fra' Gabriele da Saluzzo.

– Una prassi ordinaria.

– Lo sarebbe stata se in archivio non avessi reperito anche questa carta.

Cosí dicendo, l'inquisitore estrasse da una tasca un foglietto.

– Cos'è? – non poté fare a meno di chiedere Capiferro.

– Una lettera, – dichiarò con enfasi lo Svampa. – Una lettera inviata due settimane dopo da Gabriele da Saluzzo al Sant'Uffizio di Roma. Fra le sue righe si spiega che non c'è motivo di dar credito alle accuse mosse dal libraio anonimo, poiché il Torrefosca, cito a memoria, sarebbe «uomo divotissimo et timorato di Dio, adito a render lode a Gesú et alla Santa Vergine con ogni singolo respiro del suo petto».

– Piuttosto melenso, in effetti.

– Oltre che inconsueto, per un castigatore spietato come Gabriele da Saluzzo.

– Specie se parliamo di Cesare Torrefosca, – si lasciò sfuggire il confratello, sempre piú intrigato dalla faccenda.

– È appunto questo, il tassello che mi manca! – esclamò l'inquisitore, rivolgendogli un'occhiata febbrile. – Per quanto abbia cercato, non ho reperito alcuna informazione utile su quell'uomo.

– E non troverete mai nulla, ve l'assicuro, – disse Capiferro, amareggiato. Avrebbe tanto voluto tacere, ma ormai era coinvolto. E poi, sempre meglio che tornare alle sue scartoffie. – Tutti i libri del Torrefosca furono bruciati in seguito a un processo tenutosi diversi anni or sono, a Roma. Di rado si assiste a spettacoli del genere e altrettanto raramente ci s'imbatte in individui cosí geniali e pericolosi. Secondo la testimonianza di alcuni suoi accoliti, quel negromante fu partorito da una donna ingravidata dal demonio in persona. Proprio come il mago Merlino.

Lo Svampa lasciò trapelare una punta di delusione. – Volete dire che il Torrefosca fu arso vivo con i suoi scritti?

– Magari! – controbatté il segretario. – Quel giorno arsero soltanto libri, giacché la notte prima della condanna il Torrefosca riuscí a corrompere i suoi carcerieri e a fuggire. Il processo fu simbolico, seguito da *damnatio* e scomunica. Da allora, non si hanno piú notizie di quel diavolo.

– Forse qualcuno gli offre protezione, – propose l'inquisitore. – Magari un uomo di Chiesa.

Capiferro si fermò all'istante, lo sguardo altero. – Attento alle vostre prossime parole.

– Perché non Gabriele da Saluzzo? – continuò lo Svampa, incurante dell'avvertimento. – Fu proprio lui a difenderlo in passato. La lettera in mio possesso lo lascia supporre. Inoltre, conosciamo entrambi la simpatia di quel frate per le correnti occulte e negromantiche che serpeggiano nell'Urbe. È legato ai Rosacroce, rammentate?

– A onor del vero, – fu costretto ad ammettere il segretario, riprendendo il cammino, – l'atteggiamento dimostrato da Saluzzo nei confronti di Torrefosca è quantomeno... sospetto. So bene che non amate questo termine, ma in un simile frangente non saprei quale altro utilizzare.

– Usate pure la parola «losco», – gli concesse l'inquisitore.

– Losco, sí, – ripeté Capiferro con fare sbrigativo. – Ma non è comunque abbastanza per screditare il vostro nemico agli occhi del Sant'Uffizio. Con la lettera che avete in pugno potreste al massimo ottenere un'accusa per negligenza. Poco e niente, in sostanza.

Lo Svampa continuò a camminare in direzione del Pantheon. I passanti iniziavano a crescere a dismisura, al punto che in breve i due domenicani dovettero procedere uno di fronte all'altro per fendere la folla. – Se però dimostrassi che Saluzzo sviò le indagini contro il Torrefosca pur conoscendo la sua pericolosità e le sue dottrine...

– Questa è bella! – proruppe Capiferro. – E in quale modo fareste?

– Dipende –. L'inquisitore si fermò di scatto. – Cosa sapreste dirmi in merito agli scritti del Torrefosca?

Il segretario si schermí dietro un gesto impotente. – Prima che bruciassero ebbi l'occasione di memorizzarne qualche stralcio. E ora sono lí, fra gli scaffali della mia biblioteca mentale, ma anche se ve ne citassi il contenuto non potrei esservi d'aiuto.

– In sostanza, l'unico modo per incastrare Saluzzo sarebbe trovare Torrefosca in carne e ossa e costringerlo a confessare il suo legame con quel frate.

– Molto semplicistico, ma rende l'idea. Ammesso naturalmente che abbiate intuito giusto sul rapporto di complicità tra quei due.

L'inquisitore riprese la marcia senza concedersi alcuna replica. Non c'erano segni di sconfitta nel suo portamento. Avanzava ritto, quasi marziale, come si trovasse di fronte non a un impedimento, bensí a una sfida.

Il segretario lo seguí con un sorriso sibillino. – So a cosa mirate, – rivelò d'un tratto, parlandogli alle spalle. – Il vostro intento non è solo quello di distruggere la reputazione di Saluzzo, ma anche di innalzare quella di vostro padre. Sí, vostro padre! Colui che rifiutò di pubblicare gli scritti di Torrefosca e che forse, proprio a tal ragione, fu arrestato per ordine di Saluzzo.

Lo Svampa si voltò di scatto, infiammato dall'astio. – Io non ho detto...

– Non ce n'è stato bisogno, frate Girolamo, – continuò Capiferro, battendogli una mano sul petto. – Malgrado ogni vostro proposito d'imparzialità, la vostra logica e il vostro ferreo metodo d'indagine, *voi sospettate*. Lo so, lo percepisco, non serve che vi giustifichiate. Non con me, per lo meno. Voi, amico mio, sospettate che vostro padre fosse al corrente del legame tra Torrefosca e Saluzzo –. Allargò il volto in una smorfia d'intesa quasi feroce. – E che per quel motivo fu ucciso.

L'unica risposta che ottenne fu un fremito di rabbia che attraversò il corpo dell'inquisitore.

Poi una voce li raggiunse.

Era Cagnolo, spuntato tra i passanti con il suo cappellaccio calcato in fronte.

– Padrone! – esclamò il bravo. – Non è stato facile, ma ho trovato quel Bollandus!

41.

Cagnolo faceva strada con urgenza, il volto adombrato dalla tesa del cappello. – L'ho trovato, – ripeteva. – Non è stato facile ma l'ho trovato. Il custode del Collegio romano non voleva dirmi nulla, quel vecchiaccio, però alla fine ha ceduto.

– E cosa vi avrebbe raccontato? – lo spronò Capiferro, seguendolo al fianco dello Svampa.

– Che quel Bollando o Bollandus, – rispose con gravità, – è un... un agografo.

– *Agiografo*, – propose il segretario con una risatina indulgente. – Uno scrittore di vite di santi, di atti di martiri.

Il bravo fece finta di non aver udito. – Risiede nell'Urbe da tre settimane.

La piazza del Collegio romano si offerse ai loro sguardi oltre la mole del palazzo Frangipane. Lunga e spaziosa, occupata da ruderi e filari di siepi, era immersa in una quiete quasi palpabile.

Incurante di una processione di scolari intenti a seguire il loro maestro, lo Svampa incitò i suoi compagni a passarvi in mezzo e avanzò spedito verso l'ingresso della sede dei gesuiti. Ne aveva abbastanza di quella faccenda. Voleva chiuderla al piú presto per dedicarsi a incombenze assai piú degne della sua attenzione. A insidie ben piú reali di qualsiasi dio Ammone e donna capra.

Il suo incedere era cosí battagliero che il custode, vedendolo passare, non osò neppure chiedergli il nome.

Padre Johannes Bollandus li accolse con un sorriso cordiale. Di circa trent'anni, con il volto flaccido e uno zucchetto nero calcato sul capo, aveva i capelli rossi e l'accento tipico dei popoli belgi. Informato dei due domenicani che intendevano incontrarlo, si era subito prestato a riceverli in un'aula vuota, nel cuore del collegio. Anche se lo Svampa avrebbe preferito un luogo piú appartato, decise di far buon viso a cattiva sorte e si presentò con sussiego, senza curarsi dei mormorii di Capiferro riguardo la natura infida dei pel di carota, primi fra tutti Giuda, Gano, Maria Maddalena e Margherita Basile.

– Ebbene, – esordí Bollandus con un insolito miscuglio di italiano, francese e latino, – cosa desiderano da me le vostre venerabili paternità?

– In primis, – spiegò l'inquisitore, – sapere cosa vi porta a Roma.

– Sono uno studioso, – spiegò candidamente il gesuita. – Raccolgo testimonianze e *legendae* sugli antichi santi della fede cattolica. La mia permanenza nell'Urbe doveva essere breve, un semplice pellegrinaggio devozionale, ma... dopo aver scoperto la sconfinata libreria del Collegio romano mi sono deciso a prolungarla.

– Vite di santi... – ruminò Capiferro. – *Acta sanctorum*...

– Per l'appunto, – disse il belga.

Il volto del segretario s'illuminò. – Ora rammento! – e batté i palmi delle mani con un sonoro schiocco. – Voi siete un discepolo di padre Rosweydus, dico bene? L'autore del *Martyrologium romanum parvum*.

Bollandus annuí meravigliato. – E delle mirabili *Vitae patrum*, – confermò, – dedicate agli eremiti dell'Egitto.

– Anversa 1615, per la stamperia di Plantin, – declamò Capiferro, con l'improvvisa cordialità di chi si trova al cospetto di un amico. – Lavoro eccellente, a differenza del volgarizzamento italiano che…

– Se volete tagliar corto con le effusioni, – lo zittí seccato lo Svampa, – gradirei interrogare padre Bollandus sul conto di messer Ferrante Cattaneo.

– Il cavaliere di Santo Stefano? – sobbalzò il belga.

Colpito dalla sua reazione, l'inquisitore gli mostrò la lettera trovata nel baule da viaggio della vittima. – Gli inviaste questa il giorno prima della sua morte.

Bollandus lo fissò sbalordito. – Messer Ferrante sarebbe… morto?

– Ucciso in circostanze misteriose, – chiarí Capiferro. – Il *punctum diabolicum* reperito sotto la sua ascella…

– Volete tacere? – lo ammoní di nuovo lo Svampa.

Ma ormai il danno era fatto. – Un marchio del diavolo? – ripeté il gesuita, con le guance flaccide che si facevano livide per lo spavento. – Ne siete sicuri?

– Limitatevi a rispondere, – lo riportò all'ordine l'inquisitore. – E siate il piú oggettivo possibile.

– Cosa intendete per oggettivo?

– Che se potessi evitare di sorbirmi le vostre opinioni personali, i vostri pregiudizi e le vostre supposizioni, ve ne sarei oltremodo grato.

Il gesuita arretrò lievemente, guardandosi intorno in cerca di un punto d'appoggio. Lo trovò in una panca, su cui sedette con improvvisa spossatezza. – Ho conosciuto il cavaliere di Santo Stefano circa dieci giorni fa, – confessò. – Mi disse di essere giunto a Roma da poco, in seguito a una battaglia navale tenutasi al largo di Negroponte. E mi raccontò della sua missione.

Lo Svampa rimase ritto di fronte a lui. – Quale missione?

– A suo giudizio, era sopravvissuto al mare per volere di Dio. Per porre fine a una minaccia che incombe sul mondo.

– Si riferiva ai pirati turchi?

Bollandus scosse il capo. – A qualcosa di satanico. Qualcosa di cosí spaventoso che messer Ferrante stentava a parlarne –. D'un tratto la sua voce risuonò roca, come quella di un uomo molto piú vecchio. – Fu per questo motivo che volle incontrarmi, capite? Fu lui a cercarmi, a causa della mia reputazione di studioso. Mi diede appuntamento a Santa Maria in Vallicella e lí mi parlò per la prima volta dell'idolo.

– L'idolo a cui accennate nella vostra lettera? – volle accertarsi l'inquisitore.

– Sí, proprio quello. L'idolo di Ammone.

Lo Svampa non poté ignorare un'occhiata febbrile di Capiferro. Ma resistendo al potere della suggestione, tornò al gesuita: – Continuate.

– Messer Ferrante, – obbedí Bollandus, – mi raccontò d'averlo trovato a Negroponte, in una grotta molto antica. La grotta della follia, la chiamava.

– E la sua missione? Quella a cui accennavate?

– Mantenne molto riserbo al riguardo. Mi disse soltanto che aveva seguito le tracce di Ammone fino a Roma, per distruggerlo. Ne parlava come se si trattasse di estinguere una pestilenza, un morbo innominabile.

– Parole, racconti... – rimuginò lo Svampa. Gli pareva d'avere a che fare con una favola di Giambattista Basile, un'allucinazione uscita dalla mente di un esaltato. L'unica prova concreta era il nome di Ammone, lo stesso pronunciato dal finto cieco che aveva aggredito Leonora Baroni. Un nome che Bollandus non avrebbe mai potuto conoscere se non fosse stato coinvolto negli eventi. Ma da lí a prestar fede a ogni sua singola parola, il passo era lungo. Troppo lungo. – Pur avendovi chiesto di esprimervi in modo oggettivo, – sentenziò, – mi accorgo che il vostro resoconto è ben povero di appigli. Un uomo venuto dal mare, un culto senza nome, un idolo di cui non esiste alcuna immagine...

– Ma io quell'idolo ce l'ho! – esclamò il gesuita, rialzandosi in piedi. – Posso mostrarvelo!

L'inquisitore non avrebbe mai sperato tanto. – L'idolo reperito dal cavaliere di Santo Stefano a Negroponte?

– Sí! – gli rispose l'agiografo. – Me lo consegnò a uno dei nostri ultimi incontri.

– Poco prima di morire, – puntualizzò Capiferro.

Johannes Bollandus non aggiunse altro. Aperta una porta, condusse i due domenicani per gli ambulacri interni del Collegio romano fino all'ingresso del suo alloggio privato. Il volto aveva assunto l'inespressività di una maschera di cera, il corpo la pesantezza di un vecchio. Raggiunta una porta, fece scattare la serratura che emise un rumore stridulo simile alla risata di un demone.

La stanza era angusta, appena lo spazio per contenere un giaciglio e un cassettone. Il gesuita si curvò su di esso e, dopo aver rovistato all'interno, ne estrasse un oggetto avvolto in un panno.

– Ecco, – disse, disfacendo l'involto. – Ecco l'idolo di Ammone.

Lo Svampa sbarrò gli occhi per il raccapriccio. Lo scempio assoluto, l'immagine piú blasfema che mai avesse potuto concepire l'intelligenza umana stava di fronte a lui, tra le mani dell'agiografo belga. Sbatté le palpebre per sincerarsi di non essere in preda a un'allucinazione. Ma l'idolo restava sempre lí. Aberrante. Abominevole.

Prima che potesse proferir verbo, vide Capiferro rintanarsi in un angolo, piegato per terra. E dar sfogo con un violentissimo conato al suo disgusto.

42.

Campo de' Fiori.

Vestita da popolana, con un ampio scialle a nasconderle il fulvo dei capelli, Margherita attraversò la piazza in direzione di un'osteria contraddistinta dall'insegna della Nave. Era pieno pomeriggio e il sole indorava gli edifici, i volti dei passanti e i cespugli di papaveri ai margini del selciato. Ancora un paio d'ore prima dei vespri, pensò. Il tempo appena sufficiente perché una femmina rispettabile sbrigasse i propri affari e se ne tornasse a casa.

Non che entrare in un ritrovo per soli uomini potesse giovare alla sua immagine o l'aiutasse a passare inosservata. D'altro canto quel genere di rischi la eccitava troppo per potervi rinunciare. La facevano sentire viva, pericolosa, come quando aveva scelto di scomodarsi in prima persona per salvare l'inquisitore.

L'interno dell'osteria era scuro, animato dal mormorio di una dozzina di avventori. Come previsto, non appena varcato l'ingresso la dama attirò su di sé tutti gli sguardi. Attraversò il locale come se nulla fosse e prese posto a un tavolo in disparte, seminascosto da un paravento d'incannicciato.

L'individuo che le sedeva di fronte aveva l'aria di aspettare da molto. I lineamenti affilati e i capelli lunghi che gli sfioravano il mento le suscitarono l'idea di un pugnale.

Una di quelle lame bisunte infilate nelle cinture dei mercenari, buone tanto a pulire il pesce quanto a tagliare la gola di un impiccione.

L'attenzione di Margherita ricadde per un attimo sulle dita dell'uomo, intente a stringere il biglietto che un paio d'ore prima lei aveva affidato al valletto della portantina. Non le serví altro genere di conferma.

– Sono qui per la faccenda dell'altra notte, – sussurrò. – Quando mi avvisaste dell'agguato teso all'inquisitore.

Il tizio annuí. – I tre sicari.

– Cosa potete dirmi su di loro?

– Seguivano il frate da rione Pigna. Appena ho colto le loro intenzioni, vi ho fatta chiamare. Come convenuto.

La donna percepí una punta di malanimo, che subito sedò con un cenno d'assenso. – Li avete visti in faccia? – continuò.

– Bene soltanto uno, – le rispose. – Aveva uno sfregio sul volto. Roba da mettere spavento.

Lo spadaccino di cui le aveva parlato lo Svampa, meditò Margherita. Rimase per un attimo in silenzio, a interrogarsi su quale strategia adottare. Ormai il brusio dell'osteria era lontano, il respiro dimesso di una creatura dormiente. Persino l'individuo che le sedeva di fronte aveva perso i connotati, quasi fosse sprofondato nella bruma. – Mi serve un altro servigio, – aggiunse all'improvviso, con un accenno di voluttà.

– Devo continuare a seguire il frate? – domandò il tizio, sporgendosi verso di lei.

Lei scosse il capo. – Lo sfregiato, – disse. – Voglio sapere per chi lavora.

43.

Nella sua semplicità, l'idolo tra le mani di Johannes Bollandus aveva un che di mostruoso. Consisteva in una croce alta poco piú di una spanna, in legno, con una figura umana inchiodata sopra. Il volto aveva le sembianze di un Cristo barbato, ma il resto del corpo era femminile, fasciato da una stretta tunica.

Dopo aver aiutato Capiferro a rimettersi in piedi, lo Svampa tornò a fissare l'obbrobrio. – E questo sarebbe…

– Non so cosa sia, – mise in chiaro il gesuita.

– Cosa intendete?

Bollandus posò il crocifisso sul ripiano del cassettone. Ogni traccia della sua giovialità era eclissata. – Quando messer Ferrante me lo consegnò, desiderava che gli dessi conferma delle sue supposizioni, ovvero che si trattasse di una rappresentazione di un dio pagano.

– Ammone? – chiese l'inquisitore.

Il segretario, pulendosi la bocca con un fazzoletto, sbuffò con scetticismo. – Credevo avesse le corna di capra. O meglio, d'ariete.

– Non necessariamente, – spiegò l'agiografo. – La sua caratteristica principale è un'altra, ovvero di essere ermafrodito. Inoltre, l'aspetto sacrilego dell'oggetto che vi ho mostrato potrebbe forse attribuirsi a un sincretismo maturato in seno a un circolo cristiano-gnostico. L'Oriente trabocca di questo genere di sovrapposizioni magico-cultuali.

Per dirne una, la fusione tra le figure dell'arcangelo Michele e del dio Anubi... – S'interruppe un istante, scrutando le espressioni dei due domenicani. – Io però, all'inizio, proposi al cavaliere di Santo Stefano una spiegazione diversa.

– Ovvero?

– Che si trattasse di Vilgefortis.

– Un'altra divinità pagana?

Bollandus scosse il capo. – Come vi ho accennato poc'anzi, sono uno studioso di santi. Santi dei tempi antichi, per l'esattezza. Il mio mestiere è rintracciare le testimonianze dei loro *mirabilia* tra cumuli di vecchie pergamene custodite nelle biblioteche di mezzo mondo... Ebbene, Vilgefortis è una martire vissuta prima dell'anno Mille. Figlia di un re che la promise in sposa a un principe pagano, nutrí una fede cosí sincera in Cristo che pregò il Signore di preservarla nella castità. E fu cosí che, il giorno prima delle nozze, la principessa si risvegliò da un lungo sonno con il viso coperto da una barba fluente che le dava l'aspetto di un uomo. Il modo in cui la provvidenza, in sostanza, venne in suo soccorso per preservarla. Il pretendente infatti la ripudiò e il padre, in preda all'ira, la fece crocifiggere.

Capiferro era impressionato. – Ora che conosco la storia, – ammise, – riesco a guardare quel feticcio con meno ribrezzo.

– Fino a due giorni fa propendevo in toto per questa versione, – continuò Bollandus. – Ero persuaso che messer Ferrante avesse portato dall'Oriente una statuetta devozionale di Vilgefortis e, consultati i miei appunti, attendevo d'incontrarlo di nuovo per spiegarglielo, dissuadendolo cosí delle sue ossessioni –. Sorrise amaro. – Ma inizio a credere che il cavaliere di Santo Stefano avesse ragione.

Vincendo il disgusto, lo Svampa prese in mano l'ermafrodito crocifisso. – Dunque anche voi sareste convinto che...

– Che questo sia Ammone, sí, – confessò il gesuita. – Proprio come sostenevano messer Ferrante e monsignor Gonzaga.

L'inquisitore ripose immediatamente l'idolo. – Avete detto Gonzaga?

– Monsignor Alfonso Gonzaga, sí. Sua grazia il vescovo di Rodi.

Lo Svampa sentí un'ondata di stupore salire dal petto fino alle tempie. Si sforzò di nasconderla, a costo di digrignare i denti con una smorfia arcigna. – Vescovo *in partibus*, – ribatté, lanciando una frecciata diretta a Capiferro.

– Immagino di sí, – commentò Bollandus, disorientato dal suo mutamento d'espressione.

L'inquisitore non gli concesse requie. – Quale nesso esisteva tra messer Ferrante e il vescovo Gonzaga?

– Da quel che so giunsero al porto di Roma a bordo dello stesso veliero, – gli rispose. – Ferrante Cattaneo, insieme ai pochi cavalieri di Santo Stefano sopravvissuti alla sconfitta di Negroponte, fu soccorso dall'imbarcazione del vescovo che proprio in quel momento stava solcando i flutti verso Occidente. Un intervento della provvidenza, oserei asserire. Ma messer Ferrante non amava soffermarsi sui dettagli e si limitò a dirmi che, durante la navigazione, entrò in confidenza con monsignor Gonzaga. Al punto da raccontargli tutto sull'idolo e sul suo proposito di scovare e debellare il culto di Ammone radicato a Roma.

– Se affermate il vero, – tirò le somme lo Svampa, – il vescovo di Rodi potrebbe aver giocato un ruolo negli eventi che portarono alla morte il cavaliere di Santo Stefano.

– Non dite baggianate! – proruppe Capiferro. – Il vescovo di Rodi è giunto a Roma per ricevere la porpora cardinalizia, non certo per invischiarsi negli affari di un cavaliere di Santo Stefano pescato dal mare prima che andasse alla deriva.

– Tacete! – lo fulminò l'inquisitore. – Indago su questo delitto da nemmeno una settimana e non faccio altro che imbattermi nel nome dei Gonzaga. Mi rifiuto di credere che si tratti di una coincidenza! E pure di credere che voi, monsignor Ridolfi e quell'impicciona di donna Basile siate stati completamente sinceri al riguardo.

Il segretario glissò con una risata nervosa. – La volete smettere di esprimervi a suon di dichiarazioni di guerra?

– È assai difficile, – gli rinfacciò con asprezza fra' Girolamo, – dal momento che per ben due volte ho rischiato la pelle.

– Be', la prima vi siete salvato grazie a me. Perciò fidatevi.

– Mi fido soltanto del mio raziocinio, – chiuse la discussione lo Svampa, per poi tornare al gesuita. – E voi, – disse ancora alterato, – cos'altro sapreste su messer Ferrante e sul vescovo di Rodi?

– Su loro poco e nulla… – si affrettò a rispondere Bollandus. – Ma sulla grotta…

– Quale grotta?

L'agiografo si adombrò. – Si tratta del motivo per cui ho sposato le convinzioni di messer Ferrante sul culto di Ammone. Non solo riguardo il crocifisso dell'ermafrodito, ma anche sul fatto che un culto degenere abbia raggiunto l'Urbe. Due giorni or sono, mentre stavo per concludere le ricerche sull'idolo, ho trovato la mappa che conduce a un luogo segreto. Un luogo molto antico, ma che reca tracce di una frequentazione assai recente. Io l'ho visto, ho seguito il sotterraneo e...

– E...? – lo spronò Capiferro, che non stava piú nella pelle.

– Non ci sono parole per descriverlo, – affermò Bollandus, tradendo una punta di spavento. – Dovreste visitarlo e... giudicare di persona.

44.

Uscito dal Collegio romano, lo Svampa recuperò Cagnolo che attendeva in strada e si avviò insieme a Capiferro verso la Minerva. Con la sua storia di mare, il gesuita belga aveva spalancato una finestra su un universo di divinità perdute e di missioni purificatrici. Un universo davanti a cui era necessario aggrapparsi al raziocinio per non finire risucchiati. – Finora ho udito soltanto opinioni personali e voci riportate, – disse l'inquisitore al segretario. – Non occorre che vi dica quanto m'indisponga.

– Il resoconto di padre Bollandus non sarà il Vangelo, – gli concesse l'altro, – ma da qui a sostenere che non abbiamo fatto progressi...

Lo Svampa si strinse nelle spalle. – Parleremo di progressi quando avrò ricostruito il momento della morte di messer Ferrante.

– Un momento sepolto nel passato.

– Un momento immutabile come la parola di Dio. A differenza di quella degli uomini.

Si erano appena insinuati in una delle tante strettoie di rione Pigna, accompagnati da un alito di vento che mitigava l'afa del pomeriggio. Cagnolo procedeva piú avanti, la mano aggrappata alla cintura, senza alcuna remora di nascondere la spada.

Capiferro seguí per un po' l'incedere del bravo, arricciandosi un baffo, e aggiunse: – Per lo meno disponiamo di una triplice pista.

– Davvero? – ribatté lo Svampa, irritato da quell'ottimismo spicciolo.

Il confratello prese a contare sulle dita. – Primo, il dio Ammone.

– Un feticcio che suscita piú dubbi che certezze.

– Secondo, il *punctum diabolicum*.

– Una ferita mortale di cui non sappiamo neppure da cosa sia stata provocata.

– Terzo, la setta ricercata dal cavaliere di Santo Stefano.

– Una storia ancor piú inconsistente della leggenda di Vilgefortis.

– Siete incontentabile! – Il segretario permaneva nella sua aria sorniona, quasi avesse tenuto in serbo la carta vincente per l'ultima mano. – Forse, – propose, – l'esame della grotta di cui ci ha accennato padre Bollandus potrebbe fornirci degli elementi su cui ragionare.

– Andateci voi, alla grotta, – disse scontroso lo Svampa. – Io ho in mente ben altro. Una mossa assai piú importante.

– Cioè?

– Chiederò udienza al vescovo Alfonso Gonzaga.

– Tempo perso, – tentò di dissuaderlo Capiferro.

L'inquisitore si aspettava quella reazione. – Perché si tratta di un intoccabile?

– Io lo dico nel vostro interesse, – rincarò la dose il segretario. – Non eravate voi ad averne abbastanza delle opinioni altrui?

– Non sono le opinioni a interessarmi.

– E allora cosa?

– L'evidenza di un collegamento tra la vittima, il vescovo di Rodi e madonna Basile.

– Voi sragionate!

– Al contrario, tengo conto dei fatti. I fatti concreti, intendo. E uno di questi è il coinvolgimento della famiglia Gonzaga nel nostro caso. Non vi siete accorto che i suoi membri spuntano ovunque? Prima il duca di Mantova, poi l'intromissione della Basile e adesso pure il vescovo di Rodi.

– Ma il mondo è pieno di Gonzaga! – minimizzò Capiferro, alzando le braccia al cielo. – Inoltre il vescovo di Rodi è alquanto diverso dal duca di Mantova. Ha alle spalle un passato di uomo d'arme, capite? Si è battuto al fianco della Spagna contro i francesi e ora è giunto a Roma con la benedizione dell'imperatrice Eleonora Gonzaga, nella speranza di essere investito cardinale.

– Noto che siete ben informato, – lo provocò l'inquisitore.

– Cosa state insinuando? – si mise sulla difensiva il segretario.

Lo Svampa non rispose subito. Rallentò il passo, aspettando che il bravo si allontanasse, dopodiché squadrò il confratello con un'occhiata severa. – Poche ore fa, appena usciti dal Monte di Pietà, mi indicaste tre prelati. Rammentate? Se non m'inganno pronunciaste soltanto due nomi, Spada e Barberini. Il terzo era il vescovo di Rodi, Alfonso Gonzaga... E guarda caso l'avete taciuto. Perché?

– Se reputate che l'abbia omesso di proposito...

– Di solito non perdete occasione di fare il saccente, – osservò l'inquisitore. – Specie se si tratta di spifferare informazioni su un qualche prelato giunto da lontano.

– Quindi adesso sarei una comare chiacchierona, – ironizzò il confratello.

Lo Svampa sentí la rabbia esplodergli nel petto. – Rispondete! – e gli si mise di fronte. Alto e spigoloso, era ben certo d'incutere soggezione nonostante l'abito da domenicano.

Capiferro si fermò al suo cospetto. Poi, abbassando lo sguardo, riprese il cammino. – Non ho niente da dirvi, ecco tutto.

L'inquisitore gli ghermí una spalla. – Perché non volete o vi è stato comandato?

– Oh, andate al diavolo! – si divincolò l'altro.

– Andateci voi!

– Se non vi spiace, – disse beffardo il segretario, mentre riprendeva il cammino, – andrò invece alla grotta misteriosa. Quella in cui padre Bollandus si è offerto di accompagnarci. Quella dove forse otterrò delle risposte.

– Come vi pare, – imprecò lo Svampa. – Io ho ben altri progetti –. E richiamò con un gesto il fido Cagnolo.

45.

Rione Parione.

In meno di un'ora, lo Svampa scoprí che il vescovo Alfonso Gonzaga alloggiava presso Santa Maria in Vallicella, la cosiddetta Chiesa Nuova, sede dei frati di San Filippo Neri. La raggiunse insieme a Cagnolo, lasciandosi a destra piazza Navona e percorrendo un tratto della *via papalis*. Non aveva ancora deciso quali domande rivolgere al prelato e ignorava se quell'incontro l'avrebbe aiutato a progredire nell'indagine. Ma dopo tante incertezze, aveva bisogno di verificare che Bollandus avesse raccontato la verità. E di definire i contorni della scacchiera su cui stava giocando.

Varcò il portale dell'edificio al rintocco dei vespri, trovandosi all'interno di un corpo a tre navate, fra una decina di cappelle decorate con marmi e stucchi. Davanti all'altare, una folla di fedeli ascoltava un inno sacro che vibrava, echeggiando, fino alle nervature della cupola.

Lo Svampa imprecò contro sé stesso. Nella foga di raggiungere il Gonzaga si era dimenticato della messa. Quell'inconveniente l'avrebbe costretto ad aspettare, perdere tempo, mentre Capiferro stava già probabilmente entrando nella misteriosa grotta di cui aveva parlato Bollandus. Il pensiero lo irritò, non tanto per una questione di competizione, quanto per l'idea che il segretario avesse trovato nell'agiografo un nuovo compagno d'avventura. Rintuzzò il pensiero e, confondendosi tra i presenti, si diresse verso una panca libera. Senza curarsi di Cagnolo che, dietro a lui, si toglieva il feltro e lo usava per coprire la pistola infilata nella cintura.

La melodia proveniva dal coro, dov'era raccolta una *schola* di musici. Un oratorio a cinque voci maschili, tenori e soprani drammatici dall'impostazione robusta, in netto contrasto con la grazia di Adriana, Margherita e Leonora.

Fugando dalla mente le immagini delle tre donne, l'inquisitore meditò su come rintracciare il vescovo di Rodi. Era presumibile che fosse proprio dentro la chiesa, intento a seguire l'esibizione da una posizione di riguardo. Lo Svampa ne rammentava a malapena l'aspetto, ma confidava che non sarebbe stato difficile scovare un prelato tra quella marmaglia. Allungò quindi il collo e si guardò intorno, tra il mare di teste che affollavano la navata centrale. Individuò molti religiosi, soprattutto tra le file piú avanzate, ma nessuno meritevole d'attenzione.

Finché non lo vide.

Seduto su un seggio a pochi passi dal pulpito, circondato da un anello di chierichetti, il vescovo di Rodi indossava una pianeta dai ricami orientali che illuminavano un volto ancora giovane ma rude, piú adatto a un guerriero che a un uomo di Dio. Era proprio lui, si disse lo Svampa, mentre rievocava le parole di Capiferro su Alfonso Gonzaga, soldato al servizio della Spagna prima di diventare vescovo. Per un individuo di tal fatta doveva essere stato naturale entrare in confidenza con un cavaliere di Santo Stefano sopravvissuto a una battaglia navale. Forse tra i due si era addirittura instaurata una fratellanza cameratesca, un'intesa tra combattenti avvezzi a versare sangue infedele, turco o protestante che fosse. Tra spiriti del genere, d'altro canto, poteva nascere anche rivalità…

Il grido gli s'insinuò tra i pensieri come una lama rovente. L'inquisitore si voltò di scatto verso il nartece, senza quasi accorgersi che il canto dei musici era scemato sotto un'ondata di esclamazioni allarmate.

Ci fu un altro grido proveniente dall'esterno, e il portale della chiesa si spalancò.

Nel barbaglio rossastro della sera, la sagoma di un uomo si stagliò in controluce sulla soglia. Aveva le spalle ricurve, il capo affondato in un cappuccio. Avanzò a fatica verso l'interno, barcollando con una mano premuta sul cuore, finché le gambe non gli cedettero.

– Vescovo! – urlò, stramazzando sul pavimento della navata. – Vescovooo!

Tentò di rialzarsi con un moto di rabbia ma crollò riverso, quindi, come se andasse a fuoco, si sfilò il cappuccio, poi iniziò a strapparsi il farsetto e a toccarsi il petto con gesti sempre piú frenetici.

– Il finto cieco! – sobbalzò Cagnolo, alle spalle del padrone. – È lui, per Giuda!

Senza sprecare tempo a chiedere conferma, lo Svampa attraversò la folla attonita e si inginocchiò al cospetto dello sconosciuto. Notò il suo affanno, i gesti spasmodici, la faccia congestionata da una sofferenza inenarrabile. – Chi siete? – ebbe la prontezza di domandargli.

Per un attimo l'uomo smise di agitarsi e lo fissò negli occhi, quasi intendesse confidargli un segreto. C'era fierezza nelle sue iridi, la fiamma di chi sa di essersi battuto e d'aver perso con onore. Tentò di alzare il capo biascicando qualcosa, ma l'unico suono che gli uscí dalla bocca fu un lamento.

Afferrandolo per le vesti, l'inquisitore gli sollevò il busto nella speranza di dargli un po' di conforto. L'uomo però lanciò un altro grido e, fulminato da un'improvvisa convulsione, si afflosciò come un otre forato da un pugnale.

Lo Svampa restò immobile, indeciso se continuare a sorreggerlo o posarlo a terra. Nessuno, fino ad allora, gli era mai spirato tra le braccia, e il senso di vuotezza che ne ricavò per poco non lo sconvolse. Si rialzò al centro della navata pietrificata dal silenzio, tracciò una croce sul defunto e, con la mente infiammata da mille quesiti, snocciolò i versetti iniziali del *De profundis*.

Fu allora che puntò per la prima volta lo sguardo sul farsetto lacero. In un crescendo di agonia, lo sconosciuto l'aveva ridotto a brandelli, denudandosi fin quasi alla cintura.

L'attenzione dell'inquisitore si focalizzò immediatamente all'altezza del cuore. Su un lembo di pelle deturpata da un bubbone scarlatto.

Incurante dei curiosi che iniziavano ad accalcarsi intorno a lui, si chinò sul corpo per osservare meglio, finché non ebbe conferma delle proprie supposizioni.

– Il *punctum diabolicum*! – sentenziò, seminando il terrore tra i presenti.

46.

Rione Sant'Angelo.

– Quell'imbecille!

– Non esagerate.

– È un imbecille vi dico, – insistette Capiferro, lasciandosi alle spalle le arcate nere del Teatro di Marcello e la miriade di botteghe, sacelli e *macellari* che trovavano sede in quegli anfratti.

Padre Bollandus continuò a fare strada senza aggiungere commenti. Ma il segretario, irritatissimo, perseverò ad aspirare fumo dalla pipa e a dare sfogo al suo malumore. – La verità è che è invidioso, – aggiunse. – Non sopporta che sia stato io a trovare il nesso tra la donna capra e il dio Ammone. *Io*, capite? Se solo aveste fatto caso alla sua faccia mentre pronunciavate quel nome... Ammone, sí. Non credeva ai suoi occhi, quel menagramo. Anzi, alle sue orecchie!

– Sembrava avere altre priorità, – si limitò a osservare l'agiografo, conciliante.

– Lo Svampa ha sempre altre priorità, – ribatté l'altro con sarcasmo. – Priorità dettate dalla logica, dice. Dal ragionamento! Ma sono tutte fandonie, l'ho capito da un pezzo. A lui importa soltanto di sé stesso e... – Notò che Bollandus si era fermato davanti a una chiesa. Gli si avvicinò. – È questa?

Il gesuita annuí.

La facciata di San Nicola in carcere, avvolta dall'imbrunire, si ergeva al loro cospetto come il varco per un altro mondo.

– Come l'avete scovata? – domandò Capiferro.

– Sfogliando una copia assai vetusta del *Liber pontificalis*, – gli rispose. – Fra le pagine dedicate a questa basilica ho trovato una piccola pergamena: la mappa di una rete di sotterranei.

– E cosa vi avrebbe indotto a collegare la mappa ad Ammone?

– Il fatto che al centro del labirinto vi fosse disegnata una donna barbata con le corna d'ariete.

– Vorrei vederla.

– Naturalmente.

Cosí dicendo, Bollandus gli porse un lembo di pergamena su cui, con un inchiostro color ocra, era stato tratteggiato un percorso che partiva dall'immagine di una chiesa e conduceva, con l'indicazione *carcer sub terra*, a un volto femminile con due corna rivolte verso l'alto.

– È antica di almeno tre secoli, – riconobbe il segretario. – Quando la basilica di san Nicola serbava un altro aspetto.

– Quando probabilmente, – aggiunse Bollandus, – si sapeva che le cosiddette carceri erano gallerie collegate a templi pagani che riposano sottoterra.

– Templi che secondo il vostro parere continuano a essere frequentati dagli adepti di Ammone?

Il gesuita lo invitò a varcare il portale. – Non è il mio parere che intendo imporvi. Giudicherete dopo aver visto.

Attraversato il corpo dell'edificio, che inglobava nella sua struttura elementi di epoche diverse, ottennero il permesso di accedere alle cripte e da qui, con l'ausilio di due lanterne, proseguirono in una rete di passaggi sempre piú tetri e angusti.

Bollandus faceva strada con la mappa tra le mani, illuminando una serie di motivi decorativi e bassorilievi di epoche passate. Su di essi ricorreva l'immagine della donna cornuta, a volte rappresentata con voluttà carnale, a volte con lineamenti aspri, barbata.

Benché Capiferro si sforzasse di comprendere a chi appartenesse quel volto, dovette improvvisamente porre freno alle sue riflessioni.

Il percorso sotterraneo era appena sboccato in un ambiente abbastanza vasto da ricordare la navata di un monastero. Un monastero privo di portali e di finestre, sorretto da pareti venate di colonne.

Bollandus avanzò verso il centro con la lanterna sollevata, un'eco di passi assorbita da ombre millenarie, finché il barbaglio della fiamma non si posò su una statua posizionata sul fondo.

– Ecco, – rivelò a quel punto il gesuita. – Ecco il dio Ammone.

Parte quarta

La notte delle spie

47.

Chiesa di Santa Maria in Vallicella.

Per non fomentare scompiglio, né recare offesa al miracoloso affresco della Madonna esposto sopra l'altare, lo Svampa dispose che il cadavere venisse immediatamente spostato su un tavolo della sacrestia, lontano dagli sguardi dei padri filippini e dei fedeli. Congedato quindi Cagnolo, si presentò al vescovo di Rodi e lo invitò a parlare in privato.

– Prima di morire, – osservò non appena furono soli davanti alla salma, – quest'uomo ha invocato il vostro intervento.

Liberatosi della pianeta, Alfonso Gonzaga gli si parava dinanzi con aria marziale, in una tonaca nera stretta in vita da una fusciacca. – Ha soltanto gridato «vescovo», – precisò.

– Se ha gridato «vescovo», – insistette lo Svampa, – sarà stato per rivolgersi all'unico vescovo presente in quel momento nella chiesa.

Senza attendere commenti, si avvicinò al corpo del finto cieco ed esaminò ancora il *punctum diabolicum* sul cuore. Poi spostò l'attenzione su due oggetti all'apparenza discordanti. Il primo, una scimitarra moresca inguainata al fianco sinistro. Il secondo, una croce dorata a otto punte appesa al collo, identica a quella reperita nel baule di messer Ferrante Cattaneo.

Alzò gli occhi. – Negate di conoscerlo?

– Affatto, – ripose il Gonzaga con supponenza. – Si chiamava Antonio Maria Berti ed era un uomo d'arme.

– Un cavaliere di Santo Stefano, dico bene? – soggiunse l'inquisitore. – Uno dei sopravvissuti che soccorreste veleggiando al largo di Negroponte.

Il presule manifestò una punta di stupore. – Siete ben informato, vedo.

Lo Svampa si limitò a sorridere con vaghezza. Aveva appena ricevuto una conferma involontaria del resoconto di Bollandus. – Questa è una croce dell'ordine di Santo Stefano e questa una spada sottratta a un giannizzero o a un corsaro turco, – spiegò, indicando gli effetti personali addosso al corpo. – Tanto basta a supporre che il defunto al nostro cospetto abbia combattuto in acque orientali. Acque che vostra eccellenza, – sottolineò, – ha solcato di recente.

– E cosa ne sapreste, voi?

– L'ho saputo da un agiografo gesuita. L'ultimo confidente di messer Ferrante Cattaneo.

Il vescovo arretrò d'un passo.

L'inquisitore capí d'aver colto nel segno. – Conoscete anche questo nome, non è vero?

– Siete qui per accusarmi di qualcosa? – si mise sulla difensiva il Gonzaga.

– Non certo della morte di quest'uomo, – minimizzò lo Svampa, alludendo al cadavere. – È spirato tra le mie braccia, lontano dalla vostra persona. E nemmeno potrei accusarvi della morte di Ferrante Cattaneo, dal momento che perí alla stessa guisa, per via di una misteriosa ferita sotto l'ascella: stesso modus operandi, stesso assassino. Tuttavia, – si affrettò ad aggiungere, – voi siete indubbiamente coinvolto nella vicenda, e benché io detesti accostarmi alla verità attraverso la bocca e il giudizio altrui, gradirei che mi spiegaste in quale maniera ci siete entrato.

Il prelato prese a camminare intorno al tavolo, scrutando ora la salma ora il domenicano. La sua indole superba, avvezza al comando e a non rendere conto a nessuno, iniziava a tradire insofferenza per quella situazione.

– Se credete di poter restare *sub silentio*... – lo pungolò l'inquisitore, preparandosi a mostrare la patente di commissarius.

– So bene chi siete e cosa rappresentate, – gli risparmiò il disturbo Alfonso Gonzaga. – E, a onor del vero, non ho nulla da nascondere.

– Allora parlate.

Il vescovo esitò un attimo, infine sciolse la lingua. – Tutto quel che ho da dirvi riguarda il maledetto giorno in cui avvistai da prua un galeone in procinto d'affondare, – sbuffò. – Veleggiavo verso ponente e, scorgendo le insegne cristiane sul relitto, diedi ordine di soccorrere gli eventuali sopravvissuti. E fu cosí che finii col caricare a bordo quattro guerrieri scampati alla carneficina dei turchi. Erano cavalieri di Santo Stefano, nobili di schiatta toscana devoti a Dio al punto di provar vergogna per non essere periti in combattimento. Soltanto uno di loro interpretava quello scherzo del destino come un segno.

– Ferrante Cattaneo, – arguí lo Svampa.

Il Gonzaga annuí. – Durante la navigazione egli mi confidò di aver scoperto sull'isola di Negroponte l'esistenza di un culto blasfemo, il peggiore mai concepito da mente umana, e di essere stato scelto da Dio per debellarlo. Per lui si trattava di una missione, capite? Un'autentica crociata. L'ultima occasione per dar prova del proprio valore.

– E voi lo assecondaste?

– Figurarsi! Mi limitai ad ascoltare i suoi discorsi, anche se immagino che quell'esaltato abbia interpretato ogni mio singolo cenno per una benedizione.

Lo Svampa annuí. A parte qualche lieve discrepanza, la versione del vescovo collimava con quella di Bollandus. Tuttavia non poteva essere piú lontano dal fidarsi di quella persona. – E i compagni di messer Ferrante? – continuò.

– Piú di una volta li ho uditi tentare di dissuaderlo, – confessò il Gonzaga. – Invano, suppongo. Le sue ossessioni erano grandi.

– Quali ossessioni?

– Non conoscevate già la storia? – ribatté beffardo il prelato.

L'inquisitore restò indifferente alla provocazione. – Intendo sincerarmi che mi sia stata raccontata la verità, – specificò. – E l'unico modo per farlo è confrontare le vostre parole con quelle dell'altra mia fonte.

Il Gonzaga mormorò qualcosa a denti stretti, infine fece un gesto arrendevole. – Il demone di messer Ferrante si chiamava Ammone, – rivelò. – Il cavaliere mi confessò d'averlo trovato in un luogo segreto di Negroponte, una tomba o una grotta, da cui emerse con un orrendo idolo androgino e con le prove dell'esistenza di una setta che rischiava d'infettare la capitale dell'unica vera fede, Roma. Voi immaginerete il mio sconcerto, – sospirò con una nota d'esasperazione. – I manichei, i catari, i bogomili… Eresie estinte da secoli! Ma d'un tratto ecco un folle che dichiarava d'aver trovato le prove di un culto ancora piú osceno. Che fosse nel giusto? Impossibile da dimostrare! L'unica mia preoccupazione era che, una volta sbarcati a Roma, il suo atteggiamento potesse diffondere il panico.

– E guastare la vostra reputazione, – aggiunse lo Svampa.

– Potete ben dirlo! – s'inorgoglí il prelato, portando la mano al fianco come se cercasse la spada. – Si trattava pur sempre di un uomo sbarcato dal mio veliero, capite? Un naufrago sotto la mia responsabilità. Se i suoi discorsi deliranti fossero giunti alle orecchie del papa…

– Addio alla vostra promozione cardinalizia.

– Per l'appunto.

L'inquisitore ne aveva fin sopra i capelli di quell'arrogante, ma sentiva il bisogno di trovar conferma su un paio di supposizioni che l'assillavano dal pomeriggio. – A esser franchi, – dichiarò al limite della scortesia, – non mi potrebbe importare di meno della vostra nomina. Il mio fine è ricostruire.

Il Gonzaga lo squadrò ostile. – Ricostruire cosa?

– Una bolla del passato, – gli rispose con naturalezza. – Un momento immobile, cristallizzato in un quando ancora indefinito ma immutabile a cui risalgono i rapporti di causa e di effetto che hanno condotto Ferrante Cattaneo alla morte e il disgraziato al nostro cospetto. Entrambi cavalieri di Santo Stefano. Entrambi strappati al mare da voi. Entrambi a conoscenza del nome di Ammone. Ed entrambi, per concludere, uccisi dal *punctum diabolicum*.

– In tal caso reputo d'esser stato fin troppo esauriente, – fece per congedarsi il presule.

– Non del tutto, – lo trattenne lo Svampa. – Mancano due elementi.

– Per carità di Dio! – esclamò l'altro in uno slancio di collera. – Osereste abusare ancora della mia pazienza?

– Sono un commissarius del Sant'Uffizio, – gli rammentò l'inquisitore con freddezza. – Non siete voi a fare una concessione a me ma io a voi, giacché ho scelto d'interrogarvi qui, in privato, anziché tra le mura di Castel Sant'Angelo.

– Ordunque spicciatevi, – seguitò acidamente il Gonzaga. – Cos'altro diamine volete sapere?

– Semplice, – gli rispose lo Svampa. – Dove si trovano gli altri due.

– Quali altri due?

– I cavalieri di Santo Stefano ancora vivi. Ne avete ripescati dal mare quattro e due sono saliti al cielo. I restanti?

Il presule sollevò le mani e le sbatté sui fianchi, incapace di domare il nervosismo. Nel corso della conversazione aveva assunto sempre piú la posa del soldato, in una sorta di metamorfosi che denotava un bisogno di sfogarsi non tanto a parole quanto a gesti. – Erano dei guerrieri valorosi, cristiani di ferro, – sentenziò con impeto. – Non potevo abbandonarli alla guisa di semplici raminghi. Dopo lo sbarco, ho concesso loro di restare a bordo del mio veliero, a Ripa Grande, fino a quando fosse rimasto alla fonda.

– In modo da controllarli? – propose lo Svampa.

– Sí, anche per questo. Come vi dicevo è in gioco la mia reputazione. Se qualcun altro tra loro avesse compiuto un atto sconsiderato...

– Intendete come messer Ferrante?

Il vescovo annuí. – Quel folle se ne andò la notte stessa dello sbarco, – rivelò. – Rammento ancora la furia con cui si scontrò con i suoi tre compagni e poi col mio quartiermastro. Non ci fu verso di fermarlo. Sosteneva di avere le prove concrete dell'esistenza del culto di Ammone a Roma. Maledetto pazzo! E pure d'aver trovato, oltre all'idolo, una mappa che avvalorava al di là di ogni dubbio i suoi timori.

L'inquisitore acuí lo sguardo. – Di quale mappa parlate?

– Non la mostrò mai a nessuno, – lo deluse il Gonzaga. – Scese a terra con il suo baule da viaggio, senza che potessimo fermarlo.

Il baule da viaggio!, meditò lo Svampa. L'agguato dei tre sgherri, l'intervento di Margherita Basile e la pista di Bollandus si erano succeduti cosí in fretta da avergli fatto dimenticare il rotolo di carte nautiche reperito all'interno di quella cassa. Le focalizzò nella mente, ricordando di averle lasciate nel suo alloggio alla Minerva. Al sicuro, si augurò. Tornò quindi al vescovo per rivolgergli un'ultima domanda. – Quando messer Ferrante fuggí dal vostro veliero, – disse, – lo mandaste a cercare da qualcuno? Da qualcuno, intendo, che lo tenesse sotto controllo per voi?

Il prelato apparve restio a voler rispondere.

L'inquisitore scostò i brandelli di tessuto sul petto del cadavere, mettendo in mostra il bubbone con i due misteriosi forellini praticati all'altezza del cuore. – Qualcuno, – specificò con tono insinuante, – che possa averlo ucciso?

Il Gonzaga permaneva nel silenzio.

– Eccellenza, – lo scosse il domenicano. – Sono tentato d'interpretare il vostro mutismo come un'ammissione di colpa.

Lo sguardo del vescovo fuggí oltre una finestra, nel buio che invadeva il giardino dei filippini. – Non so cosa rispondervi, – uscí infine dalle sue labbra.

– Spiegatevi, – gli si avvicinò lo Svampa.

Il Gonzaga continuava a fissare l'oscurità. – Quando messer Ferrante sbarcò dal mio legno ero assai preoccupato, lo confesso. Cosí decisi di mettergli una spia alle calcagna, sí, proprio come avete detto voi. Ma non per farlo uccidere, è ovvio! Fu per assicurarmi che non perpetrasse atti dissennati, per essere informato sui suoi movimenti... Capirete perciò che se la spia in questione avesse deciso per ragioni indipendenti al mio volere di eliminarlo, io non ne sarei in alcun modo responsabile.

– Questo lo appurerò a tempo debito, – replicò l'inquisitore. – E ora ditemi, chi sarebbe questa spia?

Il prelato vinse un'ultima riluttanza. – Una persona fidata, amica della mia famiglia, – confessò. – Non appena seppi che si trovava a Roma, la convocai al mio cospetto e le chiesi di agire con discrezione. Il suo nome...

– Non ce n'è bisogno, – lo tacitò lo Svampa, mentre un'improvvisa morsa di rabbia gli stringeva lo stomaco.

Alfonso Gonzaga lo osservò imboccare l'uscita, uno spettro nero in procinto di dileguarsi. – E... – aggiunse. – E questo cadavere?

L'inquisitore non si degnò neppure di voltarsi. – Che lo si porti alla ghiacciaia di Villa Giulia, – sentenziò. – Insieme all'altro.

48.

L'idolo affiorò a poco a poco al bagliore della lanterna. Alto quattro braccia, interamente in legno e decorato con smalti dai colori violenti.

Vinta l'iniziale repulsione, Capiferro osservò le sue corna ricurve, la chioma leonina che si univa alla barba e il corpo dritto come un fuso, simile a un telamone dotato di un seno muliebre. Sulle gambe, appiattite come la superficie di una lapide, erano state incise delle parole latine.

Ammon, Venus barbata
Pater et mater omnium rerum
Dominus occultarum sphaerarum
Tu qui penetras in arcanam cavernam

Il segretario si voltò verso Bollandus per sincerarsi di non essere preda di un'allucinazione, infine tradusse: – Ammone, Venere barbata | Padre e madre di ogni cosa | Signore delle sfere nascoste | Tu che entri nella misteriosa caverna.

Per quanto sconfinata fosse la sua biblioteca mentale, era certo di non aver mai letto nulla del genere. E nemmeno nulla che potesse aiutarlo a comprendere i riferimenti alle sfere e alla caverna. Ah, sospirò, se a suo tempo il Signore gli avesse concesso di studiare un maggior numero di scritti pagani! Capiferro avrebbe pagato anche il prezzo del purgatorio pur di svelare l'identità di quell'essere mostruoso a cui si attribuiva la creazione di ogni cosa. Un essere – e questo era il suo maggior rovello – che gli suscitava allo stesso tempo una sensazione di familiarità e di sfuggevolezza.

Dopo aver terminato l'esame della statua, si rivolse di nuovo al gesuita: – È stato questo a farvi credere nelle parole di messer Ferrante?

Bollandus allargò le braccia. – Ditemelo voi. Ora che l'avete visto, serbate ancora delle riserve?

– A differenza dello Svampa, io non ne ho mai avute, – rise Capiferro. – Le mie erano *speranze*, caro padre. Speranze che esistesse qualcosa del genere.

– E perché mai? – si meravigliò l'agiografo.

Il segretario tornò a contemplare l'idolo. – Perché odio la banalità, – dichiarò. – E questo... questo è tutto fuorché banale.

– Significa che non cogliete il senso dell'aberrante? Del male che trasuda da quella statua?

– Oh, certamente! E non è eccezionale?

Bollandus arricciò le labbra con indignazione e prese a guardarsi intorno, ormai stanco di stare in quel sotterraneo.

– Avete esplorato l'ambiente? – continuò Capiferro, iniziando a perlustrare i dintorni.

– Cosa? – sobbalzò l'altro.

– La prima volta che siete sceso qui sotto, – precisò il segretario. – Avete dato un'occhiata in giro?

– Volete scherzare? – esclamò il gesuita. – Il tempo di vedere quella statua e me la sono data a gambe. E se posso permettermi... – scrutò nell'ombra. – Ma dove siete finito?

Il domenicano sbucò da dietro una colonna. – Qui c'è un passaggio! – rivelò eccitatissimo, poi alzò il naso per fiutare l'aria. – Sego di candela, sentite l'odore? Qualcuno è entrato di recente.

– Una ragione in piú per...
– Orsú, seguitemi, – lo incitò.
Con le lanterne ben tese in avanti, i due attraversarono un piccolo varco e accedettero a un ambiente lungo circa cinque passi e largo un po' meno. L'unico elemento di arredo consisteva in un tavolo coperto da un drappo scarlatto, sopra il quale comparivano dei vaselli in rame decorati con dei simboli geometrici. Capiferro ne prese uno e lo scoperchiò, rivelando dei grumi di resina dall'odore sgradevolissimo. Lo infilò in una tasca della tonaca e accennò ad aprirne un altro, quando, aggrottando la fronte, lo fece sparire in fretta sotto la cappa e sollevò la lanterna.
– Avete udito? – bisbigliò.
– Udito cosa? – si allarmò Bollandus.
– Rumore di passi.
– Saranno topi.
– Topi assai pesanti, – disse Capiferro, procedendo verso un secondo ingresso. – Proviene da là.
– Non vorrete per caso... – lo trattenne l'altro.
– Soltanto una sbirciatina alla chetichella.
– Ma padre...
– Accidenti a voi! – sbuffò il segretario. – Siete un belga, discendete da popoli fieri e bellicosi. Possibile che non abbiate ereditato un'oncia del loro coraggio?
Prima che Bollandus potesse ribattere, echeggiò nel buio un «Chi va là!»
Capiferro arretrò con l'espressione di un bambino colto nel bel mezzo di una marachella. – Ecco, bravo, ci avete fatti scoprire! – e spinse il compagno verso l'uscita.
Ora il rumore di passi risuonava chiaro. Anzi, rimbombava fra le pareti come una marea in procinto di sommergerli. I due si lasciarono alle spalle l'idolo di Ammone e procedettero a lunghe falcate verso il fondo della navata

sotterranea, dove li attendeva il cunicolo diretto alle cripte di San Nicola in carcere.

– Forza, piú svelto! – ansimava il segretario per aizzare il gesuita, che a dispetto della giovane età procedeva a rilento. Giunto al limitare del passaggio, lo cacciò oltre il varco con una spallata e si preparò a raggiungerlo, quando si sentí afferrare per lo scapolare e tirare indietro. Qualcuno lo stava trascinando nel buio.

Bollandus si voltò immediatamente per soccorrerlo.

– Scappate, idiota! – gridò Capiferro. – Correte dallo Svampa!

49.

La notte era una piaga che gli si apriva dentro. Lo Svampa la sentiva crescere sotto la pelle, invadere i suoi spazi piú segreti al pari di una silente marea. Passo dopo passo, la attraversò tuffandosi in un reticolo di vie ancora gremite di pellegrini, storpi e accattoni. Assai piú reali, tuttavia, erano i volti degli infami che si erano fatti gioco di lui. Rimuginando ora sulla loro sfacciataggine, ora sulla propria ingenuità, avanzò tra le ombre con funesto incedere.

Giunto alla Minerva, era cosí sconvolto da sentirsi diviso tra la tentazione di dar sfogo alla rabbia e quella del laudano. Sapeva però di non poter cedere né all'una né all'altra. Le parole del vescovo di Rodi erano ancora lí a pungolarlo, piú fastidiose di un senso di colpa.

Una mappa, aveva detto Alfonso Gonzaga.

Una mappa che custodiva le prove concrete dell'esistenza del culto di Ammone. E che aveva condotto due cavalieri di Santo Stefano alla piú misteriosa delle morti.

Lo Svampa entrò nel convento senza nemmeno salutare il padre guardiano e proseguí verso il suo alloggio. Il timore di non reperire piú il contenuto del baule di messer Ferrante si traduceva in autentici morsi ai calcagni. Soltanto quando fu negli ambienti soprastanti al chiostro si rese conto di avere il fiato corto, ma continuò lo stesso finché non fu davanti all'ingresso della sua stanza.

Inserí la chiave nella toppa, entrò e si chiuse la porta alle spalle. Poi, quasi febbrile, accese una candela e prese ad aggirarsi per l'ambiente. Il pensiero che qualcuno potesse essersi introdotto in sua assenza per rubare le carte di messer Ferrante non gli dava requie. Una paura tutt'altro che infondata, si disse, anche se a spingerlo era ormai la curiosità di scoprire cosa avesse indotto un soldato del mare a imbarcarsi in una vicenda tanto assurda.

Controllò il ripiano da scrittura, i cassetti e lo sgabello, ma nel frenetico succedersi degli eventi si era dimenticato dove le avesse riposte.

Le ritrovò per terra, contro una parete. Ancora raccolte in un rotolo.

Lo Svampa accese un altro paio di lumi e dispose il materiale sullo scrittoio. Come intuito dal primo sguardo, si trattava per buona parte di carte nautiche. Dovevano provenire dai luoghi piú disparati ed erano coperte di annotazioni in lingua greca, spagnola, tedesca e persino araba. L'inquisitore riconobbe qualche pagina strappata dall'atlante di Ortelio, una serie di coste delineate con l'inchiostro di seppia, un globo terrestre di Gerardo Mercatore e una copia piuttosto scadente del planisfero di Guilielmus Blavius. Non corrispondeva certo alla *collectanea* di un navigatore esperto, bensí a quella di una persona che aveva viaggiato e combattuto per mare. Ed ecco spiegata, infatti, la presenza di numerose raffigurazioni delle isole greche e delle coste asiatiche insieme a una dettagliata xilografia dell'Africa tratta da un'edizione veneziana del Ramusio.

Nessuna traccia, però, della fatidica mappa citata dal vescovo di Rodi.

Lo Svampa continuò quindi l'esame, passando in rassegna gli incartamenti di formato piú ridotto, tra cui una ventina di missive, alcuni disegni di velieri turchi e di *tüfekçi* armati di archibugi, un promemoria per preservare le armi e la polvere da sparo dall'umidità del mare e…

Si rizzò sullo scranno, incredulo.

Il documento che si ritrovava tra le mani non era di carta, come gli altri consultati fino a quel momento, bensí di pergamena. Inoltre la grafia non corrispondeva né a quella di messer Ferrante, né a un uomo qualsiasi del XVII secolo.

Il testo, in latino vernacolare, era stato steso accanto a un abbozzo delle coste della Barbaria.

Diceva:

> Anno Domini 1220, in mense aprilis.
>
> Lo nome meo est Gherberto Brachioforte et son fratre de lo Templo ke cum li confratri sui et multitudo militiarum assediavit la cità de Damieta, in Aegipto, nomine Christi.
>
> Ne lo viagio de lo redito, smarrita ke ebi la via de le stelle et doppo multo vagolare de navigio, giunsi in terra Libiae et reparatus in tetra spelunca, ibidem rinveni lo templo de lo domine deo Ammone.
>
> Et tanta mysteria vidi et tanta mirifica secreta conobi in illo loco ke lo desiderio meo fuit de manifestar kesta doctrina a sua sanctitate lo papa Onorio.
>
> Reprensa denique la via de lo mare…

Il documento era lacerato, ma lo Svampa aveva letto abbastanza. Era la sconcertante testimonianza lasciata da un templare presente all'assedio di Damietta e, smarrita la via del ritorno, approdato in Libia. Proprio la terra di cui gli aveva parlato Capiferro! La culla del dio Ammone! Lo stesso dio che pareva aver sedotto fra' Gherberto Brachioforte. In un tempio nascosto in una spelonca, attraverso una sapienza dimenticata da secoli.

E dopo circa quattrocento anni, messer Ferrante si era imbattuto nella pergamena scritta da quell'uomo.

L'inquisitore si chiese se il cavaliere di Santo Stefano non fosse entrato in possesso di quel documento già prima di approdare a Negroponte, e se il suo proposito di reperire e distruggere ogni traccia del culto di Ammone non risalisse a prima della sconfitta navale riportata contro i turchi. Quel che contava, tuttavia, era poter disporre alfine di una prova concreta che l'avrebbe aiutato a ricostruire il caso da un momento lontanissimo del passato.

Si alzò in piedi, rinvigorito nelle membra e nello spirito nonostante l'ora tarda.

Non aveva tempo da perdere. Doveva agire, compiere il prossimo passo prima che gli eventi mutassero di nuovo. E...

Qualcuno stava bussando con insistenza alla porta.

Ormai era trascorsa la mezzanotte, chi poteva mai essere? Lo Svampa osservò di sfuggita il battente, cercando di rammentare se avesse con sé una qualche arma di difesa. Nulla di utile, concluse, eccetto un tagliacarte che si affrettò a nascondere nell'incavo della mano destra.

– Chi postula? – domandò, avvicinandosi all'uscio.

– Reverendo padre, per carità! – squittí una voce dall'altro lato. – È una questione di vita o di morte!

– Mia o vostra? – indugiò il domenicano, guardingo.

– Santa Vergine! – ribatté l'altro. – Di padre Capiferro!

50.

Il volto di Bollandus, pallidissimo, si stagliò sull'uscio.

– Ripetete quel che avete appena detto, – lo esortò lo Svampa, senza rivolgergli alcun invito a entrare.

– Padre Francesco Capiferro... – proferí il gesuita. – L'hanno preso!

– Chi? Dove?

– Eravamo nel monastero sotterraneo e...

L'inquisitore l'afferrò per il bavero. – Quello di cui parlavate quest'oggi?

– Precisamente, – rispose l'altro, tremante.

– Seguitate, – l'esortò, continuando a tenerlo fermo.

– All'improvviso è comparso qualcuno, un uomo, forse due.

– Di chi si trattava?

– Era buio, non saprei...

– Avete udito qualcosa? Una frase? Un nome?

– Nulla.

Lo Svampa lasciò la presa e si mise a camminare per la stanza. – Non mi date granché su cui riflettere, – commentò pensieroso.

– Erano i seguaci di Ammone, – propose Bollandus, sempre fermo sull'uscio.

L'inquisitore scosse il capo. – Se fossero stati loro, ammesso che esistano, non sareste certo qui a raccontarlo.

– Allora chi?

Lo sguardo dello Svampa si posò per un attimo sullo scrittoio, dov'erano deposti gli scritti del templare Gherberto Brachioforte. – Ho una vaga idea, – mormorò. – È solo un'ipotesi, badate bene, ma vale la pena tentare.

L'agiografo parve rincuorarsi. – Da dove cominciamo?

– Dalla caserma delle lance spezzate, – gli rispose l'inquisitore. – Ci serviranno dei cavalli e degli uomini che garantiscano per la nostra incolumità.

51.

Lo spagnolo con la faccia sfregiata contemplò un'ultima volta il ritratto di donna che portava appeso al collo, poi si alzò dal letto e pagò la puttana sdraiata tra le coltri. Infilatosi brache, stivali e il budriere con la spada, uscí dall'alcova e proseguí fra i tavoli di una taverna senza rivolgere alcun cenno di saluto. La notte l'accolse col suo fresco sudario.

Il cammino per piazza Navona era breve, ma alla prima svolta lui indugiò e decise di prolungarlo. Il tizio che aveva intravisto all'ingresso del postribolo era ancora lí, alle sue spalle. Alto, magro, con i capelli lunghi, lo seguiva con discrezione a una decina di passi di distanza.

Lo spagnolo imboccò un vicolo e meditò sul da farsi. Certo, una daga piantata nella gola avrebbe risolto ogni sorta di problema sul nascere. Il suo amico però era abbastanza accorto da stargli appresso senza recare il minimo disturbo. Uno del mestiere, probabilmente. Un galantuomo che come lui obbediva a dei padroni.

Tanto valeva lasciar correre, concluse. Almeno finché non avesse compreso di quale gioco si trattava. E quasi per rendere una cortesia all'inseguitore, decise di incedere senza alcuna fretta, come fosse una passeggiata.

In fondo, rise tra sé, un po' di compagnia gli avrebbe giovato.

Anche quella di un nemico.

52.

Rione Trastevere, zona portuale.

Sulla scia di fiaccole e lanterne, i destrieri correvano a spron battuto lungo le sponde del fiume. Lo Svampa e Bollandus procedevano al centro dell'assembramento fra due ali di cavalleggeri armati di spade e pistole. Alla loro sinistra, il buio della notte s'infrangeva su un'acqua di luci riflesse che mostravano il porto vecchio, una distesa di scafi e alte alberature. Superato il faro del passo, le torri di guardia li accolsero all'approdo di Ripa Grande.

Avvicinandosi alla riva, l'inquisitore strattonò le redini e senza smontare da sella chiese a un arsenalotto seduto davanti a un fuoco di indicargli il veliero del vescovo di Rodi. L'uomo, intimorito da tanti armati, lo indirizzò senza esitare verso il punto piú distante di una fila di navi alla fonda appartenenti alla marina pontificia.

La corsa riprese. Prima lungo un tratto di murata, poi a margine delle banchine, fra odori di marciume e pece per il calafataggio. Lo Svampa aizzò la sua cavalcatura finché non fu in testa al drappello e, scorrendo a una a una le sagome dei natanti, si augurò di aver intuito giusto. L'incolumità di Capiferro dipendeva soltanto dalla fondatezza del suo ragionamento. Un ragionamento affrettato, guidato dall'ansia di trovare la soluzione piú probabile. Del resto, non c'era stato tempo per infiorettare il tutto con prove, indagini e interrogatori. Forse in quel momento il segretario era sotto tortura o magari si trovava di fronte alla minaccia di morte. Bisognava sbrigarsi.

Le imbarcazioni parevano non finire mai. All'improvviso, lo Svampa ne scorse una che recava sul castello di prua le insegne della famiglia Gonzaga. Fece subito cenno alla compagnia di arrestarsi e scese con un balzo da cavallo.

Non era propriamente un veliero, quello del vescovo di Rodi. Si trattava piuttosto di un galeone da guerra munito di un'ardita impavesata da cui spuntavano quattro o cinque bocche da fuoco. La parte anteriore della chiglia era stata trascinata a secco, dandogli l'aspetto di una creatura marina spiaggiata.

– Svelti! – sibilò il domenicano, ordinando agli armigeri di seguirlo.

Avvicinatosi allo scafo, fece scansare un ragazzotto di guardia e si aggrappò a una scala a pioli che saliva verso un ponte a prima vista deserto, sprofondato com'era nella quasi completa oscurità.

Una volta che fu a bordo, lo Svampa si spostò avanti e indietro con la sensazione di camminare sulla pelle di un tamburo, e non appena ebbe accanto i soldati ne indirizzò una parte a poppa, verso il cassero, mentre con i restanti prese la direzione degli ambienti di prua.

– Qui, – bisbigliò, indicando l'ingresso della sala nautica che si stagliava al bagliore delle fiaccole. Attese che due uomini si disponessero ai lati della porta con le armi pronte a sparare e, con un rapido cenno, ordinò a un terzo di sfondare il battente.

Lo schianto secco, poi l'irruzione degli armigeri.

L'inquisitore si precipitò all'interno senza curarsi del pericolo e gridò ai suoi uomini di lasciarlo passare.

A quanto pareva, lo stavano aspettando.

53.

In fondo alla sala nautica c'era un tavolo ingombro di carte e strumenti con al centro una lanterna accesa. Ai suoi lati sedevano tre individui: due uomini d'arme decorati con le insegne dell'ordine di Santo Stefano e padre Francesco Capiferro.

Alla vista dello Svampa, il segretario si tolse la pipa di bocca e allargò un sorriso. – Oh, – motteggiò, – siete giunto a salvarmi.

L'inquisitore avanzò verso di lui con passo autoritario, indifferente ai cavalleggeri disposti alle sue spalle con le pistole alzate. – Sarebbe stato eccessivo, – disse, – lasciarvi morire per la seconda volta.

– E la prima quale sarebbe stata?

– Quella del veleno.

Capiferro inarcò le sopracciglia. – Sembrano passati secoli.

– Se non vi spiace, – seguitò lo Svampa, – vorrei dedicarmi ai vostri rapitori.

– Non sono rapitori, – precisò l'altro. – Non in senso stretto, per lo meno.

– Come vi pare. Sono comunque i compagni d'arme di messer Ferrante Cattaneo. Gli unici rimasti in vita.

A quelle parole, uno dei due cavalieri di Santo Stefano scattò in piedi con le nocche premute sul tavolo. – Significa che...

Lo Svampa annuí. – Messer Antonio Maria Berti, vostro confratello, è spirato poche ore fa nella chiesa di Santa Maria in Vallicella. Proprio mentre vi trovavate nel monastero sotterraneo, suppongo.

– Com'è successo? – si adombrò l'uomo.

– Alla stessa guisa di messer Ferrante, – rispose l'inquisitore. – Con il *punctum diabolicum*. Praticato questa volta all'altezza del cuore.

Il soldato di mare scambiò un'occhiata amareggiata con il compagno, dopodiché tornò a sedersi.

Nel frattempo Capiferro, che pareva trovarsi perfettamente a suo agio, soffiò una nuvola di fumo verso lo Svampa. – Credete ancora siano tutte fanfaluche?

– Credo che voi e monsignor Ridolfi mi abbiate taciuto molte cose, – ribatté il commissarius con tono d'accusa. – Ma di questo parleremo poi. Ora intendo mettere in chiaro piú elementi possibili per ricostruire la vicenda su cui ho l'incarico di indagare.

– Sono stati i seguaci di Ammone! – sbuffò il cavaliere rimasto finora in silenzio. – Non c'è altro da sapere.

– Forse per voi che siete un soldato, – osservò l'inquisitore. – Ma a me non basta che mi si dica in quale direzione debba puntare il moschetto. Pretendo di conoscere i perché e i percome.

L'uomo alzò gli occhi. Erano lucidi, segnati dall'ira e dal dispiacere per la notizia della morte del compagno. – E dunque? – lo sfidò.

– Dunque, – non si scompose lo Svampa, – inizierete col raccontarmi cosa ci facevate nei sotterranei.

– La stessa cosa del vostro confratello, – gli rispose. – Davamo la caccia ai seguaci del dio capra.

– Ariete, – lo corresse il segretario, arricciando tra le dita l'angolo di una carta nautica.

Il cavaliere di Santo Stefano emise un sibilo. – Non m'importa un accidente di quale razza di corna spuntino dalla testa di quell'abominio! La volontà mia e del mio confratello è soltanto quella di fare giustizia.

– Quindi, – seguitò l'inquisitore, – alla fine avete deciso di credere a messer Ferrante.

– Apprendere il suo decesso è stata una tragedia, per noi, – rivelò il primo cavaliere ad aver parlato. – Messer Ferrante era un cuor di leone, un guerriero nato... E sí, avete ragione. Dopo tanto dubitare abbiamo iniziato a credere che le sue storie su Ammone fossero veritiere. Anche se troppo tardi per aiutarlo.

– I vostri sensi di colpa non mi riguardano, – tagliò corto lo Svampa, trovandosi improvvisamente padre Bollandus al fianco. Lo invitò a sedere al tavolo, in modo da tenerli tutti sott'occhio, e diede ordine ai cavalleggeri di sgombrare l'ambiente di prua eccetto per uno, che rimase appostato all'uscio. Tornò quindi a fissare i cavalieri di Santo Stefano. – Ora ascoltate quel che ho da dire e limitatevi ad assentire, – ordinò. – In seguito alla sconfitta navale di Negroponte, prima di colare a picco, veniste salvati dal vescovo di Rodi che, passando in quel tratto di mare, vi caricò sul suo galeone e divenne vostro protettore. Eravate in quattro, incluso messer Ferrante che già allora parlava della sua missione di estirpare il culto di Ammone da Roma.

Uno dei due compagni d'arme annuí. – In effetti messer Ferrante sosteneva d'aver trovato le prove sull'isola di Negroponte, ma noi non siamo sicuri che...

Lo Svampa lo zittí. – Evitiamo di soffermarci sui cavilli. Al momento in cui è salito a bordo della nave del vescovo Gonzaga, messer Ferrante sapeva già di Ammone, aveva con sé l'idolo androgino e la mappa del templare. Tanto basta.

– Quale mappa del templare? – intervenne Capiferro con le pupille dilatate per la curiosità.

– Vi dirò poi.

– Egoista.

– Durante la navigazione verso Roma, – riprese a esporre l'inquisitore, – messer Ferrante cercò d'inculcare le proprie convinzioni non solo nei suoi compagni d'arme ma anche nel vescovo di Rodi. Un vescovo oltremodo imbarazzato, giacché si stava recando all'Urbe per scopi dettati dall'ambizione e non certo per appoggiare una crociata all'apparenza folle, se non delirante, che se collegata al suo nome l'avrebbe fatto passare per fanatico.

– E questo come fate a saperlo? – lo interruppe di nuovo Capiferro.

– Cucitevi la bocca, – s'infiammò lo Svampa, e ristabilito il silenzio continuò: – Veniamo all'approdo del vescovo Gonzaga a Roma. Non essendosi fatto alcun alleato per la sua crociata personale, messer Ferrante scese da solo sulla terraferma, prese alloggio in una stamberga presso le Terme di Diocleziano e, per procedere nelle indagini, chiese il parere di un agiografo di passaggio a Roma, il qui presente padre Johannes Bollandus. Fu a lui che il nostro cavaliere confidò le sue convinzioni su Ammone e sulla setta eretica fiorita a Roma, affidandogli l'idolo androgino che noi tutti conosciamo. Non molto tempo dopo, Cattaneo è stato trovato morto nella catacombe. Causa del decesso, una strana ferita sotto l'ascella.

– Una ferita che non somiglia a nulla visto finora, – sottolineò il segretario.

Per una volta lo Svampa fu tentato di dargli ragione quando, senza quasi avvedersene, si ritrovò a fissare un oggetto metallico sul tavolo, accanto alla lanterna. Era una sesta da carteggio, ovvero un compasso dalle punte gemelle utilizzato per tracciare le rotte sulle carte nautiche. – Non proprio, – rimuginò.

– A cosa alludete? – lo incalzò Capiferro.

– Torniamo ai fatti, – glissò l'inquisitore, tenendo per sé l'intuizione. – Appresa la notizia della morte di messer Ferrante, i suoi tre compagni d'arme iniziarono a porsi delle domande. E nonostante fossero stati invitati – o intimati – dal vescovo Gonzaga a restare a bordo, sbarcarono dal galeone per indagare. In altre parole, iniziarono a tenere d'occhio colei che aveva trovato il cadavere, la giovane Leonora Baroni, forse spinti dal sospetto che la fanciulla fosse stata testimone di qualcosa che li aiutasse a comprendere l'accaduto. Ecco spiegato perché Leonora si sentiva osservata e perché fu aggredita del finto cieco, alias messer Antonio Maria Berti –. Tacque un attimo per raccogliere i pensieri. – In seguito, però, dev'essersi verificato un evento del tutto nuovo. Alludo a qualcosa che ha messo i nostri due cavalieri di Santo Stefano sulla pista del monastero sotterraneo e il terzo, messer Berti, su quella di un agguato mortale. Ma la domanda è: cosa?

– Bene, bravo, – applaudí il segretario. – Io e i qui presenti stavamo giusto discutendo di questo argomento quando ci avete interrotti con la vostra maldestra irruzione. E a proposito... – accennò al cavalleggero rimasto di guardia, – era proprio necessario far entrare questo citrullo e i suoi compari con le armi spianate? Per un attimo mi son visto con una pallottola piantata in fronte.

– Si temeva per la vostra incolumità, – minimizzò l'inquisitore.

Capiferro si arricciò un baffo con noncuranza. – Come avrete capito, non ci troviamo di fronte a dei nemici. Questi signori mi hanno requisito per... come dire? Per un confronto di opinioni, ecco.

– E cosa ne sarebbe emerso?

– In primo luogo, che erano scesi nel monastero sotterraneo a scopo d'indagine, proprio come me e padre Bollandus. E che nel buio ci avevano creduti degli adepti di Ammone. Da qui l'inseguimento e la mia cattura. Poi però mi hanno riconosciuto, esternato le loro intenzioni e confessato di essere al corrente delle nostre mosse.

– Ci spiavano?

– Bonariamente.

– Non è il momento di fare dello spirito.

– Dico sul serio, – insistette il segretario. – Seguivano i nostri progressi nella speranza di vederci chiaro, – e aprí le braccia con l'enfasi di un oratore. – Ma la questione principale è un'altra. Mi riferisco al vostro ultimo quesito, ovvero: cosa ha condotto i cavalieri di Santo Stefano al monastero sotterraneo? E cosa i loro compagni messer Ferrante e messer Berti alla morte?

– Se dovessimo scoprirlo, – gli concesse lo Svampa, – saremmo a un passo dal risolvere il caso.

Capiferro prese una boccata di fumo dalla pipa. – La risposta alla domanda è semplice, – rivelò. – È stata una donna.

– Quale donna? – sobbalzò l'inquisitore.

– Non conosciamo il suo nome, – chiarí subito uno dei due soldati di mare. – Quando siamo scesi a terra per scoprire la verità sulla morte del nostro compagno d'arme abbiamo indagato in giro. E sí, abbiamo pure seguito la giovane cantante. Un fallimento dopo l'altro, in sostanza, finché oggi non siamo stati avvicinati da una sconosciuta. Ci ha incontrati al calar della sera, in un'osteria del vicolo dei Materazzari, e lí ci ha detto che se eravamo interessati a scoprire cosa fosse successo a messer Ferrante ci saremmo dovuti spingere fin sotto le fondamenta di San Nicola in carcere. Nient'altro. Nessuna spiegazione, nessun nome a cui appellarci. Ragion per cui, prima che la donna si dileguasse, uno di noi si è offerto di seguirla.

– Messer Antonio Maria Berti, – dedusse lo Svampa, – giunto in fin di vita a Santa Maria in Vallicella.

– Chissà perché trascinarsi a morire fin lí, poi… – mormorò Capiferro.

– Cercava il vescovo Alfonso Gonzaga, – disse l'inquisitore.

– Per quale ragione?

– Fa parte della questione che intendo affrontare con voi piú tardi.

– In tal caso, – ammiccò il segretario, – avrei anch'io da dirvi qualcosa –. E raccolse da sotto il tavolo due vaselli in rame sigillati con dei tappi di stoffa cerata.

Notando le decorazioni geometriche sulla superficie, lo Svampa arguí fin dal primo sguardo che non si trattava di oggetti comuni. – Di cosa si tratta?

– Li ho trovati nel monastero sotterraneo, – rivelò il confratello, – in un cubicolo a fianco di un'impressionante statua di Ammone.

Il commissarius rigirò i contenitori tra le mani e li pose sul ripiano. – Prima la donna, – insistette.

– C'è ben poco da dire, – sospirò uno dei cavalieri di Santo Stefano. – Indossava un mantello con cappuccio e una maschera che le lasciava scoperta soltanto la bocca.

A quel punto risuonò un colpetto di tosse e tutti si voltarono verso padre Bollandus, fino ad allora rimasto in silenzio.

– Una… donna con una maschera? – balbettò il gesuita.

– Sí, – rimarcò il soldato. – E allora?

– Be', vedete… – continuò Bollandus. – Anch'io l'ho incontrata.

– E cosa aspettavate a rivelarcelo? – s'inalberò Capiferro.

– Io… io mi vergognavo.

Lo Svampa lo afferrò per la collottola e si piegò su di lui, fissandolo truce. – Sciogliete la lingua.

– Non posso aggiungere altro a ciò che è già stato detto… – disse l'agiografo, rosso in volto. – Stavo facendo ricerche per conto di messer Ferrante, per scoprire qualcosa sull'idolo… Rammentate? Ve ne ho già parlato. E be', ecco, mentre peregrinavo da una biblioteca all'altra mi fu recapitato un biglietto che mi invitava a recarmi presso l'osteria del vicolo dei Materazzari. Fu là che incontrai la donna mascherata. Non appena me la trovai di fronte feci per andarmene, capite? Pensavo si trattasse di una femmina di malaffare, una meretrice… e invece ella iniziò a dirmi che sapeva cosa andavo cercando e mi diede la mappa dei sotterranei che conducono al monastero di Ammone.

– Dunque non era vera la storia del *Liber pontificalis*, – proferí il segretario con tono di ripicca.

Lo Svampa gli mise una mano sulla spalla per zittirlo. – Tirando le somme, – dichiarò, – sarà meglio che qualcuno vada subito a far domande in quella taverna –. Poi si voltò verso l'uomo rimasto di guardia. – Svelto, mandate a chiamare Cagnolo.

– Chi sarebbe Cagnolo? – domandò uno dei cavalieri di Santo Stefano.

– Il suo bravo, – spiegò in breve il segretario. – Il tizio che ha dato filo da torcere al vostro finto cieco.

– Ma… nell'attesa che giungano notizie dalla taverna? – soggiunse Bollandus.

Capiferro proruppe in una risata storta che gli conferí un tocco piratesco. – Su questa nave ci sarà una cambusa, suppongo –. E si alzò in piedi per stiracchiarsi. – Ebbene, frate Girolamo, avreste voglia di assaggiare un po' di vino del vescovo di Rodi?

54.

Rione Campo Marzio.

Col feltro di traverso e il passo stanco, Cagnolo imboccò il vicolo dei Materazzari nei pressi della chiesa di San Biagio. Meno di un'ora prima stava dormendo nella vecchia casa di suo padre, abbracciato al fodero della spada e a una fiasca di vinaccio, quando due cavalleggeri avevano bussato all'uscio con l'ordine di mettersi subito al lavoro. Non c'era stato verso di rimandare.

Eccolo dunque trascinarsi in una delle vie piú strette e buie di Campo Marzio, non lontano dal convento in cui fino a qualche mese prima la sua amata figlia Matilda aveva vissuto in clausura. A quei tempi, per lo meno, il bravo si sarebbe consolato sapendola vicina. Ora invece il suo angelo era in un monastero di umiliate presso Monza. Al sicuro, cercò di convincersi.

Sciacquò il viso a una fontanella e proseguí verso il luogo in cui lo Svampa pretendeva che cercasse informazioni. I cavalleggeri erano stati tanto precisi riguardo il dove, un'osteria non lontana dalla bottega del Cavalier d'Arpino, quanto vaghi sul resto della faccenda.

Una gatta da pelare, valutò il bravo mentre scostava il battente di un locale incastonato sotto un arco di mattoni. All'interno, sfiorato dal barlume di un paio di candele, trovò un oste intento a sonnecchiare con la fronte appoggiata sul bancone.

– Chicchirichí! – gli urlò in un orecchio.

L'uomo sobbalzò con una espressione atterrita. Poi, strofinandosi gli occhi, fissò il visitatore. – Ma è... è notte fonda! – protestò con voce cavernosa.

Cagnolo si tolse il cappello. – Macché, signore mio. Siamo a tanto cosí dall'alba.

– E vi pare il momento di molestare un povero cristo?

– La porta era aperta.

Ancora mezzo inebetito, l'oste si rivolse all'ingresso e notò il battente socchiuso. – Quel fetente d'un garzone! – grugní.

Cagnolo era deliziato. Se non altro, si disse, aveva passato l'arrabbiatura della levataccia a qualcun altro. – Mi permettete una domanda? – seguitò tra il burlesco e il cortese.

– Se mi concederete la grazia di sparire, – rispose a tono l'altro, – sarò ben lieto di rispondervi.

– Ieri sera una donna è stata qui.

– Femmine ce ne son sempre a iosa, ogni sera.

– Questa aveva una maschera.

– Una maschera?

– Quella cosa che usano mettersi sulla faccia la persone, – s'innervosí Cagnolo. – Avete presente?

L'oste recuperò un bicchiere dal banco e ne annusò il contenuto. – Una linguaccia che taglia e che cuce, la vostra, – commentò. – Fortuna per voi che son troppo stanco per risentirmi.

– E allora suvvia, non fatemi avvelenare il sangue.

L'uomo bevve, si sciacquò la bocca e sputò. – Una donna con la maschera c'è stata, – rivelò con voce piú limpida, – me la ricordo.

– Bene bene, – lo assecondò il bravo, e continuò: – Secondo le mie fonti, si sarebbe incontrata qui con tre individui.

– Ricordo anche quelli, – confermò con un cenno del capo l'oste, – ma la donna è arrivata prima di loro, di un'ora buona. Ed è proprio per questo motivo che ne serbo memoria.

– Perché mai? Ha combinato qualcosa?

– Qualcosa sí! S'è quasi azzuffata con Antonaccio.

– Antonaccio chi?

– Un lenone.

Cagnolo gli si avvicinò piantando i gomiti sul bancone. – E cosa voleva costui dalla donna mascherata?

– Be', – rispose l'altro. – Mettere in chiaro che le baldracche del vicolo dei Materazzari son sotto la sua ala e che lei, la sfrontata, non poteva certo battere cosí, per capriccio, senza il suo permesso.

– Quindi la donna era una baldracca?

L'oste si scrollò le spalle. – Per Antonaccio lo sono tutte, – sogghignò. – Ma fatto sta, se m'intendete, che la femmina in questione si è mostrata disposta a trovare un aggiustamento, per cosí dire, e rabbonito il lenone con qualche moina si è allontanata con lui in strada. Il resto lo potete immaginare da voi, mi sembrate un tipo giudizioso. Vi basti sapere che quando è rientrata, la donna era sola. Ed è stato allora che si sono presentati i tre compari di cui accennavate.

– Sapete altro sulla faccenda? – lo scrutò minaccioso il bravo.

– E cos'altro dovrei sapere? – si accigliò l'altro.

– Lasciamo perdere, – sospirò Cagnolo. – Dove trovo quell'Antonaccio?

– Mi avete preso per un indovino? A casa sua, suppongo.

– Quale casa?

Antonaccio non viveva lontano. Dopo una breve passeggiata, Cagnolo trovò la sua dimora in fondo a un androne, ai margini di un giardino circondato da mura e balconi. Quell'*hortus conclusus*, un rifugio congeniale alle donnine allegre del vicolo e ai loro clienti, era però completamente deserto. Il bravo varcò l'ingresso, attraversò un atrio rischiarato dalla luce della luna e salí una rampa di scale, inoltrandosi in un ambiente tutto sommato decoroso ma che aveva visto tempi migliori.

Giacché nessuno gli veniva incontro, Cagnolo si fece guardingo e, nell'attesa che l'occhio si adattasse alla semioscurità, sfoderò la daga. Poltrone, tavoli e giacigli sfatti parlavano di una vita di bagordi e d'intemperanza. Piú avanzava, piú gli sembrava strano di non imbattersi in anima viva.

Ma una volta penetrato in quella che aveva l'aspetto della stanza da letto padronale, l'unica con letto a baldacchino, capí cosa fosse successo.

Le malefemmine del vicolo dei Materazzari avrebbero dovuto trovare in fretta un nuovo protettore.

Perché, ammesso che si trattasse dell'Antonaccio di cui gli aveva parlato l'oste, con quella smorfia da martire e le braghe calate fino alle caviglie, il cadavere dell'uomo riverso tra le coltri sfatte non avrebbe piú fatto paura a nessuno.

55.

Palazzo Gonzaga.
3 luglio.

Margherita aprí gli occhi con la sensazione di essersi appena assopita. Dalle tende della camera da letto filtrava una luce perlacea insieme a un alito d'aria già calda che la indusse a liberarsi con fastidio delle coltri. Non era stato il chiarore dell'alba a svegliarla, bensí un tubare sommesso proveniente dall'esterno. Un rumore che la riportò immediatamente alla veglia.

Mise i piedi a terra e, rassettati i capelli e la camicia da notte, raggiunse la finestra. Sul davanzale c'era una tortora intenta a beccare delle briciole di pane. La donna indugiò con lo sguardo sui tetti di Roma ancora immersi in una foschia sonnolenta, poi prese tra le mani il pennuto, slacciò il bussolotto che gli era stato legato a una zampetta e l'aprí.

All'interno trovò una strisciolina di carta.

Margherita lesse il messaggio che conteneva e, come di consueto, lo nascose nel pugno in attesa di distruggerlo quando udí delle voci provenire dal piano sottostante, dove si trovava il portone secondario del palazzo. Incuriosita, si sporse per guardare dabbasso e notò due figure appartate sotto l'arco bugnato del portone.

Erano un uomo e una donna, stretti in un abbraccio che suggellava con un bacio quello che doveva essere stato un incontro amoroso.

Quasi invidiosa di tanta complicità clandestina, Margherita si ritirò all'interno prima di essere scorta.

Non sarebbe stato cortese, rifletté con malizia, farsi sorprendere a spiare il proprio fratello.

56.

Villa Giulia.

La forma a imbuto della ghiacciaia si stringeva grigia intorno ai tre catafalchi. Sopra il primo, il cadavere di Ferrante Cattaneo era stato coperto da un sudario per trattenere i miasmi della decomposizione. Le livide nudità di Antonio Maria Berti e di Antonaccio si stagliavano invece al bagliore dei lumi.

Diviso tra il senso di disgusto e la stanchezza per la notte insonne, lo Svampa avvicinò la lente d'ingrandimento all'inguine del lenone per verificare se l'escrescenza violacea all'altezza delle pudenda somigliasse a quelle trovate sulle altre due vittime. Capiferro, Cagnolo e mastro Zacchia aspettavano trepidanti il suo responso.

– Non c'è dubbio, – concluse l'inquisitore, indicando la coppia di forellini al centro del bubbone. – Anche quest'uomo è stato ucciso dal *punctum diabolicum*.

– Ma... – obiettò il chirurgo. – Quale nesso ci sarebbe con gli altri due decessi? Quel mentecatto non era certo un cavaliere di Santo Stefano.

– Forse, – suppose lo Svampa, – rappresentava un intralcio per l'assassino.

– Alludete alla donna mascherata? – chiese il segretario.

Annuí. – Tutto parrebbe risalire a lei, la misteriosa femmina incontrata dai compagni d'arme di messer Ferrante e ancor prima da padre Bollandus. Il lenone le ha causato un contrattempo e l'unico modo di liberarsene è stato attirarlo fuori dall'osteria e ucciderlo.

– Con un maleficio, – chiosò il confratello.

– Restate con i piedi per terra, – lo ammoní il commissarius. – Non abbiamo prove che si tratti di stregoneria.

– E cos'altro potrebbe cagionare una ferita del genere? – insistette Capiferro, puntando un dito verso il bubbone.

Lo Svampa rievocò l'immagine del compasso da carteggio scorto sul tavolo della sala nautica. Era sicuro che se ne avesse accostato le punte gemelle al doppio foro praticato nella carne delle vittime sarebbe combaciato alla perfezione. D'altra parte, meditò, restava da capire se fosse possibile uccidere un essere umano con un ordigno del genere. Si allontanò dal corpo e consegnò la lente a mastro Zacchia. – Ancora non lo so, – rispose laconico.

– E forse mai lo saprete, – puntualizzò Capiferro.

– Cosa intendete?

– Che potrebbe trattarsi di qualcosa di inconoscibile. Di sovrumano.

– A dispetto della vostra sapienza, – gli rise in faccia, – non perdete occasione di esprimervi alla guisa di un chierichetto superstizioso.

– Negate forse l'esistenza del soprannaturale?

All'improvviso lo Svampa si rese conto d'aver osato troppo. Quelle ultime parole gli erano state rivolte con un velato tono d'accusa e la risposta non avrebbe potuto essere pronunciata alla leggera. Capiferro era sí un amico e un compagno d'avventura, ma era ancor prima un difensore dei dogmi di Santa Romana Chiesa. Avrebbe continuato a torchiarlo fino a constatare la sua buonafede. O a portare alla luce il germe nascosto di un'eresia. Gli si pose dunque di fronte con aria di sfida. – E voi sapreste confermarla?

– Attraverso i miracoli, sí, – rispose il segretario, combattivo. – I miracoli operati dai santi per volere della divina provvidenza.

– E se i miracoli fossero dei fenomeni naturali che ancora sfuggono alla nostra comprensione? – propose l'inquisitore, esprimendosi in forma ipotetica. – Se Dio operasse non sovvertendo l'ordine delle cose da lui stesso creato, ma servendosene attraverso vie invisibili, misteriose ma non necessariamente inconoscibili?

– Se fosse vero, – replicò con prontezza il segretario, – qualsiasi prodigio che sovvertisse l'ordine naturale delle cose, anche se all'apparenza volto al bene, sarebbe opera non di Dio ma di Satana e... Oh, accidenti a voi! – sbottò all'improvviso. – L'avete fatto di proposito, vero? Mi avete fatto arrotolare la lingua intorno a un sillogismo aristotelico!

– Sarebbe opera di Satana, – riprese il suo discorso lo Svampa. – Di Satana o di un individuo tanto subdolo e acuto da riuscire a far passare per soprannaturale quel che in realtà è mero frutto dell'umano ingegno.

Capiferro lo scrutò basito. – Dove intendete parare, di preciso?

Senza dargli tempo di riflettere, il commissarius tese verso di lui il palmo della mano. – Mostratemi i vaselli che avete trovato nel monastero sotterraneo, – ordinò. – Orsú, non fatevi pregare. So bene che li avete portati con voi.

– Eccoli, eccoli, – bofonchiò Capiferro, estraendoli da sotto la cappa.

– Li avete aperti? – volle sincerarsi lo Svampa.

– Soltanto una sbirciata, a onor del vero. In questo frenetico avvicendarsi di eventi...

– Bene, è ora di farlo, – e invitò mastro Zacchia ad avvicinarsi. – Perché a meno che questi piccoli vasi non contengano degli spiriti maligni o dello zolfo d'inferno, potrebbero offrirci la chiave per comprendere l'ingegno malefico, ma molto umano, di cui ho appena accennato.

57.

Il primo vaso conteneva dei minuscoli semisimili a lenticchie ma morbidi al tatto. Lo Svampa ne versò un paio sul palmo e li mostrò a mastro Zacchia, che abbozzò una smorfia incerta.

– Non sono uno speziale, – esordí il chirurgo a sua discolpa. – E inoltre, temo di non aver mai visto dei semi del genere prima d'ora.

– Per quel che mi riguarda, – aggiunse Capiferro con rammarico, – stento a distinguere le erbacce dalle piante officinali. Figurarsi bacche e sementi.

– E la vostra osannata memoria? – recriminò l'inquisitore.

– La mia biblioteca mentale dispone di numerosi erbari e libri d'erboristi, – si giustificò il confratello, – ma le loro illustrazioni sono poche e imprecise. Certo, con molta pazienza potrei passare al setaccio ogni singola descrizione scritta e tentare una cernita, però...

Lo Svampa scosse il capo e aprí il secondo vaso, portando alla luce un contenuto del tutto differente. Si trattava di cristalli bianchi e trasparenti che da un lato ricordavano la purezza del crisopazio e dall'altro si mostravano fibrosi come la resina.

A quella vista, Capiferro sbarrò gli occhi e citò con voce squillante: – *Onyx in somno lemures et trista cuncta figurat, multiplicat lites et commovit... Chrysolithus scintillat ut ignis, daemones exterret...*

– Cosa diamine farneticate? – lo interruppe lo Svampa.

– Il *Liber lapidum* di Marbodo di Rennes, – spiegò il segretario. – E... be', – indicò i cristalli, – non escludo sia onice, crisolito o magari ligurite.

– Ne siete sicuro?

– Per nulla, in effetti. Non ho alcuna esperienza in questo genere di cose. Ma dopo la scena muta che ho fatto per i semi...

L'inquisitore richiuse i vasi e li affidò a Cagnolo. – È chiaro che in questo modo non caveremo un ragno dal buco –. Si incamminò quindi verso l'uscita.

– Forse consultando un monaco erborista, un accademico... – propose Capiferro, andandogli dietro. – O magari uno studioso di lapidari...

Lo Svampa però non aveva alcuna intenzione di perdere tempo, né tantomeno di andare a tentoni bussando ora all'una ora all'altra porta per elemosinare dei consulti. Proseguí svelto finché non si ritrovò sotto il passaggio monumentale diretto ai giardini di Villa Giulia, in una zona di confine tra l'ombra e la luce. – Ci serve una persona dalla preparazione assai piú specifica, – decretò, lasciando che le sue parole echeggiassero sotto gli archi di marmo. – Una preparazione rara e peculiare.

– Si può sapere a chi state pensando? – lo interrogò il confratello in un crescendo d'irritazione.

Il commissarius si voltò verso di lui con un sorriso rapace. – Chiaramente, – rivelò, – a un alchimista.

58.

Giardini vaticani.

Il coro dei tre giovanissimi cantori si levava tra le siepi, da un palchetto montato sotto un pergolato di ferro battuto e rampicanti. Era una lauda di tema religioso, composizione assai modesta che tuttavia prendeva slancio grazie alla voce centrale, piú leggera e cristallina del cinguettio di un usignolo. Avanzando verso il luogo dell'esecuzione, Margherita Basile iniziò a provar pena per quel poverino dallo spiccato talento, già destinato probabilmente a rinunciare alla virilità per conservare il suo celestiale *discantus*.

Diede una scorsa ai religiosi intenti ad assistere finché non riconobbe l'imponente figura di monsignor Ridolfi all'ombra di un salice, con il naso affondato in un libello di musica sacra di Giovanni Animuccia.

– Ho notizie per voi, – bisbigliò la dama, fermandosi con discrezione alle sue spalle.

Il maestro di palazzo evitò di voltarsi. – Riguardo il servigio che vi chiesi? – disse, fingendosi immerso nella lettura.

– Sí, vostra grazia.

– Procedendo in questa direzione avete superato un roseto. Aspettatemi là.

Margherita si coprí il viso con un ventaglio e ripiegò con un cenno di scuse per far credere a eventuali impiccioni di aver sbagliato persona. Dopo poco stava camminando da sola in un labirinto di verde.

Il giardino di rose l'accolse come un'isola di pace. Una di quelle isole segrete in cui i chierici cercavano riparo dagli anatemi di San Pietro per poter cospirare, leggere poesie licenziose e consumare amori proibiti. Un'isola di vergogna e di carnalità in cui la dama si adagiò su una panchina, fra boccioli di velluto indorati dal sole.

Monsignor Ridolfi la fece attendere quasi un'ora. Appena la sua tonaca nera comparve tra i cespugli, Margherita si alzò in piedi ma aspettò che fosse lui ad avvicinarsi, attenendosi a un cerimoniale seguito infinite volte a Mantova con il duca Ferdinando Gonzaga.

– Ebbene? – disse il prelato.

– Lo Svampa aveva ragione, – gli rivelò senza esitazioni. – Lo sgherro con lo sfregio è legato a Gabriele da Saluzzo.

– È ai suoi ordini?

– Non proprio. La mia spia l'ha visto entrare in un palazzo ai margini di piazza Navona. Un palazzo in cui fra' Gabriele vive come ospite.

– Un palazzo... – rimuginò Ridolfi. – E a chi apparterrebbe?

– A un vecchio cardinale, – rispose la dama. – Monsignor Ireneo Palombara.

Al risuonare di quel nome, il maestro di palazzo indietreggiò come se avesse scorto un nemico sbucare tra le siepi. – Ignoravo fosse tornato a Roma... – mormorò.

– Lo conoscete? – fece lei con finta ingenuità.

– Non vi riguarda, – si schermí brusco Ridolfi. E chiusosi in un silenzio ermetico, rimase a fissare il vuoto finché non annuí tra sé con risolutezza. – Desidero che approfondiate la faccenda, – disse.

– In quale modo?

– Portando a termine l'indagine dello Svampa.

Toccò a Margherita restare senza parole. – Alludete a quella sulla morte di messer Ferrante?

Il prelato accennò un diniego. – A quella che il commissarius conduce in segreto, – chiarí. – Quella che riguarda la sua personale vendetta.

– Non me ne avete mai fatta menzione, – ammise la dama, incuriosita.

Prima di spiegare, Ridolfi allungò lo sguardo con precauzione verso gli ingressi del giardino. – Fra' Girolamo non è diventato frate domenicano per vocazione, ma per necessità, – rivelò. – Benché io abbia tentato d'indirizzarlo fin dall'infanzia alle gioie dei doni spirituali, egli non ha fatto altro che scalare i gradini del comando, a uno a uno, con l'intento di ottenere abbastanza autorità da potersi vendicare un giorno su colui che provocò la morte di suo padre. Ovvero, come avrete già intuito, Gabriele da Saluzzo.

Margherita era basita e segretamente ammirata. Fin dalla prima volta in cui se l'era trovato di fronte, aveva presagito che in Girolamo Svampa battesse un cuore assai piú impetuoso di quello di un pio domenicano, ma saperlo addirittura coinvolto in una vicenda di regolamento di conti, al pari di uno spadaccino o di un capitano di ventura, le dava l'impressione di essersi calata in un romanzo. – E sarebbe per questo motivo, – domandò, – che Saluzzo lo vuole morto?

– Non è detto, – rispose il maestro, sempre piú accigliato. – Forse l'odio reciproco non è ragione sufficiente a giustificare i suoi agguati. Forse egli è mosso da un sentimento di autodifesa. E un sentimento del genere, madonna mia, è la prova piú evidente di una coscienza sporca.

– In altre parole, fra' Gabriele sarebbe consapevole di avere un punto debole.

– Un punto debole che forse lo Svampa è riuscito a scoprire.

Margherita aprí e richiuse il ventaglio un paio di volte, mettendo in fila quelle nuove informazioni. – Ora rammento... – rifletté. – Ne avete fatto menzione al Monte di Pietà, dico bene? Accennaste a una sortita dello Svampa negli archivi della Minerva.

Ridolfi annuí. – Il caso Cesare Torrefosca, – disse cavernoso. – Riguarda un negromante che sul chiudersi del secolo scorso evitò il processo per intervento personale di Gabriele da Saluzzo, allora inquisitore generale di Venezia. Fra' Girolamo ne è venuto a conoscenza spulciando negli archivi della Minerva, dove si custodisce copia di tutti i procedimenti e di tutte le inchieste condotte dal Sant'Uffizio. Immagino però che al momento si trovi a un punto morto.

– Cosa intendete?

– Che pur avendo ricostruito la vicenda, egli non dispone delle prove necessarie ad accusare apertamente il suo nemico.

– Quindi? – soggiunse la dama, ansiosa di sapere a quale servigio dovesse ottemperare.

– Le prove, – sottolineò con enfasi il prelato. – Vi do il compito di cercarle.

Margherita si mostrò indecisa. – Differisce di molto dai miei soliti incarichi.

– Non vi ritenete all'altezza? – la pungolò lui.

– Mi avete appena chiesto di levare l'ancora senza indicarmi una rotta.

Il volto di Ridolfi si aprí in un sorriso agguerrito. – Cesare Torrefosca era un negromante, un *magus*, – precisò. – Corre voce che Gabriele da Saluzzo l'abbia risparmiato e protetto perché simpatizzava per le sue teorie. Un atteggiamento, questo, che trova conferma nell'attuale sodalizio tra Saluzzo e un altro conoscitore della magia occulta. Monsignor Ireneo Palombara, il suo attuale anfitrione.

La dama non credeva alle proprie orecchie. Intrighi di religiosi e di negromanti, vendette private e complotti omicidi si dipanavano nella sua mente come una pianta rampicante dai frutti velenosi ma cosí profumati da esercitare su di lei un fascino irresistibile. Fino ad allora non si era mai esposta a tal punto, eppure non riusciva a fugare il desiderio di immergersi in acque tanto profonde e di saziare la sua curiosità su un uomo ermetico come lo Svampa. – E dunque? – chiese quasi d'impulso, nello sforzo di mostrarsi impassibile.

– Dunque non sarebbe cosí strano, – rispose Ridolfi, – se Saluzzo avesse conservato degli scritti che lo legano al Torrefosca. Magari delle lettere o un diario, m'intendete?

– Con chiarezza. Si tratterebbe di ritrovarle e di portarle alla vostra attenzione.

Il prelato annuí e le porse una mano. – Se riusciste in una simile impresa, avreste la mia imperitura gratitudine.

Ancora incerta se accettare o meno, Margherita gli baciò l'anello in segno di congedo.

– Un'ultima domanda, – non poté a trattenersi.

Il maestro, che si era già voltato verso un'uscita coronata da un viluppo di edera, tornò a fissarla con uno sguardo cosí freddo e lontano da apparirle un estraneo.

Eccolo, pensò lei. Ecco il vero volto del demiurgo. Attraversata da un improvviso senso di fascinazione che tracimava nella voluttà, strinse con fermezza il ventaglio per non tradire piú di quanto non avesse già fatto il suo culto per ogni forma tangibile del potere. Come negare un servigio a un uomo del genere? Come potersi sottrarre consapevolmente alla sfera dell'autorità che promanava dalla sua persona?

Ridolfi era fermo davanti a lei, in attesa.

– Tutto per proteggere il vostro pupillo? – si decise Margherita.

Lui sorrise come se stesse per rivolgersi a una bambina. – Nel gioco degli scacchi, – disse, – le pedine vanno eliminate per gradi. Abbattere Saluzzo mi offrirà l'occasione di chiudere una partita che ho lasciato in sospeso per troppo tempo.

Un'altra faida personale, concluse la dama. Proprio come quella dello Svampa, ma dai contorni assai piú misteriosi, quasi metafisici. Forse legati al destino stesso della Chiesa di Roma. – E chi sarebbe? – ebbe l'ardire di chiedere. – Chi è il re che intendereste rovesciare?

– Il *mio* nemico mortale, – confessò il prelato mentre le volgeva le spalle. – Sua grazia il monsignor Ireneo Palombara.

59.

Rione Trevi.

– Chiunque altro ma non lui! – strepitò Capiferro, fermandosi davanti alla murata che delimitava un giardino pressoché sconfinato.

Lo Svampa, impassibile, continuò a puntare verso la cancellata d'ingresso. – Conoscete altri alchimisti?

– Anche se fosse? Vi rendete conto che quell'uomo potrebbe aver complottato contro di voi?

– Gli ho anche salvato la vita, se è per questo.

Senz'altro aggiungere, l'inquisitore richiamò l'attenzione di due soldati di ronda e chiese di essere scortato dal loro padrone. Dietro di lui, il segretario disegnò sul petto un frettoloso segno della croce.

Il cardinal Ludovico Ludovisi sedeva su uno scranno a iccasse, circondato da un tappeto d'erba che si estendeva per gli *horti sallustiani* fino a un palazzo principesco. Davanti a lui, un pittore curvo su un cavalletto stava tracciando su tela il suo ritratto.

– Una tavola preparatoria per un'acquaforte, – spiegò il prelato, a mo' di saluto verso i due domenicani. – Mastro Ottavio Leoni si porta avanti col lavoro.

Lo Svampa non aveva mai provato simpatia per quel religioso. Fin dal loro primo incontro era incappato nel suo carattere borioso e autoritario, trovandolo cosí insopportabile da dover riconoscere a sé stesso di avergli salvato la vita per puro senso del dovere. D'altro canto un debito restava sempre un debito e un uomo di principio non si sarebbe mai sottratto dal ripagarlo. Anche se, come ricordato da Capiferro, si trattava di un nemico.

L'inquisitore non aveva prove per dimostrarlo, ma gli era giunta voce che fra i nomi di chi aveva preteso il suo allontanamento da Roma comparisse pure quello di monsignor Ludovisi. Non poteva altresí dimostrare che Ludovisi rientrasse anche nella cerchia di eminenze grigie che sette mesi prima avevano attentato alla sua vita, facendo rapire la figlia di Cagnolo e cercando di rivoltargli contro quest'ultimo.

Ma di acqua ne era passata sotto i ponti, parve lasciar intendere il cardinale. Con un sorriso svagato e un pizzetto che ben si sposava alla mozzetta rosso ponsò, allontanò i soldati e si alzò come per accogliere due cari amici. Del resto, la sua presenza era piú che sufficiente a fugare ogni genere di minaccia. Non ancora trentenne, ricopriva la carica di sovrintendente generale dello Stato ecclesiastico, di prefetto della Segnatura e di un'altra mezza dozzina di uffici che gli conferivano un'aura pressoché sacrale. Tuttavia era prima ancora un mecenate innamorato della pittura, della scultura e di qualsiasi forma d'arte. Oltreché, in gran segreto, un estimatore delle filosofie occulte e dotato del gabinetto alchemico piú fornito di Roma.

Ed era proprio a quel suo ultimo aspetto che lo Svampa aveva necessità di appellarsi. – Vostra eminenza perdoni l'intrusione, – esordí con diplomazia, – ma siamo qui per chiedere la vostra opinione riguardo una faccenda alquanto spinosa.

– Di cosa si tratta? – domandò il cardinale, arricciandosi i baffi da gatto.

– In tutta franchezza, – sospirò Capiferro, – non sapremmo da quale parte iniziare.

– Semi e cristalli, – andò al sodo il commissarius.

Ludovisi vide comparire due vaselli nelle sue mani. – Ecco come dar di sprone alla curiosità di un uomo, – commentò faceto. – Bene, mostratemeli.

Prima di esaudirlo, lo Svampa si voltò verso il pittore perché si allontanasse, ma quest'ultimo, di certo avvezzo alle dinamiche della corte prelatizia, si era già incamminato tra gli alberi e una fila di statue dall'aspetto alquanto antico.

– Riguarda il caso su cui state indagando? – chiese Ludovisi mentre esaminava i contenitori in rame. – Quello di Ferrante Cattaneo?

– Siete ben informato, vedo.

– Siamo a Roma. Anche i muri hanno orecchie, – e fece scorrere i polpastrelli sulle incisioni che ricoprivano la superficie. Inarcò un sopracciglio. – Da dove provengono questi vasi?

– Non c'è bisogno che lo sappiate.

– E pur nella vostra diffidenza, – lo scherní Ludovisi, – venite a chiedere il mio responso?

Lo Svampa si voltò verso il confratello. – Reputo che il segretario dell'Indice sia abbastanza erudito da poter confermare o smentire le vostre parole.

– Ora comprendo, – rise il prelato. – Vi servite di uno strumento di precisione per testarne uno di cui non vi fidate.

A ciascuno i propri metodi, gli suggerí lo Svampa con un'alzata di spalle. Quindi invitò il cardinale ad aprire i vasi.

Ludovisi stappò il primo ed estrasse un paio di semi. Dopo un'iniziale indecisione, li studiò alla luce del sole, li soppesò sul palmo e infine li annusò. – *Doam samec*, – pronunciò. Poi fu la volta dei cristalli. Stesso procedimento, ma invece di annusarli ne toccò uno con la punta della lingua. – *Mixatir*, – concluse ammirato.

– Parole a me ignote, – ammise Capiferro, palesemente ferito nell'orgoglio.

– *Doam samec* è un nome arabo, – spiegò con orgoglio il prelato. – Viene citato nell'erbario del botanico Leonhartus Rauwolf, un profondo conoscitore delle terre di Levante e di Mesopotamia. Forse avrete udito la denominazione latina: *cocculus indicus*.

Le iridi del segretario si illuminarono. – *Galla orientalis sive coccus orientalis aut nucis vomica, idem baccae inanes, vulgo cocca dicitur*... – Sbatté le palpebre e tornò a fissare i presenti. – Intendete la galla di Levante?

– Sí, – confermò Ludovisi. – È un arbusto che cresce lungo le coste bagnate dal Mar Indico, soprattutto nel Malabar e nell'isola di Zelian.

– Piuttosto insolito, – commentò lo Svampa.

– Mai quanto i cristalli, – ribatté il cardinale.

– Li avete chiamati *mixatir*.

– Una derivazione dal persiano *nushādir*, – rivelò Ludovisi, tornando a confrontarsi con Capiferro. – Forse vi sarà familiare la parola latinizzata, *almizadir*.

Il segretario si immerse all'istante nella sua biblioteca mentale. – La ritrovo nei trattati medici di Dioscoride, di Galeno, di Costantino l'Africano...

– Ragionate in fretta, – si complimentò il prelato. – La chiave di comprensione risiede in Ibn al-Jazzār, un medico tunisino vissuto in Spagna sette secoli or sono. I suoi scritti identificano il *mixatir* con il *sal ammoniacus*.

Capiferro, che fino ad allora aveva fatto scorrere l'indice nell'aria come se fosse davanti a un leggio, emise un improvviso verso di stupore. – Il sale di Ammone! – esclamò, rivolgendosi con gravità al confratello. – Questi cristalli sarebbero il sale del dio Ammone!

– Dunque avete familiarità col termine, – arguí Ludovisi, assai incuriosito.

– Ma certo, ma certo... – continuava il segretario in un misto di angoscia ed entusiasmo. – Ne parlano anche Vincenzo di Beauvais e Isidoro di Siviglia... Il *sal ammoniacus* che cresce nelle sabbie di Cirenaica, ovvero la Libia orientale... La terra del dio ariete... Tutto ritorna, tutto combacia...

Geloso dei propri segreti, lo Svampa gli impose il silenzio con una brusca gomitata. Tornò quindi al prelato, che si ergeva al suo cospetto con un'espressione sibillina. – Galla di Levante e sale ammoniaco, – ricapitolò. – Ebbene, a cosa servono?

Ludovisi gli restituí i vaselli in rame con un gesto solenne. – Se impiegati separatamente, i loro utilizzi sono svariati. Ma insieme... – Aggrottò la fronte e prese a passeggiare per l'erba. D'un tratto sembrava nervoso, quasi allarmato, e faceva in ogni modo per nascondere la propria espressione. – Voglio essere franco, – confessò dopo una breve esitazione, – quel che vi sto per dire va ben oltre la mia sapienza e quella di chiunque io conosca. Del resto, non è impresa semplice aggregare una natura minerale a una vegetale. Fonderle insieme per ottenere qualcosa di nuovo, capite? Si tratta di principî incompatibili, quasi antitetici. Nel caso, però, qualcuno riuscisse a farlo, otterrebbe un composto tanto raro quanto letale.

– Un veleno, – concluse l'inquisitore.

Il cardinale annuí. – Se assunti in eccesso, un estratto di *doam samec* o una soluzione di *sal ammoniacus* condurrebbero già da soli alla morte. Parliamo di un decesso lento, al quale si potrebbe porre rimedio. Ma se le proprietà di entrambe queste sostanze venissero a fondersi, sono certo che gli effetti letali sarebbero assai piú devastanti e repentini.

Lo Svampa non era avvezzo a cogliere gli stati d'animo delle persone con cui si trovava a discutere. Accidenti necessari, pedine dai riflessi opalini, erano per lui una uguale all'altra. Non poté però fare a meno di notare nella voce di monsignor Ludovisi l'accenno di una curiosità ossessiva. – Siete stato fin troppo esauriente, – concluse in fretta, – ve ne sono grato.

Cosí dicendo, afferrò per un braccio il confratello che continuava a balbettare frasi latine con aria ebete e, accennato un breve saluto, prese ad allontanarsi con passo spedito.

– Forse non avete compreso, magister, – lo mise in guardia il cardinale. – Un uomo in grado di ottenere un veleno del genere rappresenta una minaccia senza precedenti. Un enigma degno del piú grande dei sapienti. Voi non avete i mezzi e neanche la preparazione adeguata per...

Il commissarius non si disturbò nemmeno a fissarlo negli occhi. – Nel caso dovessi fallire, pertanto, – ribatté con sarcasmo, – vi ritroverete con un nemico in meno.

60.

Usciti dal palazzo del cardinal Ludovisi, i due domenicani si ritrovarono a passeggiare per i sentieri del Pincio, tra vigne, orti e boschetti da cui spuntavano di tanto in tanto figure umane dai lineamenti agresti.

– Dev'essere un viaggiatore, – disse lo Svampa, dopo aver meditato sulle parole di Ludovisi.

– A chi vi riferite? – domandò Capiferro, anch'egli immerso nei pensieri.

– Il nostro assassino, – specificò fra' Girolamo. – Dev'essere un viaggiatore come quel botanico di cui parlavate, Leonhartus Rauwolf. Come poter spiegare, altrimenti, un individuo che sa di alchimia, di antichi culti orientali e che è in grado di procurarsi delle sostanze provenienti dall'Asia e dalla Libia? È senz'altro qualcuno che si sposta di frequente, un ramingo di grande esperienza.

– Non dimenticate che è probabile si tratti di una donna, – gli rammentò il confratello.

– Non lo dimentico, – ribatté l'inquisitore. – Infatti uccide servendosi del veleno, al pari di chi è indifeso e non è avvezzo a usare spade e pistole.

Capiferro annuí. – Mi sfugge ancora in quale maniera lo propini alle sue vittime, – ruminò tra sé. – Non facendoglielo ingerire, questo è certo! È come se lo inoculasse dentro il loro corpo attraverso il *punctum diabolicum*... quasi per maleficio.

– Una persona che si sposta di continuo... – continuava a riflettere lo Svampa. – Soprattutto per mare...

– Fosse vero, – osservò l'altro, – mal si concilierebbe con l'idea di un culto antichissimo radicato nel sottosuolo di Roma. Un culto associato a una cerchia di adepti che risiedono da tempo immemore nell'Urbe.

– Io infatti non ho mai creduto all'esistenza di un simile culto, – gli fece presente il commissarius. E quasi per dar enfasi a quel momento, si fermò e sedette su un muretto di pietre ai margini del sentiero. – A mio avviso, è assai piú probabile che messer Ferrante abbia risvegliato qualcosa di sopito da secoli. Qualcosa di cui non si parla dall'epoca di Gherberto Brachioforte.

Capiferro lo scrutò basito. – E chi sarebbe questo Brachioforte?

Lo Svampa gli spiegò allora della pergamena del templare scovata tra le mappe nautiche di Ferrante Cattaneo. Gli illustrò per sommi capi la presa di Damietta, del tempio di Ammone trovato in Libia dal templare e del proposito di quest'ultimo di recarne notizia a papa Onorio.

– Onorio III, – precisò il segretario. – Quattrocento anni fa!

L'inquisitore annuí.

– Prima del rogo dei templari... – continuò il confratello. – Prima della caduta di Costantinopoli...

– Esattamente.

Capiferro era a tal punto affascinato che continuava ad aspirare dal cannello della pipa nonostante il fornello fosse spento. – Vi rendete conto, – ne uscí infine, – che l'Ammone di cui si parla potrebbe essere il Bafometto adorato dai cavalieri templari? Sono entrambi ermafroditi e dotati di corna, entrambi descritti come padre e madre dell'universo tangibile, scaturigine di misteri e culti iniziatici...

– Le fantasie pagane traboccano di idoli del genere, – gli tarpò le ali lo Svampa. Aveva bisogno che il segretario tornasse lucido per confrontarsi con lui su ben altro terreno. Giunti a quel punto, infatti, si sentiva pronto a guardare indietro, nel tempo e nello spazio, per calare la mente in un gioco di lenti che gli avrebbero consentito di ricostruire gli eventi antecedenti al primo delitto. La sconfitta navale a Negroponte, il salvataggio sul galeone del vescovo di Rodi, l'approdo a Roma... e la morte improvvisa. – È come, – affermò, – se messer Ferrante avesse portato con sé una maledizione appartenuta a un luogo e a un'epoca remota. Una maledizione sonnolenta, risvegliatasi di colpo e che ha attecchito in modo repentino nell'Urbe, mietendo vittime.

– Maledizione? – ripeté Capiferro. – Quindi iniziate a contemplare la possibilità dell'intervento del Maligno?

– Ho usato quel termine solo per esprimere una minaccia vaga, – chiarí l'inquisitore. – Una minaccia sconosciuta, ma di certo proveniente dal mare. Una minaccia di cui forse messer Ferrante era al corrente ben prima della scoperta che egli sosteneva d'aver fatto a Negroponte.

– Su questo punto sono d'accordo anch'io. Altrimenti perché i suoi compagni d'arme ne sarebbero rimasti pressoché all'oscuro?

Lo Svampa annuí. – Eppure, ne sono certo, la risposta proviene dal mare... Come l'assassino a cui diamo la caccia! – E illuminato da un'improvvisa intuizione si alzò di scatto. – C'è solo un luogo dove poter trovare una risposta.

– Ovvero?

– Rione Trastevere, Ripa Grande! – rispose il commissarius rimettendosi in cammino di buona lena. – Son persuaso che i confratelli di messer Ferrante non ci abbiano detto tutta la verità! Una verità che forse potrebbe essere la soluzione del nostro enigma.

– Ma non eravate voi a dubitare delle confessioni e delle testimonianze? – gli rammentò il segretario con vena canzonatoria.

– Avete ragione, – ribatté lo Svampa con aria di rivalsa. – E infatti, in questa occasione, otterrò conferma di ciò che intendo sapere attraverso i diari di bordo.

61.

Raggiunsero le sponde del Tevere prima di mezzogiorno, sotto un sole cocente che donava alle navi ormeggiate le mille sfumature dell'oro brunito.

Sfidando l'afa, lo Svampa procedette verso il galeone del vescovo di Rodi senza concedere requie né a sé né a Capiferro. Cercava qualcosa venuto dal mare, continuava a ripetersi. Qualcosa sbarcato insieme a messer Ferrante per propagarsi nell'Urbe al pari di un oscuro contagio. Qualcosa che, contrariamente al monastero sotterraneo esplorato da Capiferro e da Bollandus, era rimasto celato per molto tempo in un luogo remoto, lontano dalla città dei papi.

Soltanto i due cavalieri di Santo Stefano sopravvissuti al massacro l'avrebbero forse aiutato a capire.

Avvistato il galeone del Gonzaga, mise da parte ogni pensiero e si affrettò lungo la banchina.

– Venite! – spronò il confratello, nell'impazienza di appigliarsi alla scaletta che l'avrebbe condotto a bordo. Già si immaginava sul ponte di coperta, diretto verso la sala nautica, a pochi passi dalla verità...

Il boato fu cosí potente che lo proiettò all'indietro in una tempesta di fasciame e schegge in fiamme. Appena il tempo di vedere il cuore della nave squarciato da una deflagrazione assordante e tutto sparí in un'eruzione di fumo nero.

Nel buio, soltanto il lamento dell'albero di maestra che rovinava, con esasperante lentezza, nelle acque del Tevere.

Parte quinta

Le carte insanguinate

62.

Ripa Grande.

In brevissimo tempo la zona antistante il porto si gremí di gente. Il camerlengo di Ripa Grande con i suoi armigeri, le guardie di dogana, gli arsenalotti e i birri di Trastevere erano accorsi a frotte insieme a una gran quantità di popolo. Gli unici a cercar di porre rimedio ai danni dell'esplosione erano però i *focaroli*. Radunati per la maggior parte intorno a un carro con cisterna, stavano dirigendo con una pompa idraulica un getto d'acqua sul cratere di fumo e brace apertosi nel galeone di monsignor Gonzaga. Altri di loro correvano lungo le banchine per estinguere a suon di secchiate i focolai attecchiti sulle imbarcazioni circostanti.

Lo Svampa e Capiferro assistevano in disparte, ancora mezzi rintronati dalla deflagrazione che li aveva quasi scaraventati oltre i dossi del fiume. Pur essendone usciti illesi, l'inquisitore aveva riportato delle escoriazioni sul lato sinistro del viso e il segretario perso la sua pipa. Molto peggio di loro stava il vescovo di Rodi che, precipitatosi sul luogo in sella a un corsiero bardato di tutto punto, osservava il relitto della sua costosissima nave con la bocca e gli occhi spalancati.

Prima di esprimersi sull'accaduto, lo Svampa attese che due birri estraessero i corpi dalle macerie. Soltanto tre, dal momento che il resto della ciurma era sbarcato da giorni. I primi due appartenevano ai compagni d'arme di messer Ferrante, brutalmente deturpati dall'esplosione. Il terzo, trovato ai margini delle banchine, era invece di un giovane che fu identificato come il sorvegliante del galeone. A differenza degli altri due era stato trovato a terra e non sembrava essere stato coinvolto nella deflagrazione. Un breve esame rivelò, all'altezza della gola, la presenza di un bubbone violaceo in cui l'inquisitore riconobbe il *punctum diabolicum*.

– La nostra assassina si fa piú audace, – commentò Capiferro.

Lo Svampa annuí. – Ha ucciso il sorvegliante per introdursi a bordo, dopodiché ha dato fuoco alle polveri. Se fossimo giunti un attimo prima l'avremmo forse scorta mentre fuggiva.

– E ora? – continuò il segretario. – Il vostro piano è andato in fumo insieme alla nave.

– Non è detto, – replicò il commissarius, incamminandosi tra la folla verso il vescovo di Rodi.

Quest'ultimo, appena sceso da cavallo, fissava attonito l'albero di bompresso che, divelto da prua, si era conficcato a terra come l'enorme corno di un mostro marino.

– Devo rivolgervi alcune domande, – gli disse lo Svampa, scostando con malgarbo le persone che si frapponevano fra loro.

– Non me ne avete già rivolte abbastanza? – sbottò il prelato, riversando sul domenicano tutto il suo dispiacere.

– Rincresce piú a me che a voi, – gli assicurò con freddezza fra' Girolamo. – Ma le circostanze m'impongono di far di necessità virtú.

Monsignor Gonzaga lo mandò al diavolo con un gestaccio. Poi, dato addio al natante come se fosse stato davanti alla tomba del padre, marciò verso di lui con lo sguardo truce. – Non qui, – grugní, indicando la sommità di un dosso. – Meglio là, dove nessuno può udirci.

Proseguirono quindi su una lieve pendenza coperta di sterpaglie, fermandosi in un punto abbastanza elevato da offrire la vista della zona portuale. Il fumo e le fiamme esalate dal relitto andavano estinguendosi sotto il getto d'acqua dei *focaroli*.

– Non ho da chiedervi nulla di personale, – attaccò lo Svampa. – Né soffermarmi su quanto mi avete già raccontato.

– E allora cosa? – lo sferzò il prelato, sempre scontroso.

– Intendo conoscere la rotta che avete seguito per giungere fino a Roma.

Gonzaga apparve perplesso. – Perché mai?

L'inquisitore fissava impassibile le rive del Tevere, un mosaico di natanti e forme umane che brancolavano caotiche, quasi mosse dalle forze del caso. – Limitatevi a rispondere.

– Be', – disse il vescovo, – non ho nulla da nascondere. Provenivo da Candia.

– Una delle poche piazzeforti cristiane ancora sicure nel Mediterraneo orientale.

– O Mar Bianco, come lo chiamano i turchi, – confermò l'altro. – Mi ero spinto fin là per strappare alcune informazioni sullo stato di Rodi e...

– I vostri affari non m'importano. Ditemi quali scali avete fatto.

– Assai pochi, a onor del vero. Per far ritorno ai nostri lidi ho veleggiato senza sosta tra le isole greche, sfiorando come già sapete Negroponte e la Morea, per poi imboccare lo stretto di Messina. Soltanto allora mi son sentito al sicuro dalle navi ottomane e ho sostato a Napoli.

– Soltanto a Napoli? – volle sincerarsi il commissarius.

– Potete chiedere conferma al mio primo ufficiale, – rispose il prelato, tornando aggressivo. – Lo troverete senz'altro a ubriacarsi in qualche bettola di Trastevere.

Lo Svampa scosse il capo, a intendere che non ce n'era bisogno. – Napoli, dunque.

Gonzaga annuí. – Son rimasto attraccato al porto per una notte e un giorno.

– E in quell'occasione avete registrato eventi degni di nota?

– Nulla che io rammenti, a parte l'imbarco di qualche pellegrino diretto a Roma.

L'inquisitore si adombrò. – Dei pellegrini?

– Poveri diavoli, una decina in tutto, – spiegò il prelato. – Cercavano un imbarco per prender parte al giubileo. Li ho accolti sul mio galeone per pura carità cristiana. Ma prima di questo... – si portò la mano alla fronte, come per stimolare la memoria, – è vero, quasi dimenticavo... Ci fu anche la richiesta di messer Ferrante.

– Quale richiesta?

– Pretese di scendere a terra per confessarsi e ricevere i sacramenti.

– E voi lo consentiste?

– Perché mai avrei dovuto oppormi? Gli interessi di Ferrante Cattaneo erano per Roma, non per Napoli. Inoltre, se non m'inganno, egli si ripresentò a bordo nell'arco di poche ore, tranquillo e sereno. Il tempo di imbarcare i pellegrini di cui vi ho accennato e levammo l'ancora.

A quel punto lo Svampa guardò dabbasso, verso Capiferro che passeggiava come un bambino curioso intorno al carro-cisterna dei *focaroli*. – Bene, non ho altre domande.

Gonzaga emise una risatina incredula. – E mi avreste disturbato per una simile scemenza?

L'inquisitore, che stava già scendendo dal dosso, non lo degnò della minima considerazione.

– Napoli, – disse appena fu accanto a Capiferro. – C'è la possibilità che questa vicenda sia iniziata a Napoli.

– Ne siete sicuro?

Lo Svampa non lo era affatto, ma aveva a disposizione soltanto quella traccia. – Secondo il resoconto di monsignor Gonzaga sarebbe l'unico momento in cui Ferrante Cattaneo è sceso a terra dopo Negroponte e prima di Roma, – si limitò a spiegare. – Se corrisponde al vero, è stato là che il cavaliere di Santo Stefano può aver innescato qualcosa. Sempre che il vescovo di Rodi non mi abbia mentito...

Lasciò il discorso in sospeso, accorgendosi con una punta d'irritazione che il confratello non lo stava piú ascoltando.

– Cosa vi prende? – lo interrogò.

Capiferro si era accigliato e lambiccava il labbro inferiore in mancanza della pipa. – Napoli, avete detto, – rimuginò.

– Sí. Ebbene?

– Forse potrei dar consistenza alle vostre supposizioni con dei dati concreti. Dati che non provengono dalla bocca di un essere umano ma da fonti scritte, – e gli sorrise allusivo. – Ma per farlo dovremo tornare da padre Bollandus ed esaminare un particolare oggetto. Un oggetto che il nostro amico agiografo ci ha mostrato soltanto di sfuggita.

63.

Rione Pigna.

Davanti alla facciata del Collegio romano, Johannes Bollandus era intento a caricare i suoi averi su un piccolo carro. L'arco del sole aveva superato da molto il momento della canicola, ma lui aveva il volto arrossato e lucido di sudore, tradendo l'insofferenza al caldo delle genti del Nord. Dietro una coppia di muli uniti da un giogo, il pianale era stipato da pile di libri e da un baule semiaperto da cui s'intravedevano un astrolabio e un orologio a lanterna.

– Ve ne andate sul piú bello? – proferí una voce alle sue spalle.

Preso com'era a cacciare tra gli spazi liberi i suoi ultimi effetti personali, l'agiografo sobbalzò per lo spavento. – Ah, quale sorpresa… – squittí, riconoscendo padre Capiferro. – Me ne vado, sí, – ripose con modi sbrigativi. – Ritengo d'essermi trattenuto fin troppo.

– Al contrario, – obiettò lo Svampa, comparendo alla sua sinistra. – Dovrete aspettare un altro po'. Finché il caso non sarà risolto, per lo meno.

– Ma vi ho già detto tutto quel che sapevo! – protestò Bollandus.

– Me lo auguro, – disse intimidatorio il commissarius. – Saranno i fatti a decretarlo.

– E nell'attesa che ciò accada, – soggiunse il segretario, – gradirei dare un'ultima scorsa alla vostra mappa.

– La mappa?

– Quella dei sotterranei, – precisò Capiferro. – I sotterranei che ci hanno condotti dalla cripta di San Nicola in carcere fino al monastero perduto di Ammone. Rammentate?

Per un attimo Bollandus diede l'impressione di volersi gettare in ginocchio e supplicare i due domenicani di lasciarlo andare. Gli ultimi eventi dovevano aver messo fin troppo alla prova il suo cuor di coniglio, senza contare la notizia del galeone esploso a Ripa Grande. Un'occhiata imperiosa dello Svampa, tuttavia, indusse il belga a balzare sul carro e a estrarre da un baule una pergamena del colore dell'oro.

Il segretario se la fece subito consegnare. – Confermate che vi fu data dalla donna mascherata? – volle accertarsi. – Una donna di cui non conoscete né l'identità né la provenienza?

– Sí, – rispose il gesuita.

– Bene, – si limitò a dire il segretario, dopodiché iniziò a esaminare il documento. Lo espose con cura alla luce e lo studiò da molto vicino, *recto* e *verso*, in ogni angolo, addirittura annusandolo. – Come immaginavo... – mormorò poi compiaciuto. – Oltremodo interessante...

– Smettete di gongolarvi, – lo ammoní lo Svampa, – e manifestate il vostro pensiero.

Capiferro rimase ben muto finché non ebbe concluso la sua minuziosa perizia. – La prima volta che vidi questo vello m'ingannai, – decretò infine. – Vedete il disegno della facciata di San Nicola in carcere? – e mostrò la mappa al confratello. – È diverso dall'attuale. Ha un aspetto arcaico, in linea con la pergamena che è senz'altro molto antica. Per queste ragioni all'inizio avevo supposto che avesse almeno tre secoli.

– E non è cosí? – si stupí Bollandus.

– L'inchiostro è stato steso di fresco, – rivelò il segretario. – Nemmeno da un mese, a giudicare dall'odore.

– Come spiegate allora l'antichità della pergamena? – intervenne lo Svampa.

– Qui viene il bello, – ridacchiò Capiferro. – La pergamena, ribadisco, è di sicuro molto antica. Cosí antica che ripensandoci, poche ore fa, mi è tornato alla memoria un suo particolare. Date un'occhiata ai margini.

L'inquisitore non capiva dove il confratello volesse andare a parare e nemmeno in quale modo una simile verifica potesse avvalorare la testimonianza del vescovo di Rodi. Tuttavia l'assecondò. E seguendo l'invito si accorse che il disegno dei sotterranei occupava soltanto il centro del foglio. I bordi erano stati tralasciati, ma recavano comunque dei segni. – Scorgo le tracce di una scrittura sbiadita, – ammise. – Una scrittura che a malapena distinguo, quasi fosse coperta da un velo di nebbia.

– *Scriptio inferior*, – spiegò il segretario, – ovvero un testo cancellato per far spazio a uno nuovo. In altre parole, un palinsesto.

Non era la prima volta che lo Svampa udiva quella parola. In un'epoca in cui l'uso della carta di stracci non era ancora diffuso e il torchio tipografico rappresentava un sogno, la fame di superfici scrittorie era cosí grande che gli amanuensi non esitavano, all'occorrenza, a grattare via i testi degli antichi codici per riutilizzarne i velli come pagine bianche. Abitudine, questa, che ancora vigeva in numerose botteghe e monasteri. Si rivolse quindi al segretario con l'ansia di coglierne l'intuizione: – Intendete in sostanza che qualcuno avrebbe raschiato via il testo di una vecchia pergamena per disegnarci sopra la mappa dei sotterranei?

– Esattamente, – rispose Capiferro. – Anche se l'ha fatto male, tralasciando di pulire per bene i bordi. Per fretta, immagino. Disponeva di pochissimo tempo per sbiancare una pergamena e impiegarla come supporto che desse una parvenza di anzianità alla sua mappa.

– Un gioco per distogliere la nostra attenzione dai fatti, – presagí l'inquisitore. – Proprio come lo spauracchio dell'improbabile setta romana di Ammone.

Capiferro annuí. – Veniamo pertanto al dunque: Napoli. Presumo che monsignor Gonzaga abbia detto il vero.

– Da cosa vi deriva tanta certezza?

– Proprio dalle parole sbiadite che voi stesso avete individuato ai margini della pergamena, – rivelò il confratello. – La prima volta che le scorsi non diedi loro alcuna importanza, ma il mio occhio di bibliofilo non ha potuto fare a meno di registrarle. Almeno quel poco che ancora si riesce a leggere: *corpus beati Januarii sacerdotis et martiris... kalendas... depositus est beatus Severus... duo monasteria...*

– Nomi di santi, – riconobbe Bollandus che, pur restando in disparte, non si era perso una sillaba. – Gennaro e Severo.

Il segretario gli rivolse un cenno d'intesa. – Sono quasi certo, – disse, – che queste righe appartengano alla cronaca dei vescovi di Napoli redatta da Giovanni Diacono molti secoli or sono. La provenienza piú probabile della pergamena, pertanto, sarebbe...

– Napoli, – esclamò lo Svampa.

– Non ne abbiamo certezza assoluta, – specificò Capiferro. – Ma se come voi asserite spesso, le coincidenze non esistono...

L'inquisitore non si disturbò a commentare. Napoli, rifletté. La città visitata da messer Ferrante poco prima di sbarcare a Roma e morire. La stessa città in cui, forse, un misterioso individuo si era procurato una pergamena per disegnare la mappa dei sotterranei. Il viaggiatore, la donna capra... Chiunque fosse, l'assassino doveva aver seguito il cavaliere di Santo Stefano fino all'Urbe e ucciso tutti quelli che erano sulle sue tracce o semplicemente al corrente della sua esistenza. Servendosi del veleno e attirandoli di volta in volta in trappole solitarie, isolandoli dagli amici e da chiunque potesse difenderli. La stessa tecnica usata con il lenone Antonaccio e con... – Voi! – disse all'improvviso, rivolgendosi a Bollandus. – Perché voi non siete morto?

– Cosa intendete? – fremette il gesuita.

– Quando la donna vi ha attirato nel monastero sotterraneo... Di sicuro l'ha fatto perché aveva seguito messer Ferrante e sapeva che lo stavate aiutando. Di certo la mappa era una trappola per attirarvi in un luogo deserto e uccidervi. E allora perché non l'ha fatto?

– Forse, – propose Bollandus, – perché non ero solo. Mi accompagnava un famiglio di San Nicola, un ragazzone bello robusto.

– Il ragionamento quadra, – concluse il commissarius, sperando che il belga avesse raccontato la verità. – Pertanto, non ci resta che catturare quell'infame.

– In quale modo? – chiese Capiferro, eccitatissimo.

– Lo vedrete molto presto, amico mio.

64.

Via della Scrofa.

Recatosi da solo a palazzo Gonzaga, lo Svampa si fece annunciare a madonna Margherita Basile e la raggiunse in una sala drappeggiata da pesanti tende di velluto. Benché all'esterno brillasse ancora il sole, quell'ambiente dava l'illusione che fosse già calato l'imbrunire, suggerendo un senso di segretezza e d'intimità che lo mise inizialmente a disagio. Poi l'inquisitore rammentò la prima delle due ragioni che l'avevano condotto fin lí e avanzò verso la dama con aria altera.

– Entrando, – esordí, – non ho incontrato alcun membro della vostra famiglia.

– Adriana e Leonora sono a lezione di canto, – rispose lei, con aria sbarazzina. Indossava un abito scuro dotato di una gorgiera che metteva in risalto i capelli raccolti in una vaporosa acconciatura. – E in quanto al mio signor fratello, – aggiunse, – sospetto sia alle prese con una relazione amorosa.

– Voi invece non avete incombenze?

– Vi aspettavo.

– Son quasi tentato di credervi.

– Non vi fidate di me?

L'inquisitore si portò accanto a un tavolino di legno lucidato ma evitò di accomodarsi su una delle sedie disposte intorno. – Io non mi fido di nessuno, nemmeno di chi si esprime in buona fede, – decretò per sottolineare che non si trattava di una questione personale. – Per una ragione o per l'altra, non è mai la verità a uscire dalla nostra bocca. Men che meno se a parlare è una spia che tiene il piede in due scarpe.

Lei rimase a fissarlo senza tradire alcuna emozione.

– Ho avuto modo d'interrogare il vescovo di Rodi, – seguitò lui.

– L'immaginavo, – commentò con freddezza Margherita. – E dunque?

– Dunque sua eccellenza mi ha rivelato molte cose. Per esempio, di essersi rivolto a una persona fidata che sorvegliasse messer Ferrante Cattaneo una volta sbarcato a Roma. Una persona abbastanza accorta e discreta, amica dei Gonzaga. Devo continuare?

Sul bel volto di madonna Basile affiorò una sfumatura di ostilità. – Non potete dimostrare che sia io.

– Il vostro coinvolgimento nell'indagine è prova sufficiente, – la contraddisse lo Svampa. – Siete stata una presenza costante, fin dall'inizio. Ancora prima che venissi convocato dalla Toscana.

– Credete forse che sia stata io a uccidere messer Ferrante?

Non c'era paura nella voce di Margherita. Soltanto l'impeto di chi stava lanciando una sfida.

– In effetti nulla m'impedisce, al momento, di supporre che siate stata voi a farlo, – rincarò la dose il commissarius. – Magari su ordine del vescovo di Rodi.

La dama emise una risata secca, quasi fosse in procinto di ritirarsi con una battuta sdegnosa. Invece si trattenne e, con grande sorpresa dell'inquisitore, lo invitò a sedere ai bordi del tavolo per poi prendere posto lei stessa, di fronte a lui. – La verità è che ero sulle sue tracce. Di messer Ferrante, intendo, – confessò. – Il mio incarico si limitava a trovarlo e a seguire le sue mosse, restando nel piú completo anonimato. Un compito non facile, come potrete ben immaginare. E tuttavia grazie alla mia rete di informatori venni a conoscenza dei movimenti di un uomo d'arme appena sbarcato a Roma: un uomo che si preparava a un incontro segreto –. Le sue mani si mossero sul ripiano, quasi giocassero con degli invisibili tarocchi. – Era il 25 giugno, avevo solo una vaga idea del luogo dell'incontro e non ero neppure certa che si trattasse di Ferrante Cattaneo. Decisi comunque di recarmi nei paraggi, presso la chiesa del Quo vadis, con la scusa di visitare in compagnia di amiche un luogo sacro. Non che intendessi espormi a dei rischi, sia ben chiaro. Speravo soltanto di cogliere qualcosa di sospetto su cui focalizzare le ricerche... Ma la sorte ha voluto che fosse Leonora a imbattersi in colui che cercavo. Nel corpo di Ferrante e nella misteriosa assassina.

Ecco l'ennesima dimostrazione che le coincidenze non esistono, si disse lo Svampa. Fino ad allora aveva rifiutato di credere che l'implicazione di Margherita fosse stata dettata dal puro caso e finalmente la sua diffidenza veniva premiata. – E da allora, – aggiunse, – le cose si sono complicate.

La dama annuí. – Monsignor Gonzaga è stato costretto a rivolgersi al maestro di palazzo. Tramite la mia mediazione, è ovvio. Se fosse trapelato che l'uomo ucciso nella catacombe era sceso dalla sua nave ci sarebbe stato il rischio di un'inchiesta ufficiale, con le dovute conseguenze.

– Conseguenze a cui messer Gonzaga non potrà piú sottrarsi, ora che il suo galeone è esploso.

– Invece sí, se troverete l'assassino.

L'inquisitore la fissò di sottecchi. – Perché tanta veemenza?

– Non capisco cosa insinuiate, – disse lei.

– Cosa ci guadagnate *voi*? – domandò lui con parole piú esplicite. – Se proseguissi nell'indagine porterei alla luce il vostro coinvolgimento. Un coinvolgimento che, se pur in buona fede, vi esporrà ai sospetti del Sant'Uffizio.

– Tanta premura mi commuove, – sussurrò lei con finto imbarazzo.

– Non equivocate, – si schermí lo Svampa. – La mia è soltanto volontà di far chiarezza.

– E cosa avrei da temere? – proseguí la dama con trasporto. – Siete voi il Sant'Uffizio, e a quanto si dice non credete nei sospetti.

– Io non sono altro che il coperchio di una pentola che ribolle di spiriti predatori, – la avvertí il commissarius, – e se venissi scalzato dal mio incarico…

Margherita si alzò dal seggio e gli volse le spalle. – Sappiate allora che la minaccia non ricadrebbe su di me, ma sul mio signor fratello, – proferí d'un fiato. – È lui che proteggo.

Lo Svampa si alzò a sua volta. – E di quale colpa si sarebbe macchiato messer Giambattista?

– La sua favola sulla donna capra, – rispose lei. – Il maestro di palazzo non è del tutto persuaso che si tratti di una coincidenza. E se dovesse venir meno la mia collaborazione, egli non esiterebbe a farlo arrestare e a interrogarlo come un comune sospettato.

L'inquisitore conosceva l'indole intransigente di monsignor Ridolfi e altresí la sua capacità di manipolare chiunque potesse in qualche modo risultare utile ai propri scopi. Non faticò quindi a immaginare che i suoi interessi verso la dama si estendessero ben oltre l'indagine sulla donna capra. L'occasione, d'altro canto, gli parve propizia per sviscerare la questione che gli stava piú a cuore. – E raccontando a me di vostro fratello, – sentenziò, – reputate forse di migliorare la sua posizione?

– Voi sembrate un uomo avvezzo a dissipare i dubbi, – si giustificò lei, – non a crearne altri.

– In tal caso non resta che dissipare il dubbio piú grande.

Margherita si voltò e lo scrutò incuriosita.

– Si tratta della seconda ragione per cui quest'oggi vi ho chiesto udienza, – spiegò lo Svampa. – In pratica, dovrete aiutarmi a preparare una trappola.

– Vi riferite a un piano per catturare la donna capra?

Lui annuí. – La donna capra o chiunque essa sia.

– E di grazia, quale genere d'aiuto vi servirebbe?

L'inquisitore le si avvicinò con un'espressione indecifrabile. – Per prima cosa dovrete fornirmi l'esca.

Poi chiarí per filo e per segno cos'aveva in mente.

Dopo che lo Svampa se ne fu andato, Margherita chiuse a chiave la porta e si diresse con solerzia verso la parete opposta della sala. Quel che il commissarius pretendeva era al tempo stesso geniale e folle, ma al momento lei aveva ben altro a cui pensare. Giunta nell'angolo piú scuro della stanza, scostò un drappo e si mise di lato, permettendo all'uomo nascosto dietro il tessuto di uscire allo scoperto.

– Voi non avete udito nulla, – si raccomandò la dama.

– Anche volendo, – la rassicurò lui, – non saprei a chi vendere l'informazione.

– Prima che venissimo interrotti, – glissò Margherita, dirigendosi di nuovo verso il tavolo, – si parlava d'affari.

L'uomo, magro e dai capelli lunghi, la seguí come un'ombra. – Alludevate al voler rubare dei documenti personali, – precisò.

– Sí, – fece Margherita. – Dei documenti in possesso di fra' Gabriele da Saluzzo.

– Introducendomi nel palazzo in fondo a piazza Navona?

– Esattamente. Quello in cui risiede come ospite.

– Non chiedete affatto poco, – le fece presente lui. – Di certo non sarà facile come quando mi avete chiesto di seguire quello sgherro sfregiato.

– D'altronde non è poco quel che vi offro, – ribatté la dama, mettendogli davanti una scarsella piena di scudi d'argento.

L'uomo titubò un istante. Infine, con una smorfia grifagna, allungò una mano sul denaro. – Ebbene, di quali documenti si tratterebbe?

65.

Rione Trevi.

Gabriele da Saluzzo e monsignor Palombara scesero dalla carrozza attorniati da un nugolo di bravi e seguirono un sentiero delimitato da statue e siepi attraverso una distesa di giardini pressoché sconfinata. Lasciandosi alle spalle una serie di sontuosi complessi abitativi, colonnati di marmo e ruderi di età antica, giunsero al cospetto di una palazzina a due piani dotata di torretta. La struttura, un'autentica perla in quel paradiso terrestre, rivelava il genio architettonico del Maderno. Entrambi i religiosi sapevano però che il vero splendore era custodito al suo interno.

Lasciati gli armigeri davanti alla facciata, avanzarono verso l'ingresso e attesero che un servo li annunciasse al padrone di casa.

Dopo poco, monsignor Ludovisi si presentò di persona al portale e fece strada attraverso la sala del primo piano per poi proseguire per una scala a chiocciola che li condusse in un ambiente quadrato fiancheggiato da due terrazze panoramiche. Pareti e soffitti erano decorati da pitture allegoriche che correvano sulle superfici in un incessante spettacolo di magnificenza.

Assai meno sensibile di Palombara a quel genere di bellezza, Saluzzo si guardava intorno con sprezzante indifferenza. La sua formazione di frate domenicano, benché corrotta dal fascino per la filosofia occulta, gli faceva percepire un simile eccesso di sfarzo come un sintomo di povertà spirituale. Tanto piú che, gli era ben noto, Ludovico Ludovisi aveva sperperato fior di capitali in quel «casino» perché invidioso del cardinal Pallavicini, che nella sua villa del Quirinale ne possedeva uno d'impareggiabile meraviglia.

I tre sedettero accanto a una grande finestra, cosí da godere della frescura serale e della vista dei colli romani, e attesero che un valletto porgesse loro delle bevande in calici dorati.

– Ebbene, miei cari amici, – prese la parola Ludovisi, – mi scuso anzitutto per avervi convocati con scarso preavviso.

– Nel vostro messaggio si accennava a una minaccia, – andò subito al sodo Palombara.

– È di una minaccia, infatti, che intendo parlarvi.

– Minacce per la nostra loggia?

– Al momento siamo al sicuro, – lo rassicurò Ludovisi. – Di recente, però, ho ricevuto una visita che mi ha dato da riflettere.

– Un nemico? – indagò Palombara.

– Fra' Girolamo Svampa.

– Quell'infame, – snocciolò Saluzzo.

– Non è da lui che dobbiamo guardarci, – chiarí Ludovisi. – Ma da ciò di cui mi ha parlato.

Palombara finí di sorseggiare la sua bevanda. – Non è impegnato in un'indagine di poco conto?

– Solo all'apparenza, vostra grazia, – ribatté il padrone di casa. – Il commissarius si è presentato al mio cospetto per chiedere un parere su delle prove indiziarie. Prove alquanto insolite e… inquietanti.

– Addirittura?

Ludovisi rimase per un attimo a fissare le sfumature del cielo che viravano dal rosso al nocciola scuro, poi annuí. – Si tratta di sostanze rare: galla di Levante e finissimi cristalli di sale ammoniaco. Chi le possiede, ne sono certo, non è un volgare soffiatore.

– Se ben miscelati, – disse a mo' di conferma Palombara, – quegli ingredienti potrebbero generare un veleno addirittura piú letale di quello del basilisco.

– Piú potente del vostro è sicuro, – ironizzò acido Saluzzo, in allusione alla velocità con cui si era ristabilito il segretario dell'Indice.

– Tacete, per carità, – levò gli occhi al cielo Palombara. Quindi, assumendo un tono rispettoso, si rivolse di nuovo a Ludovisi. – Non potete esservi allarmato soltanto per questo.

– Infatti il motivo della mia preoccupazione è un altro, – rispose il giovane prelato. – Mi sono ben guardato dal rivelarlo allo Svampa, naturalmente, ma devo confessare di esserne rimasto oltremodo colpito. Riguarda i contenitori delle sostanze di cui vi ho appena accennato. Sono dei vaselli in rame decorati con motivi geometrici a prima vista privi di significato. Ma... – la sua voce si tramutò in un sussurro, – non per un iniziato avvezzo a riconoscere un codice segreto.

– Parlate, – lo spronò Palombara, manifestando un'irruenza che mal conciliava con il suo aspetto venerando.

– Credo sia un alfabeto sacro, – rivelò Ludovisi. – Un alfabeto oltremodo antico.

– Sapreste essere piú preciso?

– Ho tenuto in mano quei vaselli per pochissimo tempo, – si giustificò. – Ma mi è stato sufficiente per supporre che si trattasse di scrittura angelica, il linguaggio segreto di cui parlano Guillaume Postel, il *Doctor mirabilis* e l'autore della *Vigna aurea*.

Saluzzo trattenne un fremito di eccitazione. Benché non fosse addentrato nei misteri delle scienze ermetiche come gli uomini che stavano discutendo alla sua presenza, aveva letto il *Secretum secretorum* di Ruggero Bacone, detto anche *Doctor mirabilis*, ed era consapevole dell'esistenza di alfabeti enigmatici derivati dal caldeo, dall'ebraico e dall'arabo di cui i grandi maestri dell'alchimia si servivano per celare il loro pensiero a chi non ne era degno. La scrittura angelica consisteva nel piú potente di quei linguaggi e veniva impiegata dalla notte dei tempi per evocare e comandare le creature celesti.

Prima di ribattere, Palombara meditò tra sé con la fronte aggrottata. – Se fosse vero, auguriamoci che padre Capiferro non l'abbia riconosciuta.

– Parliamo di un sapere occulto, – gli rammentò Ludovisi, ostentando un'improvvisa sicurezza. – Neppure noi ne siamo padroni. Figurarsi il povero Capiferro, che ne possiede soltanto una visione frammentaria, dettata per lo piú dalla curiosità. Pur con tutto il suo impegno, non riuscirebbe a cogliere il significato di una singola parola.

– Perciò di cosa vi preoccupate? – intervenne Saluzzo.

– Del fatto che a Roma ci sia un alchimista piú potente di noi, – rispose con gravità Ludovisi.

– In sostanza, – l'assecondò Palombara, – temete che questo *magus* sconosciuto possa rivelarsi ostile alla nostra loggia.

– Se non lo fosse, – rimarcò il giovane prelato, – avrebbe già manifestato la sua presenza. Non credete?

– Non posso darvi torto, – sospirò l'altro, sempre piú accigliato. – Pertanto, cosa suggerite?

Ludovisi pareva non attendere che quell'invito. – Ebbene, vi dirò cosa penso, – e con piglio deciso si mise in piedi davanti ai suoi ospiti. – Anche se, mi rincresce assai, le mie parole dispiaceranno non poco a fra' Gabriele da Saluzzo.

66.

Margini settentrionali di piazza Navona.

L'uomo avrebbe preferito aspettare la notte fonda, ma appena saputo che il padrone del palazzo si era allontanato in carrozza con la sua scorta, aveva rotto gli indugi ed era penetrato nell'edificio. L'aveva fatto passando per una finestra del retro che si affacciava sul vicolo dei Calderai, uno stradello occupato da botteghe di fabbri e venditori di pentole ormai deserto. Al battere dei vespri ogni attività era cessata e le ombre si erano allungate a sufficienza da consentirgli di arrampicarsi non visto fino al secondo piano e forzare le imposte.

Ma ora che si trovava all'interno, capí all'improvviso di dover ancora assolvere alla parte piú difficile del suo compito. Madonna Basile aveva preteso troppo mandandolo là dentro alla ricerca di un indefinito manoscritto. Qualsiasi cosa purché recasse il nome di Cesare Torrefosca, aveva specificato la dama. L'uomo però, nel momento in cui aveva accettato, non si era certo immaginato che un'abitazione del genere potesse contenere tanti libri.

Partendo dalle stanze superiori, attraversò al barlume di una candela due ambienti occupati per intero da mobili e scaffali stipati di testi rilegati in cuoio, vacchetta, pergamena, carta spessa e persino legno. Reputò tuttavia che quella non fosse la collocazione adeguata per dei documenti di natura compromettente, perciò proseguí senza timore, dando una scorsa alle camere da letto per poi scendere al piano inferiore.

Una scala dai gradini cigolanti, vetusta quanto gli archi di pietre grigie che la sovrastavano, lo portò a un vestibolo che da un lato dava a un salottino dall'aria satura di polvere e dall'altro a una stanza rettangolare con armature, armi e arazzi disposti ai lati.

Lasciandosi alle spalle quella sorta di armeria, l'uomo giunse a un piccolo ingresso sigillato da una porta in legno borchiato. Una precauzione oltremodo eccessiva, valutò, per quello che pareva l'accesso a una cantina. Posò quindi la candela sul pavimento, estrasse i ferri del mestiere – una minuscola forcella di metallo e una sottilissima lima – e iniziò a lavorare alla serratura.

Il catenaccio era antico, ma piuttosto ben congegnato. Scassinarlo richiese piú tempo del previsto. L'uomo però disponeva della pazienza e dell'esperienza necessarie. Riuscito nell'impresa, cacciò in una tasca i suoi attrezzi e con un sorrisetto compiaciuto fece ruotare il battente sui cardini.

Oltre la soglia comparve uno degli ambienti piú bizzarri su cui avesse mai posato lo sguardo.

Di primo acchito gli ricordò il laboratorio di uno speziale. Il banco posizionato al centro era infatti occupato da provette, fornelli e sostanze che mandavano degli odori vegetali. Tutt'intorno, però, comparivano oggetti che avrebbero potuto piú facilmente incontrarsi in una fucina. Mantici, pinze, una sorta di forgia o di stufa cilindrica e dei colini di pietra anneriti dal fuoco occupavano ogni spazio, eccetto un angolo in cui compariva una scrivania ingombra di carte.

Non appena la vide, l'uomo si avvicinò e prese a consultare il materiale sopra di essa. Non poteva certo vantare l'erudizione di un cattedratico, ma la gioventú trascorsa in seminario gli aveva donato una cultura che andava ben oltre il semplice saper leggere e scrivere. Era stata proprio quell'istruzione da prete, che un tempo aveva tanto odiato, a permettergli di elevarsi dalla condizione di ladro per diventare una spia al servizio della gente di rango. E di arricchirsi piú di quanto avesse mai sognato.

Ma al momento non si era ancora guadagnato gli scudi d'argento di Margherita Basile. Su quella maledetta scrivania c'erano appunti e disegni d'ogni sorta, ma nessuno in cui vi fosse almeno un accenno a Cesare Torrefosca.

Lo sconforto iniziava già a farsi strada dentro di lui quando l'uomo notò a fianco della scrivania un piccolo armadio dalle ante di rete metallica. Lo forzò con facilità e iniziò a consultare i documenti contenuti all'interno, finché...

Strabuzzò gli occhi e avvicinò uno scritto al guizzare dorato della candela. Era incredulo, quasi esultante. «Torrefosca!» Quel nome compariva ovunque, in ogni pagina, in riferimento ad altre persone, località e procedimenti misteriosi di cui era pressoché impossibile afferrare il significato.

L'uomo mise da parte tutte quelle carte finché non ne ebbe raccolto un fascio spesso quasi due dita, le legò con un pezzo di spago e le infilò sotto la giubba.

Ora, si disse, non restava che svignarsela.

Sgusciò fuori dal laboratorio, risalí le scale e raggiunse la finestra da cui era penetrato. Liscio come l'olio, una vera soddisfazione.

Guardò all'esterno, il cielo ormai buio sul vicolo dei Calderai. Nessun rumore di passi, nessuna voce dabbasso. Sarebbe uscito da quel palazzo com'era entrato, senza che nessuno l'avesse visto. Un vero fantasma.

Si sporse quindi oltre il cornicione e, con cautela, si calò fino a toccare terra.

Ora si trattava soltanto di procedere verso piazza Navona e...

L'individuo col mantello gli si parò dinanzi come se si fosse materializzato dal nulla.

La spia ebbe appena il tempo di scorgere il luccichio di due occhi separati da un terribile sfregio. Poi sentí il freddo del metallo che gli entrava nella pancia.

67.

Margherita attendeva dentro una carrozza ferma in piazza Navona, davanti all'imbocco di via dei Calderai. L'attesa iniziava a farsi pressante ma lei riponeva fiducia nella sua spia. Se c'era un uomo a Roma capace di passare per la cruna di un ago, quello era lui. D'altro canto, non gli aveva affidato un compito affatto semplice. Il vecchio palazzo di Palombara era vasto e il materiale da reperire alquanto particolare, senza contare le complicazioni che di solito capitavano in quel genere di circostanze. Sarebbe bastato pazientare e tutto si sarebbe risolto.

La donna non riusciva a fugare un cattivo presentimento. Forse per i suoi timori verso il fratello o per la missione delicatissima che si preparava ad adempiere per lo Svampa, le pareva di essersi esposta a una minaccia di cui non riusciva ancora a cogliere l'entità. Come se il mondo – il *suo* mondo – rischiasse di finire da un momento all'altro.

Un rumore di passi attirò la sua attenzione verso il vicolo davanti al quale attendeva la carrozza. Scostò la bandinella e sbirciò con discrezione.

In principio non scorse nulla. Poi, puntando lo sguardo sul viluppo di ombre che oscuravano l'angusto passaggio, notò un individuo uscire di corsa e stramazzare al suolo.

Margherita fu scossa da un fremito.

Quello era il suo uomo!

Lo vide rialzarsi carponi e strisciare come se fosse ferito, nel tentativo di raggiungere la carrozza. Nella mano destra stringeva un plico di fogli.

Una decina di passi, pensò la dama. Solo dieci passi e avrebbe avuto quelle carte.

L'uomo però stramazzò di nuovo sul selciato.

Margherita attese, si morse la lingua per resistere alla tentazione di chiamarlo. Quel disgraziato nel frattempo restava sempre là, immobile. Forse morto. Con quei fogli.

Incapace di resistere oltre, la dama aprí lo sportello e si guardò intorno. Nessuno nei paraggi. A parte qualche figura in lontananza, piazza Navona era deserta. Ruppe quindi gli indugi e, precipitandosi in strada, raggiunse il moribondo di soppiatto.

Non appena si fu chinata su di lui capí che era spirato. Lo scosse, tuttavia, per sincerarsi di non essersi ingannata, e subito dopo gli tolse i fogli di mano. Fece appena in tempo a notare che erano strisciati di sangue, quando il filo di una lama la sfiorò sotto il mento, costringendola ad alzare lo sguardo.

E vide lo sfregiato.

Torreggiava su di lei nel suo mantello nero. Con la mano destra brandiva la spada mentre con la sinistra le faceva cenno di restituire il maltolto.

Margherita non si era mai trovata di fronte alla morte, ma ebbe la freddezza di valutare la situazione. Se avesse reso quelle carte, non si sarebbe presentata un'altra occasione di entrarne in possesso. Gabriele da Saluzzo le avrebbe sicuramente nascoste in un luogo ancor piú inaccessibile, o forse addirittura distrutte.

D'altro canto, la pressione della lama aumentava implacabile.

Poi, un «in guardia!» risuonò nel buio.

La dama scrutò oltre la sagoma nera dello sgherro e vide uno spadaccino avanzare di slancio con una spada tesa in un affondo. Indossava un mantello corto e un farsetto verde smeraldo, il viso coperto fino al naso da un fazzoletto.

Colto alla sprovvista, lo sfregiato fu costretto a ruotare di tre quarti per parare il colpo e a rispondere con un fendente che, infrangendosi sul ferro nemico, culminò in una pioggia di scintille. Dopodiché i due rivali rimasero a studiarsi, senza proferir verbo.

Margherita fissò incredula il suo misterioso salvatore. Lui si limitò a indicarle con un'occhiata la carrozza, per poi riprendere a fissare il nemico.

– Grazie, – mormorò lei, prima di fuggire.

68.

Convento di Santa Maria sopra Minerva.
4 luglio.

Lo Svampa restò per tutto il giorno rinserrato nel proprio alloggio, in attesa dell'evento che in serata avrebbe decretato l'esito del suo piano. Ancor prima che il sole sorgesse aveva preparato un plico di missive che successivamente consegnò a Cagnolo e a un paio di volenterosi conversi affinché le distribuissero per Roma. Il resto della mattinata lo trascorse sdraiato sul giaciglio, alternando la riflessione a brevi pause di dormiveglia.

Dopo un pranzo frugale consumato in solitudine, si dedicò a riconsiderare l'indagine al vaglio delle pochissime prove materiali di cui disponeva. Oltre ai cadaveri, che ammontavano al numero di sei, poteva contare sul palinsesto con la mappa dei sotterranei, sull'idolo androgino, sui vaselli contenenti la galla di Levante e il sale ammoniaco, infine sul manoscritto del templare Brachioforte. Entravano dunque in scena gli accidenti necessari, ovvero le persone, primi fra tutti Margherita Basile e il vescovo Alfonso Gonzaga, coinvolti in una rete d'interessi di cui l'inquisitore era certo d'aver scalfito soltanto la superficie.

Infine monsignor Ridolfi.

In tarda mattinata lo Svampa aveva inviato un messo al borgo di San Pietro perché s'informasse sulla possibilità che il maestro di palazzo gli concedesse udienza. Che però gli venne negata.

Ragion per cui, il commissarius ingannò l'attesa ricontrollando per l'ennesima volta le carte nautiche, le lettere e gli appunti reperiti nel baule da viaggio di messer Ferrante.

Finché i rintocchi dei vespri non l'avvertirono che il tempo della verità era giunto.

69.

Rione Esquilino.

La cosiddetta villa Montalto era forse la piú sontuosa di Roma. Eretta sull'Esquilino da Sisto V ancor prima di diventare papa, sorgeva su un'enorme estensione di terra che guardava dall'alto le terme di Diocleziano. I suoi giardini, tagliati da lunghissimi viali alberati in un susseguirsi di terrazzamenti, frutteti, fontane e ninfei, erano illuminati a giorno da centinaia di fiaccole fissate su pali di legno.

Gli ospiti erano numerosi, molti piú di quanti lo Svampa si fosse aspettato. Per lo piú appartenenti all'alto clero e alle famiglie della nobiltà romana, passeggiavano svagati in quel luogo di meraviglie, raccogliendosi un po' per volta intorno al monumentale palco con arco scenico montato a ridosso del palazzo sistino. Si trattava di un'opera effimera, realizzata interamente in legno da artigiani pagati a caro prezzo perché ogni cosa fosse pronta per quella che doveva sembrare un'esibizione improvvisata. A tale scopo, Margherita Basile aveva agito con oculatezza, sensibilizzando il giovane monsignor Bernardino Spada, grande amante della musica, affinché patrocinasse l'evento sborsando una piccola fortuna.

L'inquisitore aveva preteso da Margherita molto piú di quello, tuttavia, e in parte se ne dispiaceva. Avanzando tra capannelli di curiosi e damerini agghindati come femmine, mise da parte il senso di colpa e iniziò a controllare che anche i minimi dettagli fossero stati organizzati secondo le sue indicazioni.

La notte era tiepida, dominata dal sorriso sghembo di una luna nuova. Lo Svampa osservò la disposizione delle quinte e un gruppo di danzatori che stavano approntandosi a occupare la scena, poi puntò verso padre Capiferro che l'attendeva accanto a una meravigliosa scultura di Nettuno realizzata dal Bernini.

Il segretario sembrava di buonumore e, a quanto pareva, si era procurato una nuova pipa. – Ebbene, tutto è pronto, – osservò con compiacimento.

– Me lo auguro, – disse l'inquisitore. – L'importante è che la notizia abbia fatto il giro di Roma.

– A giudicare dal viavai di carrozze e dalla quantità di popolo accalcata ai piedi dell'Esquilino, non potrei affermare altrimenti.

Lo Svampa si guardò intorno. – Cagnolo?

– Alla sua postazione, suppongo.

– Allora andrò anch'io alla mia. Allo spettacolo non manca molto.

Il confratello lo trattenne. – E a me non affidate nessun incarico?

– Nessuno, siete libero.

– Significa che andrò a sbirciare dietro le quinte. L'ho sempre desiderato.

Lo Svampa ne rimase sorpreso. – Credevo tolleraste a stento il canto gregoriano.

– Infatti, – confermò Capiferro con un sorrisetto eccitato. – Ma del teatro m'interessa il gioco dell'illusione, il funzionamento dei macchinari di scena. Tutte quelle pulegge, quei contrappesi nascosti descritti da Vitruvio... Capite?

– In tal caso, – lo salutò lo Svampa, – vi auguro buon divertimento.

– E a voi buona caccia.

Non molto distante, tra la folla che andava radunandosi a semicerchio intorno al palco, Margherita seguí i movimenti dell'inquisitore senza attirarne l'attenzione. Ciascuno, in quel gioco, era chiamato a rispettare i propri ruoli. Inoltre c'era una questione a cui la dama intendeva dare la precedenza. Aveva appena notato una certa persona e voleva raggiungerla al piú presto. Chiedendo scusa alla sorella e alle amiche che le stavano accanto, si affrettò quindi verso la parte piú in ombra della platea all'aperto e accennò un saluto ossequioso.

Il cardinal Ludovisi ricambiò. – Felice di vedervi in salute, madonna.

– A onor del vero lo devo a un misterioso quanto tempestivo salvatore, – cinguettò lei, allusiva.

Il prelato sorrise vago. – Mi è giunta notizia.

– E il vostro spadaccino come sta?

Lui finse di non capire.

Per tutta risposta, lei rincarò la dose: – Quello col farsetto verde e la spada fulminea.

– Ah, – fece Ludovisi con la noncuranza di chi si rammenta di un'inezia. – Se l'è cavata con un graffio.

Quel tentativo di dissimulazione ripagò Margherita dei suoi sforzi. Non era stato affatto semplice scoprire chi fosse l'uomo che le aveva salvato la vita la notte scorsa, ma chiedendo alle persone giuste era riuscita a farsi un'idea di cui otteneva conferma soltanto in quel momento. – Mi ha meravigliata, il vostro intervento, – confessò. – In cuor mio, l'ammetto, non riesco a comprenderlo.

– Questo perché non ragionate con bastevole lungimiranza, – rispose il prelato, quasi redarguisse una bambina.

– Ovvero?

– Molto semplicemente, non sono il nemico che lo Svampa crede. E in questo particolare frangente il commissarius ha un disperato bisogno di voi. Piú di quanto ancora non immaginiate.

La dama rimase a fissarlo nell'alone di luce tremula che proveniva da una fiaccola alle sue spalle. Erano molto rare le circostanze in cui non riusciva a distinguere una minaccia da un consiglio, ed eccola all'improvviso a scorgere il profilo di quella che pareva un'estesa macchinazione. Fece appena in tempo a rendersene conto che Ludovisi le rivolse un segno di congedo.

– Perdonatemi, madonna, sono atteso.

Il prelato si era già voltato verso due uomini che lo aspettavano all'ombra di un cipresso. Due religiosi, probabilmente, entrambi guardinghi, quasi si trovassero in territorio nemico.

Prima che Margherita potesse capire di chi si trattasse, udí le note di un'arpa provenire dal palco. E si rese conto che non c'era piú tempo.

Era giunto il momento della dea.

70.

Il palco s'illuminò all'improvviso di fuochi e, davanti agli occhi stupefatti del pubblico, comparve un drappello di danzatori nei panni di satiri, ninfe e sileni. Corpi dipinti e maschere dai lunghi nasi si schiusero a ventaglio per rivelare colui che sedeva in fondo alla scena. Orazio Michi, fra i musicisti piú amati di Roma, vestiva i panni di un novello Orfeo pizzicando le corde di un'arpa doppia.

L'armonia si sviluppò in un crescendo che a poco a poco divenne l'accompagnamento dei passi di danza, sospingendo le figure mitologiche come un vento divino. Era una composizione profana, a metà tra il popolaresco e il cortigiano. La piú leggera e felice per una notte d'estate.

– Ora vedrai, – sussurrò Margherita all'orecchio della sorella, dopo essere tornata in fretta alla sua postazione. Non aveva osato spiegare a Adriana il vero scopo di quell'esibizione e, in gran segreto, pregava che tutto andasse per il meglio. Guardò poi il fratello, poco distante, in compagnia di una giovane dama dai capelli mori. La stessa che aveva intravisto insieme a lui il giorno prima. Di certo la sua nuova amante.

Risuonò quindi un'impennata dell'arpeggio e, mentre i danzatori si disponevano in due ali, iniziò a calare dall'arco scenico una figura seminascosta da una pioggia di petali.

Le esclamazioni di stupore accompagnarono la discesa di una giovane Afrodite a cavallo di una capra in legno dorato.

Margherita spiò l'espressione di Adriana. – Non è incantevole? – bisbigliò con una punta di perfidia.

La sorella annuí, palesemente divisa tra l'orgoglio e l'invidia. Doveva essere il piú sottile dei tormenti, per la sirena di Posillipo, vedersi superata in grazia e in carisma dalla propria figlia. Dover ammettere che lo scorrere degli anni rubava bellezza a lei per donarla, ogni giorno di piú, a Leonora. – Insolita scenografia, però, – ebbe l'ardire di biasimare.

– Una piccola licenza pretesa dai padroni del palazzo, – mentí Margherita. – Alla famiglia Montalto sono oltremodo gradite le evocazioni dell'antica Grecia, perciò...

– Ma... – continuò Adriana, – quelle corna?

Si era appena riferita alle corna d'avorio che spuntavano sul capo della figlia, quasi si fosse cercato di assimilarla alla statua di capra su cui sedeva.

Prima che Margherita potesse inventare una scusa, il canto di Leonora iniziò.

Le due sorelle rimasero ad ascoltare il dialogo tra la fanciulla e l'arpa, circondate dal silenzio estasiato del pubblico. Dopo l'attacco a dir poco sublime, l'aria si sviluppò in toni malinconici e al tempo stesso amorosi.

– *Di fiamme e d'oro adorno*, – spiegò Margherita. – A cui seguiranno *Colmo il sen d'ardente zelo* e *Cor mio se questa sera*. Tutte opere di Orazio dell'Arpa.

– E poi? – domandò Adriana, senza staccare gli occhi dalla visione celestiale che portava il viso di sua figlia.

– Poi si vedrà, – le rispose l'altra, chiedendosi dove si trovasse l'artefice di quella pericolosa serata.

Lo Svampa vagava tra la folla senza far caso alla musica. Era già stato riconosciuto da un paio di prelati e ciò l'aveva spinto a raggiungere con solerzia una zona poco esposta alle luci, non troppo distante dal palco. Voleva tener d'occhio ogni cosa, seguire il movimento della gente senza destare il minimo sospetto. Se fosse trapelato il vero scopo di quella messinscena, il piano sarebbe andato in fumo.

Si fermò accanto a un filare di cipressi e osservò la sagoma di Leonora Baroni nei panni di una divina donna capra. Se gli alti seggi del Sant'Uffizio avessero saputo che quello spettacolo paganeggiante era stato concepito dal suo ingegno, non avrebbero esitato un istante a defenestrarlo da una torre del palazzo apostolico. Il fine tuttavia giustificava i mezzi.

Sempre che il messaggio avesse raggiunto la persona giusta.

Una persona che l'inquisitore era ansioso di smascherare.

Poco lontano, sotto la chioma di un albero, tre religiosi chiaramente a disagio confabulavano tra loro.

– Avete saputo cos'è successo la notte scorsa? – domandò Palombara.

– No, – mentí Ludovisi.

– Sono penetrati nel palazzo e hanno sottratto delle carte alquanto... compromettenti.

– Chi potrebbe aver osato tanto?

– La femmina con cui avete appena parlato, – intervenne Saluzzo, velenoso. Dei tre era il piú agitato e non si sforzava certo di nascondere l'apprensione che gli deformava il volto in una smorfia grifagna.

Ludovisi lo fissò indignato. – Non penserete che io...

– Cosa voleva da voi? – lo interruppe secco Palombara.

– È molto annoiata, – rispose il giovane prelato con un piglio di vanteria, – e a quanto pare, in cerca di un nuovo amante.

Saluzzo emise un verso sdegnoso. – Non fidatevi di quella serpe, – l'ammoní.

– Fidarmi? – sogghignò Ludovisi per tranquillizzarlo. – Al contrario, reverendo padre, intendo usarla –. Poi si accorse che il vecchio inquisitore aveva preso a osservare con astio un frate appostato in disparte, poco lontano da loro. Scrutò a sua volta quella sagoma in penombra e riconobbe fra' Girolamo Svampa. – Voltatevi! – ordinò a Saluzzo.

Quest'ultimo riversò su di lui il suo odio. – E perché mai? Lo temete?

– Temo ciò che potrebbe accaderci se andasse a monte il vostro ennesimo agguato nei suoi confronti.

– Siete un codardo.

– Sono prudente, invece. E abbastanza accorto da saper aspettare il momento giusto. Al vostro contrario.

Saluzzo fece per ribattere, ma questa volta fu Palombara a contenere la sua reazione. – Riflettete, amico mio, – gli disse con circospezione. – Sua eminenza non ha tutti i torti.

L'altro indietreggiò d'un passo. A dispetto dell'oscurità, i suoi occhi scintillavano come braci. – Vorreste forse negarmi ciò che mi spetta?

– Se alludete al sangue, – lo canzonò Ludovisi, – vi accontentate di poco –. Dunque si fece serio. – E in ogni caso, ripeto, vi consiglierei soltanto di aspettare.

Nel frattempo il canto di Leonora Baroni continuava ad addolcire la notte, nascondendo dietro ogni vibrato un anelito di terrore.

71.

L'esibizione terminò in uno scroscio di applausi, dopodiché Leonora si ritirò in fretta, troppo esausta per esaudire le richieste di bissare l'ultima aria, *Sola fra' suoi piú cari*. Salutato il pubblico con un ammaliante sorriso, raggiunse un capanno dietro il palco con la scusa di volersi rinfrescare e cambiare d'abito. Quell'ambiente era stato allestito apposta per lei, ma la fanciulla era ben consapevole di non essere sola. Dietro le tende e le pareti di legno, si nascondevano infatti sei armigeri papalini intenti a farle da guardia. La zia gliel'aveva rivelato poco prima di affidarla alle cure del costumista, raccomandandosi che mantenesse il segreto.

Non c'era stato bisogno di aggiungere altro. Leonora lo sapeva, era l'unica persona ancora in vita a essersi trovata faccia a faccia con la donna capra. L'unica che forse avrebbe potuto riconoscerla. Ogni minimo dettaglio dell'allestimento scenico era stato concepito per rammentarlo alla strega. Per attirarla. Per istigarne la furia omicida.

Stremata piú dal terrore che dal canto che l'aveva resa la stella di quella notte, si abbandonò quindi a una poltrona di vimini al centro dell'ambiente. In attesa. Come una vittima sacrificale.

Dietro il grande specchio che rifletteva il viso angosciato della fanciulla, Cagnolo sfilò la pistola dalla cintura e si fece il segno della croce.

72.

Era trascorsa quasi un'ora dalla fine dell'esibizione e per il momento nessuna nuova. Dopo aver pazientato forse piú del dovuto, lo Svampa avanzò in direzione del palco, verso le poche persone rimaste nei giardini di villa Montalto. Tra di esse c'erano i fratelli Basile intenti a conversare con un gruppo di aristocratici sulle straordinarie doti canore di Leonora.

Individuata Margherita, l'inquisitore la prese per un braccio e la trasse in disparte.

– Ebbene? – le sussurrò a un orecchio.

– Ebbene, nulla, – rispose lei, indispettita ma sempre a bassa voce. – Ne so quanto voi. Nessun allarme, mia nipote è ancora chiusa nel capanno.

Lo Svampa annuí mesto. Era tardi, si disse. Troppo tardi. Se l'assassino non aveva ancora agito, non avrebbe piú osato. Era stato un azzardo supporre che si esponesse a tal punto e crederlo piú avventato che astuto, a dispetto dell'audacia dimostrata nel far saltare in aria la galea del vescovo di Rodi.

A conferma di quei pensieri, il commissarius vide comparire la giovane Leonora visibilmente sollevata e, dietro di lei, il cupo Cagnolo.

– Un fallimento completo, – rivelò quest'ultimo al suo padrone. – La fanciulla ha atteso fino a un attimo fa, da sola, come da voi ordinato, ma nessuno ha fatto irruzione nel capanno. Nessuno, nemmeno uno spasimante o un ammiratore.

Lo Svampa rintuzzò un moto di rabbia. Se Capiferro l'avesse visto in quel momento non avrebbe esitato a farsi beffe di lui. – Un attimo... – mormorò, scosso da un improvviso presagio.

Margherita parve leggergli nella mente. – Dov'è il segretario dell'Indice?

– È l'unico a mancare all'appello, – continuò il commissarius, guardandosi intorno nella speranza di vederlo spuntare da qualche parte.

– Non l'unico... – Cosí dicendo, la dama rivolse un'occhiata insospettita verso il suo signor fratello, che all'improvviso sembrava rimasto solo. – Non l'unico...

Anziché chiedere spiegazioni, lo Svampa impartí un ordine secco a Cagnolo: – Presto, con me!

73.

Si precipitarono sul retro del palco, oltre le enormi travature di legno a cui erano fissate le quinte. Un luogo che allo Svampa evocò al tempo stesso il ponte di una nave e il cuore di un labirinto. E fu là, in una selva di impalcature, funi e scale a pioli, che l'inquisitore scorse all'ombra di un tendaggio la sagoma di un frate che tentava disperatamente di scrollarsi di dosso una donna aggrappata alle sue spalle.

Incapace di trattenere un'esclamazione di stupore, lo Svampa osservò la creatura malefica. C'era troppo buio perché potesse vederla in faccia, ma ben distinguibili erano gli artigli metallici che minacciavano di affondare nella gola di Capiferro. Quest'ultimo resisteva tenace, tenendo stretto il polso della donna per allontanarla da sé.

– Cagnolo! – gridò l'inquisitore.

Ma il bravo l'aveva già superato di corsa con la pistola spianata.

Ancor piú lesta, l'assassina lasciò il segretario e, liberatasi dalla sua presa, si diede alla fuga verso il giardino.

L'esplosione dello sparo le strappò un grido dal petto.

74.

Prigioni di Castel Sant'Angelo.

Per la prima volta da quando militava nei ranghi del Sant'Uffizio, lo Svampa aveva distolto il suo sguardo indagatore dagli eventi passati, l'immutabile cristallino del già accaduto, e arrestato un colpevole servendosi di un inganno. Un inganno che aveva messo a rischio la vita di un confratello e che, in un certo senso, sembrava essersi ritorto anche contro di lui. Il commissarius infatti non sapeva praticamente nulla su colei che aveva catturato. Dubitava persino di averne mai scorto il volto.

Non poteva dirsi altrettanto per messer Giambattista Basile. Appena vide la donna uscire da dietro il palco tra due armigeri, il letterato le corse incontro in preda all'angoscia. Margherita se ne accorse, ebbe la prontezza di fermarlo e, sussurrandogli all'orecchio una supplica, lo convinse a restare in disparte. Troppo tardi, tuttavia, perché lo Svampa non notasse quel comportamento e pretendesse delle spiegazioni.

Si scoprí quindi che la donna colta *in flagrante delicto* era l'amante di Giambattista: colei che Margherita aveva scorto davanti al portone di palazzo Gonzaga e durante l'esibizione canora della nipote. Forse, continuò la dama nel tentativo di scagionare il fratello, quella vipera aveva circuito messer Basile per spiare, carpire informazioni su chi le dava la caccia e forse attendere l'occasione propizia per uccidere Leonora.

Ma la verità emerse nella sua interezza soltanto dopo che la colpevole fu tradotta a Castel Sant'Angelo. Non ci fu bisogno di chiuderla a chiave né di metterla in catene, poiché lo sparo di Cagnolo l'aveva ferita sopra la scapola sinistra, sfiorandole il cuore. E nonostante mastro Zacchia avesse fatto di tutto per procrastinare la sua dipartita, riuscí soltanto a somministrarle dei farmaci per placare gli spasimi.

Quando lo Svampa parlò con lei, le restava poco da vivere.

La raggiunse in una cella rischiarata da una lanterna e le sedette di fronte, alla presenza del segretario dell'Indice.

La donna, poco piú che una ragazza, giaceva su una branda. Mora, con gli occhi del colore dell'ebano e la pelle olivastra, lo fissava ora con un'espressione di sfinimento, ora con l'astio piú truce.

Per un attimo l'inquisitore vide in lei sua madre. Ferma sull'uscio della bottega, a guardare il marito e il figlio che le venivano portati via dagli uomini di Saluzzo. Trasfigurata dal dolore e da un odio senza nome.

Ricacciò i sentimenti nel profondo e osservò lo strumento di morte poggiato su un ripiano accanto al capezzale. Ciò che aveva immaginato simile a un compasso da carteggio e poi scambiato per un paio di artigli era in verità qualcosa di molto diverso.

Si trattava di un cilindro d'avorio lungo circa una spanna e completamente cavo. Su un'estremità presentava uno stantuffo e sull'altra due pungiglioni in argento, sempre cavi. Nessun *maleficium*. Nessun intervento di Satana. Nessun *punctum diabolicum*. Sorprendendo le vittime alle spalle, la cosiddetta strega aveva inoculato sotto la loro pelle il veleno contenuto nel cilindro. Il veleno ricavato dalla galla di Levante e dal sale ammoniaco attraverso un procedimento di distillazione ancora da chiarire.

– È opera vostra? – si limitò a chiedere lo Svampa.

La donna abbozzò una smorfia beffarda, a lasciar intendere che la domanda poteva riguardare sia quell'insolito ordigno, sia la serie dei delitti.

– Tutto, – chiarí l'inquisitore. – Voglio sapere tutto.

Lei lo accontentò.

Lo fece con rabbia, opponendosi all'ottundimento dei medicinali e agli spasimi sempre piú frequenti che le facevano sputare rivoli di sangue. Quasi volesse sfidarlo, metterlo di fronte a un mondo ancor piú incerto e spaventoso di quello a cui era destinata.

Disse di chiamarsi Zaima, Zaima Corbera da Napoli, figlia di due moriscos bruciati vivi in un autodafé dell'Inquisizione spagnola e amante di un uomo venuto dal mare. Un uomo che l'aveva amata a sua volta, fin quasi all'ossessione, per poi rinnegarla dopo aver scoperto che lei praticava l'alchimia.

Un uomo che rispondeva al nome di Ferrante Cattaneo.

Ancor prima di vederlo, il commissarius percepí lo stupore di Capiferro fermo alle sue spalle. Pulí con un fazzoletto le labbra vermiglie della prigioniera e, quasi con gentilezza, la invitò a proseguire.

Zaima rivelò allora d'aver conosciuto messer Ferrante quattro anni prima che quel folle decidesse di prendere il mare per combattere i turchi. Era sbarcato a Napoli con dei compagni d'arme e, appena posati gli occhi su di lei, se ne era infatuato. Infatuato, sí, al punto da corteggiarla con un ardore che Zaima non aveva esitato a scambiare per un sentimento sincero. Lasciandosi travolgere a sua volta dalla passione. Anzi, dall'amore.

Poi lui aveva scoperto i suoi libri, i suoi idoli, i suoi alambicchi, e in una vertigine di sbalordimento l'aveva ripudiata con uno sdegno che la giovane non era riuscita a placare.

«Sei strega!», l'aveva accusata Ferrante infiammato dall'ira. «Sei strega, e se io non ti avessi amata, giuro sulla mia anima di cristiano, non avrei alcuna remora a ucciderti!» Quindi l'aveva battuta e messa in guardia sul fatto che la sua pietà non sarebbe durata in eterno. E che se mai l'avesse incontrata di nuovo e ritrovata a dedicarsi alle arti diaboliche non sarebbe stato piú tanto clemente. Sottrattole quindi un idolo e una pergamena con la minaccia di poterli consegnare in qualsiasi momento all'Inquisizione come prove della sua colpevolezza, e avviare dunque un'indagine contro di lei, si era imbarcato sulla prima nave da guerra diretta a Levante.

– Finché un giorno non è tornato, – soggiunse lo Svampa. – Dico bene?

Nel dolore che la stava consumando, Zaima annuí. – Due mesi fa, dopo quasi tre anni di silenzio... – Tentò di drizzare la schiena per prender fiato ma subito si accasciò con un lamento. – Scese da un galeone giunto dall'Oriente e... venne a cercarmi, – proseguí trafelata. – Voleva uccidermi, pensai... Non avevo dubbi... Quel diavolo voleva mettere in pratica la sua minaccia... Condannarmi alla stessa fine dei miei genitori... – e sorrise con amarezza. – Io però mi nascosi e lo spiai mentre entrava nella mia casa... mentre frugava fra i miei averi... finché non se ne fu andato.

– E lo seguiste, – aggiunse l'inquisitore.

– Sí.

– V'informaste sulla rotta della sua nave e...

– No, no, – lo interruppe la donna. Portò una mano al petto per trovare la forza di continuare. – Salii sul suo stesso galeone... travestita da vecchia. Non potevo rischiare di perderlo. Non potevo...

– Eravate tra i pellegrini di cui mi accennò il vescovo di Rodi, – arguí lo Svampa. – Quelli che sua eccellenza ebbe la carità di traghettare fino a Roma!

– Perché un simile accanimento? – intervenne Capiferro, incredulo. – Ferrante se n'era andato. Eravate salva.

– Non i suoi segreti, – spiegò l'inquisitore, che per tutto il giorno precedente aveva ragionato sui possibili moventi dell'assassino. – Segreti che messer Ferrante, appena tornato dall'Oriente, avrebbe potuto denunciare e diffondere.

– Non potevo permetterlo... – gli diede conferma Zaima. – Benché egli avesse travisato il significato delle mie carte, dei miei libri... Benché non avesse colto l'importanza dei misteri di... di... – si morse la lingua, tradendo il rimorso di aver parlato troppo.

Il segretario incombette su di lei come uno sparviero. – Di Ammone?

Zaima non rispose.

– Quindi avreste ucciso colui che vi aveva donato il suo cuore, – divagò intenzionalmente l'inquisitore.

A quelle parole, lei raccolse tutto l'astio che le bruciava dentro e trovò la forza di scattare in avanti, mandando all'aria le coltri. – Non mi amava, quell'infame! – sibilò, per poi ricadere stremata sul giaciglio. – Non mi ha mai... amata. Mai. Per lui ero una strega, un abominio.

Lo Svampa notò il suo petto avvolto da stretti bendaggi e ricordò a sé stesso che quella donna stava combattendo su due fronti. Da un lato gli accusatori, dall'altro la morte. Non poté nascondere una punta di ammirazione. – Giunta a Roma, – riprese, – gli deste appuntamento alle catacombe e lo uccideste.

– Ferrante non sapeva che ero io... Gli feci recapitare un messaggio... Mi credeva una sacerdotessa di Ammone... L'iniziata di una loggia...

– Una trappola, – riepilogò Capiferro.

– E quando vide il vostro volto? – volle sapere lo Svampa.

– Non lo vide... Mi mostrai al suo cospetto con una maschera di capra... Una maschera... ricavata da pelliccia e ossa... Affinché le sue pupille vedessero ciò che la sua mente si aspettava di vedere...

– E dopo di lui gli altri, a uno a uno. Tutti coloro che erano alla vostra ricerca o che avevano iniziato a credere nell'esistenza del culto di Ammone. Li avete uccisi o provato a farlo nel timore che potessero scoprire i vostri segreti.

– S... sí, – confermò Zaima, con la bocca impastata di sangue. Ormai era sopraffatta dallo sfinimento, ma nel suo sguardo c'era l'ironia truce di chi, pur sconfitto, sapeva di lasciare il nemico di fronte a un incommensurabile enigma. L'enigma di Ammone. L'enigma che l'aveva resa una cacciatrice di uomini.

Lo Svampa si alzò in piedi. – Immagino non confesserete mai di cosa si tratti.

– Se intendete sottopormi a tortura... in questi ultimi secondi che mi rimangono... – lo canzonò lei. – Ma vi sia ben chiaro, non tradirò mai *lui*.

– Lui, chi? – sobbalzò Capiferro.

– Il mio... maestro.

Cosí dicendo, Zaima chiuse gli occhi.

Il segretario si piegò su di lei e la scosse nel tentativo di farle sputare la verità. Ma il commissarius lo fermò. Lasciatela morire in pace, diceva il suo sguardo.

Poi, prima di uscire dalla cella, lo Svampa si voltò un'ultima volta verso la prigioniera. – Su una cosa vi sbagliate, – le disse a mo' di congedo.

Zaima sollevò le palpebre, guardinga.

– Mastro Ferrante vi amava ancora, – le rivelò lui. – Ha sempre continuato ad amarvi, fino alla fine –. E con un breve inchino si eclissò, lasciandola sola davanti al mondo di tenebra che si spalancava al suo cospetto.

75.

I due domenicani si avviarono verso i bui e maestosi passaggi diretti all'esterno di Castel Sant'Angelo.

– Come potevate saperlo? – domandò all'improvviso Capiferro.

– Che cosa? – lo fissò di sfuggita lo Svampa.

– Che l'amava.

– L'ho saputo non appena udito il suo nome, – rivelò l'inquisitore. – Zaima Corbera è la donna a cui Ferrante Cattaneo si rivolge in molte delle lettere contenute nel suo baule da viaggio. Lettere scritte in mare e mai spedite. Lettere in cui egli chiede perdono per aver rinnegato i sentimenti che gli bruciavano ancora nel petto.

Il segretario lo scrutò in un lampo di sbalordimento. – E voi le avreste lette tutte?

– Tutte quante, – confermò lo Svampa. – Era mio dovere passare al setaccio ogni singola parola vergata dalla penna di messer Ferrante. L'unica prova che ho reperito, però, è stato il suo amore per una donna senza volto. Almeno fino a stanotte.

– Dunque... – continuò il confratello. – Il cavaliere di Santo Stefano sarebbe sbarcato a Napoli non per uccidere quella malafemmina, ma... – torse la bocca per il disgusto.

– Ma per aprirle il suo cuore, sí. Per supplicarla di tornare con lui. Nonostante i suoi segreti. Nonostante Zaima appartenesse a un mondo che Ferrante non avrebbe mai compreso.

– Sembra quasi che lo giustifichiate.

Lo Svampa evitò di ribattere. Ancora una volta era stato mandato a caccia del demonio, il male assoluto, e ciò che aveva trovato era invece un mosaico di fragilità umane. Un mosaico di vetri infranti che, suo malgrado, gli restituivano la sua stessa immagine. Pensò all'amore folle di Ferrante, al fatale fraintendimento di Zaima, e d'un tratto si rese conto che una parte di sé si era slacciata dal ragionamento per evocare l'immagine di Margherita. – Resta da chiarire la posizione di Giambattista Basile, – soggiunse per reprimere un impetuoso quanto inaspettato desiderio.

Il confratello ridacchiò tronfio. – Ve l'avevo detto che la sua favola sulla donna capra non poteva essere spuntata dal nulla –. Poi il suo entusiasmo si eclissò. – Peccato non spetti a noi approfondire la questione.

L'inquisitore gli rivolse un'occhiata interrogativa.

– Non so come ci sia riuscita, – spiegò il segretario, – ma Margherita Basile ha ottenuto che il fratello venisse interrogato ai piani alti del palazzo apostolico.

– Da monsignor Ridolfi?

Capiferro annuí.

I due sprofondarono di nuovo nel silenzio finché non giunsero a un grande varco affacciato su uno spiazzo cinto da mura. La luce ambrata dell'alba si rifletté sugli elmi e sui cannoni fra le merlature.

– Restano molte domande, – disse a quel punto il segretario.

– So dove trovare le risposte, – gli confidò lo Svampa. E pensando all'anima tormentata di Zaima che s'involava in quel denso barbaglio, allungò il passo verso il camminamento diretto alla traversata del Tevere.

76.

L'uomo non avrebbe saputo dire da quanto tempo si trovava in quella stanza buia, di fronte a due religiosi che, assisi dietro una cattedra, parevano intagliati nel carbone. Lui stesso sedeva su uno sgabello, in una posizione alquanto scomoda che lo costringeva a stare con la schiena piegata in avanti e le mani giunte fra le ginocchia. Schiacciato dal peso della colpa.

Perché lui era colpevole, lo sapeva bene. Colpevole di un genere di reato che non poteva certo definirsi volontario, né dettato dall'eresia o dalla malvagità.

Il suo peccato era stata la curiosità. Anzi, la fascinazione. E nessuno era piú sgradito ai ministri di Dio di chi subiva il fascino di qualcosa che non provenisse dalla sacralità del dogma.

L'uomo però non aveva paura. Il suo passato di mercenario, la sua esperienza di governatore e le sue amicizie altolocate creavano una sorta di invisibile diaframma tra lui e quelle sagome nere. Non l'avrebbero toccato, né tantomeno costretto a subire alcun tipo di tormento. No, ripeté a sé stesso. Non aveva nulla da temere. Era piuttosto l'insofferenza a dominare i moti del suo animo, insieme all'umiliazione di vedersi giudicato da sconosciuti che si arrogavano il diritto di sputare sentenze su di lui. Di valutarlo alla stregua di un oggetto inanimato, di un frutto piú o meno maturo.

Il piú alto dei due, un prelato dalla corporatura maestosa, parve cogliere quei pensieri. Era monsignor Niccolò Ridolfi, maestro del palazzo apostolico. – Ringraziate vostra sorella per questo trattamento da privilegiato, – l'avvertí solenne. – Ma non illudetevi, signore, che questo sia un mero pro forma.

Giambattista Basile assentí. – È necessario che i padri del Sant'Uffizio m'interroghino, ne sono consapevole, e tuttavia…

– Nessun tuttavia –. Aveva parlato sempre Ridolfi. L'altro religioso, simile a un lungo fantoccio di paglia, si limitava ad ascoltare con le braccia conserte.

– Perdonate, eminenza, – l'assecondò l'uomo. – Intendevo soltanto specificare che sono sconcertato almeno quanto voi.

– Oh, ma noi non siamo affatto sconcertati, – ribatté il maestro. – Amareggiati, piuttosto. Amareggiati dal dover assistere al proliferare del crimine e dell'eresia nel cuore di Roma, sotto gli occhi compassionevoli di sua santità il pontefice.

– Io però non ho fatto male a nessuno.

– Male è un termine dalle molte sfaccettature, – puntualizzò Ridolfi, immobile dietro la cattedra. – Negate forse di conoscere la donna arrestata stanotte presso villa Montalto?

Basile colse nella sua mole statuaria una natura quasi minerale. Pensò al basalto, al granito. – Non lo nego.

– E d'aver intrattenuto con lei dei rapporti carnali?

– Ci frequentavamo solo da pochi giorni, – si limitò a rispondere.

Il maestro apparve scettico. – Significa che non l'avete mai accolta nella vostra alcova?

– Eravamo soliti darci appuntamento all'aperto, – disse, – sotto il portone secondario di palazzo Gonzaga, quello rivolto verso la piazza dei padri somaschi. E lí parlavamo per ore, in confidenza.

– Dunque la donna non sarebbe mai entrata nel palazzo, – ricapitolò Ridolfi.

– Mai, eminenza, – ribadí Basile. – E per fortuna, aggiungo. Dopo aver scoperto di quale genere di delitti si è macchiata, ringrazio il cielo.

– Aspettate a ringraziarlo, – ironizzò l'altro, fomentando una risatina del pagliaccio allampanato al suo fianco, – e spiegatemi piuttosto cosa vi legava a quella femmina.

– Be', potete immaginarlo, – replicò il letterato con una punta di risentimento.

– Se avessi sentito il bisogno di trastullarmi con l'immaginazione, – ribatté a tono il religioso, – mi sarei recato a teatro e non avrei certo interrogato voi, signore.

Basile contrasse le natiche per opporsi alla rigidità dello sgabello. In quella posizione si sentiva un bambino in punizione davanti a dei precettori. Una sensazione voluta, rifletté. – La donna mi piaceva, – sospirò infine, – ma non solo per il desiderio di soddisfare la mia lussuria. L'incontrai per la prima volta nemmeno una settimana fa, mentre uscivo da messa, e incoraggiato dal suo sorriso mi avvicinai e attaccai discorso. Confesso di non aver mai conosciuto femmina dall'intelligenza piú arguta e fu proprio per la sua favella, per come sapeva incantare con le parole, che me ne invaghii.

Ridolfi rivolse al confratello un'occhiata tra l'incredulo e il beffardo, poi tornò all'interrogato. – Si può sapere cosa vi disse di tanto allettante?

– Raccontava storie, – rispose l'uomo. – Miti, leggende... *cunti*.

– Favole?

– Fatti né veri né falsi.

– Siate meno vago.

– Fatti meravigliosi che trasfigurano il reale pur parlando di esso, – spiegò Basile, aprendo le braccia. – Metafore. Allegorie. Storie di divinità deformi, di unioni tra gli opposti, di trasmutazioni della materia…

– E di femmine dalla faccia di capra, – soggiunse il maestro, alzandosi in piedi. Dietro di lui, i tendaggi di un'enorme finestra scendevano fino al pavimento in una serica cascata di ombre.

– Me ne fece cenno un paio di volte, sí, – confermò l'uomo, ben lungi dal lasciarsi intimorire. – Non avevo bene idea di cosa intendesse, l'ammetto, ma ne rimasi a tal punto colpito da trovar l'ispirazione per un racconto.

– Intendete il racconto reperito da padre Capiferro nel vostro studio?

– Sí, eccellenza, – dopodiché Basile prese a esprimersi con trasporto. – Ma vi garantisco che non c'è alcuna malizia nelle parole che io scrissi. Nessun intento di far del male, di traviare o di mettere in ridicolo la cristiana dottrina. Il mio, in fin dei conti, è soltanto un artificio volto a stupefare gli animi narrando meraviglie.

– Mostruosità, piuttosto.

– *Monstrum* in latino significa «prodigio», perciò sí, avete colto il senso.

Ridolfi borbottò qualcosa con tono dimesso. – Perciò Zaima Corbera, – riprese ad alta voce, – vi avrebbe raccontato soltanto delle… favole?

– Io non la conoscevo con quel nome, – precisò l'uomo. – Disse di chiamarsi Aldonza, come la contadina del *Don Chisciotte*. La qual cosa, mi confessò, la faceva vergognare assai. E in quanto ai suoi discorsi… sí, vertevano per lo piú su fatti immaginari e su leggende provenienti da luoghi lontani. O almeno cosí m'indusse a credere.

Il maestro di palazzo scosse il capo. – A me invece dà l'idea che vi stesse iniziando a chissà quale blasfema dottrina.

– E io come potevo immaginarlo? – si difese Basile, temendo improvvisamente d'aver detto qualcosa che potesse incriminarlo. – Come potevo sapere che quella malandrina mi frequentasse soltanto per spiare le mosse di mia sorella e di quel frate commissarius?

– Continuiamo, – tagliò corto il prelato. – Nei suoi presunti racconti, Zaima fece mai cenno di un monastero sotterraneo e di una divinità chiamata Ammone?

– No, – disse l'uomo, ed era sincero.

Ridolfi annuí. – Vi disse mai dove dimorava? E com'era giunta a Roma?

– Mi rivelò soltanto d'essere napoletana e di abitare all'Urbe presso la casa di un'anziana zia. Nonostante il mio interesse, non si dilungò mai sui dettagli.

Dopo quell'ultima risposta, il maestro tornò a sedere e si consultò a bassa voce con il confratello. L'uomo non poté far altro che aspettare in silenzio, ansioso di conoscere il proprio destino. Non aveva nulla da temere, ripeté a sé stesso. L'amicizia dei Gonzaga, del principe di Stigliano, del duca d'Alba e dell'inquisitore del regno di Candia lo metteva al di fuori di ogni pericolo. Era come se dentro le sue viscere ci fosse un ingranaggio metallico che ruotava lento, provocandogli una sottile agonia.

– C'è qualche parte della vostra testimonianza che vorreste ritrattare? – lo fece sobbalzare Ridolfi. – Qualche imprecisione che vorreste correggere?

– No, eccellenza, – rispose, nel tentativo di mostrarsi imperturbabile.

– Allora alzatevi, messer Basile. Siete libero di andare.

77·

Dopo che Giambattista Basile se ne fu andato, monsignor Ridolfi s'intrattenne a discutere con il commissario generale del Sant'Uffizio, fra' Ippolito ab Aqua Nigra, che aveva seguito l'interrogatorio senza emettere un fiato. Ringraziatolo per la sua discrezione, rimarcò che non vedeva ragione d'infierire sul letterato piú di quanto non fosse già stato fatto. La maggior colpa di messer Giambattista era stata quella di cadere vittima di un'incresciosa circostanza e della propria ingenuità. Un'ingenuità fin troppo comune in uomini dall'indole sognatrice e non solo in quelli, se si trattava di avere a che fare con una giovane donna. Quindi salutò il confratello con un rispettoso inchino e uscí dall'aula varcando una porta che dava su un corridoio fiancheggiato da un colonnato di marmo.

Margherita lo attendeva là, in una fredda alternanza di chiaroscuri, con un involto rettangolare stretto tra le braccia.

Il prelato le si avvicinò con vivo interesse. – È ciò che penso?

La dama scostò un angolo del tessuto, mostrandogli un plico di fogli manoscritti nascosti sotto di esso. – Un uomo è morto perché voi poteste averlo.

– Vostro fratello invece è salvo, – disse lui di rimando. Prese quindi i documenti con un gesto secco. – Libero da ogni sospetto.

Margherita arretrò d'istinto senza smettere di fissarlo. Le sue labbra tradirono un fremito. – Sono dunque sciolta dagli obblighi nei vostri confronti?

Perso a rimirare il suo trofeo, Ridolfi non la degnò di un'occhiata. – Per il momento, – si limitò a rispondere. Poi le diede le spalle e si allontanò. Come se lei, all'improvviso, avesse semplicemente smesso di esistere.

Ridolfi proseguí fino all'esterno del palazzo del Sant'Uffizio, puntando di buon passo in direzione della porta delle mura orientata verso Castel Sant'Angelo. Di fronte al suo portamento autoritario, piú ancora che per via della stazza, il flusso dei passanti che gli venivano incontro si divideva come un fiume davanti a un masso di scisto.

Giunto nei pressi delle fortificazioni, il maestro nascose l'involto consegnatogli da Margherita sotto la tonaca e si avvicinò a una carrozza contrassegnata da uno stemma cardinalizio con uno scudo decorato da tre bande dorate su campo rosso. Fece cenno al cocchiere di non scomodarsi ad aprirgli lo sportello e, senza troppi complimenti, entrò nel vano destinato ai passeggeri.

All'interno c'era un uomo giovane, con i baffetti neri arricciati all'insú.

– Non mi avevate avvertito, – l'apostrofò Ridolfi, sedendogli di fronte. – Non mi avevate avvertito che Palombara e Saluzzo erano tornati a Roma.

Monsignor Ludovisi si strinse nelle spalle. – Credevo ne foste già al corrente.

– L'ho appreso dopo l'avvelenamento di Capiferro, – sbuffò il maestro. – Se il segretario ci avesse rimesso le penne, sarebbe ricaduto sulla vostra coscienza.

Il cardinale parve quasi divertito da quella prospettiva. – Auspico che il mio successivo intervento mi abbia riscattato ai vostri occhi.

Ridolfi era innervosito da quel tono di sufficienza, ma si sforzò di non darlo a vedere. – Soltanto perché avreste salvato madonna Basile? – insinuò.

– Ho anche convinto Saluzzo a cessare le ostilità contro il vostro pupillo, – gli fece presente l'altro, corrucciandosi. – Non l'avete notato?

– È piú facile che Saluzzo si sia preso una pausa, – minimizzò il maestro, – dopo aver scoperto che lo Svampa era impegnato in un'indagine slegata dai suoi propositi di vendetta.

– Anche in seguito al furto dei documenti sul Torrefosca? – rise con nervosismo il cardinale. – Suvvia, ammettetelo: ho rischiato.

Ridolfi, che non intendeva affatto dargliela vinta, scosse il capo. – Dal mio punto di vista, vi siete soltanto schierato dalla parte del piú forte.

– Cioè voi? – replicò beffardo Ludovisi, per poi farsi serio.

– Non è ovvio?

– Forse avete ragione, – dovette convenire l'altro. Sbirciò per un attimo all'esterno della carrozza, l'andirivieni di anime in pena sotto i dardi cocenti del sole. – Sappiate però che la partita non è ancora vinta.

– È vero, ma come ben sapete sono appena entrato in possesso di una carta decisiva, – disse Ridolfi, battendo una mano sul rigonfiamento della tonaca.

– La vostra carta varrà forse contro Gabriele da Saluzzo. Ma se è la testa di Palombara che volete, sarà un'impresa ardua.

– In tal caso, – lo mise in guardia il monolitico prelato, – state attento a non farvi scoprire –. E uscito dalla carrozza s'incamminò a testa alta in mezzo alla calca. Come un ciclope in un mare di formiche.

78.

Napoli.
9 luglio, mattino.

Sbarcare a Napoli fu come entrare nella tavola di un pittore fiammingo. Con i suoi moli protesi sul mare alla guisa di enormi chele di pietra, le torri e gli antichi castelli, il golfo si aprí a poco a poco sotto un cielo color avorio, fondendosi a un paesaggio che sfumava dalla collina di Castel Sant'Elmo fino alla sagoma del Vesuvio. In una sorta di danza all'apparenza lentissima, quasi immobile nel tempo, sciami di galeoni, galee ed esili feluche solcavano le acque in un biancheggiare di vele.

Non appena ebbe messo piede a terra, lo Svampa puntò lo sguardo verso il labirinto di vie ed edifici che si estendevano oltre la cinta muraria, cercando d'ignorare il fitto vociare proveniente dalle banchine. Al contrario, padre Capiferro era perfettamente a suo agio. Fermo di profilo contro il veliero che li aveva condotti fin lí da Roma, osservava con la pipa in bocca il viavai dei marinai, le imbarcazioni alla fonda e le infinite bancarelle predisposte a un passo dalla riva, dove si vendeva di tutto.

– Peccato, – commentò il segretario, squadrando senza riguardo due facce da forca che gli erano passate accanto. – Peccato, dico, che il vostro bravo non abbia potuto venire con noi.

– Cagnolo ha un conto in sospeso là, – spiegò l'inquisitore, puntando l'indice in direzione dei quartieri spagnoli. – Se mettesse piede a Napoli, sarebbe morto in meno di un'ora.

– Di cosa si tratta? – lo interrogò il confratello.

Lo Svampa abbozzò una smorfia vaga. – Una storia di femmine, bettole e carte da gioco.

– Se non altro, quella in cui siamo incappati noi è piú avvincente.

– Vi rammento che qui non godiamo di alcuna autorità, – continuò l'inquisitore, nel tentativo di contenere il suo entusiasmo. – Agli occhi di chiunque saremo dei semplici frati di san Domenico in pellegrinaggio.

– Significa che non porgeremo i nostri omaggi al ministro del Sant'Uffizio di Napoli?

– No, se non sarà necessario. Ho già ottenuto da lui ciò di cui avevo bisogno.

Capiferro capí al volo. – Alludete al messaggio che avete ricevuto poco prima del nostro imbarco, suppongo.

L'inquisitore annuí. – Ho scavato nel passato di Zaima basandomi sulla condanna subita dai suoi genitori. Quella a cui lei accennò poco prima di morire.

– Se ben rammento, disse che i suoi cari furono bruciati in un autodafé. Cosa avreste scoperto al riguardo?

– Che è la verità, – rispose lo Svampa, iniziando a guardarsi intorno per trovare una via d'uscita dalle banchine. – Il suo cognome, Corbera, deriva dal luogo natio di suo padre, una località del regno di Valencia chiamata Corbera de Alcira. I suoi genitori la lasciarono poco prima che re Filippo III ordinasse l'espulsione dei moriscos dalla Spagna, quindi iniziarono una nuova vita a Napoli. Dieci anni dopo, tuttavia, furono arrestati dagli agenti dell'Inquisizione spagnola con l'accusa di apostasia.

– E arsi sul rogo.

– Non nel Vicereame, però. Furono deportati a Toledo e là giustiziati –. L'inquisitore fece una pausa, puntando verso una gradinata di pietra giallastra che s'inerpicava su per una breccia delle mura. – Zaima all'epoca era ancora una bambina, – disse poi. – Restò a Napoli, da sola. Ciò che le accadde in seguito è un mistero.

– Pertanto da dove intendereste cominciare? – lo seguí l'altro.

– Dalla dimora della famiglia Corbera, – rivelò lo Svampa, posando le suole sui gradini di tufo. – Tra le informazioni che ho ottenuto è anche indicato dove abitava quella gente.

79.

Le vie dirette al largo di Porta Capuana serpeggiavano tra facciate di tufo, pozzolana e piperno. Benché abituato ai palazzi di Roma, lo Svampa non poté fare a meno di notare una serie d'imponenti edifici di sei o sette piani, il grido muto di una città strozzata dalle mura e costretta a crescere verso l'alto. A detta di Capiferro, Napoli ospitava piú di trecentomila anime e, nel caso non fossero riusciti a orientarsi, la loro ricerca sarebbe potuta anche durare in eterno.

Ma l'inquisitore sapeva bene dove andare. La dimora dei Corbera sorgeva in un borgo extraurbano, un labirinto miasmatico infestato da una fauna umana ancor meno rassicurante dei pirati moreschi.

Avanzò senza indugio, seguendo lo spettro di Ferrante Cattaneo per un ramificarsi di strettoie e androni. Finalmente aveva lo sguardo rivolto verso il passato, a un nonnulla dall'evento scatenante dei delitti di Roma. Vedeva con chiarezza il cavaliere di Santo Stefano inoltrarsi in quelle stesse strade, da solo, pungolato dalla brama di riabbracciare Zaima. Sentiva l'odore del mare che impregnava le sue vesti e l'ansia di confessare all'amata i suoi sentimenti e soprattutto di chiederle perdono.

Quasi contagiato da simili emozioni, lo Svampa allungò la falcata ignorando un gruppo di ragazzini intenti a seguire lui e il suo confratello come un branco di piccoli predatori.

– Nemmeno un armigero di ronda, – si lamentò a denti stretti Capiferro.

L'inquisitore non lo udí. Intorno alla figura diafana di messer Ferrante, il mondo svaniva in una nebbia che lasciava spazio soltanto al bisogno di comprendere, di dare un senso all'orrore e alla paura.

Il loro peregrinare si protrasse ben oltre il previsto, e senza quasi che se ne rendessero conto le ombre iniziarono a scivolare da un lato all'altro della strada, accompagnando l'arco del sole verso occidente. Quando trovarono l'abitazione dei Corbera, le campane di Napoli stavano già chiamando i fedeli alla messa serale.

Si trattava di una casa bassa di pietra giallastra incastonata tra le altre del tutto identiche, in un vicolo pressoché deserto. Lo Svampa sbirciò attraverso una fessura dell'unica finestra rivolta all'esterno, si avvicinò al battente e, senza nemmeno provare a bussare, estrasse uno stiletto per forzare la serratura.

– Questa poi... – bofonchiò Capiferro.

– Sapreste suggerirmi un'alternativa? – ribatté il commissarius, trafficando col catenaccio.

– Fate pure, fate pure, – ironizzò l'altro. – Ignoravo foste pratico di simili espedienti.

– Mio padre era stampatore. Toccava sempre a me sbloccare gli ingranaggi del torchio quando s'inceppavano, infilando le mie piccole dita tra le fessure, – e con una mossa decisa ruotò la lama, facendo scattare lo scrocco. – Il principio è il medesimo.

Aprí quindi il battente, offrendo alla vista di Capiferro la piú seducente delle immagini.

– Libri! – esultò il segretario, precipitandosi all'interno.

Non c'erano soltanto quelli, naturalmente, ma la loro quantità appariva cosí esorbitante per l'umile abitazione dei Corbera da suscitare meraviglia. Volumi di ogni genere, rilegati a stampa, in pergamena e sfascicolati, occupavano le pareti dell'ambiente principale, un atrio collegato a un unico cubicolo con giaciglio, lasciando spazio soltanto a un camino dalla bocca informe.

Lo Svampa varcò l'uscio al seguito del confratello, portandosi subito a un tavolo di legno posizionato al centro. Era imbandito con ciotole, mortai, alambicchi, fogli pieni di disegni e appunti. Benché si trattasse di uno spettacolo assai piú modesto del gabinetto alchemico del cardinal Ludovisi, per l'inquisitore fu sufficiente a convalidare le proprie intuizioni. Dopo essere rimasta orfana, Zaima aveva continuato a occupare la casa dei suoi genitori, dedicandosi alle scienze occulte. Bastava guardarsi intorno per capirlo. Era lí che Ferrante Cattaneo aveva reperito le prove dell'eresia di Ammone. Sempre lí che il cavaliere di Santo Stefano si era recato dall'amata poche settimane prima, approfittando dello scalo napoletano del galeone del vescovo Gonzaga.

Capiferro doveva riflettere su quegli stessi argomenti, poiché smise di rovistare tra gli scaffali e rivolse un'occhiata perplessa al confratello. – Non capisco, – disse. – È evidente che messer Ferrante abbia appreso *qui* della setta a cui dava la caccia, non certo a Negroponte e nemmeno in altro luogo. Questi scaffali sono zeppi di testi esoterici sfuggiti chissà come al vaglio dell'Indice. Basta avvicinarsi per sentire il lezzo dello zolfo! Ma se il cavaliere di Santo Stefano si era imbattuto in tutto questo, allora perché...

– Perché mentire al vescovo Gonzaga, ai suoi compagni d'arme e a padre Bollandus? – Lo Svampa raccolse dal tavolo una statuetta identica all'idolo androgino mostratogli dall'agiografo belga e la rigirò tra le dita, esaminando le corna ricurve, la barba e i seni muliebri. – Immagino che messer Ferrante fosse combattuto tra l'amore per Zaima e l'intenzione di sterminare la setta di Ammone, – spiegò. – In sostanza, egli voleva far giustizia ma anche proteggere la sua donna. E l'unico modo per farlo era raccontare una menzogna sulla provenienza delle prove di cui disponeva.

– Un grave reato, da parte sua.

– Ha pagato abbastanza, non credete?

Il segretario riprese a spulciare tra i libri. – Dunque, – insinuò con una punta di delusione, – niente isole misteriose o grotte sperdute in Oriente. Tutto sarebbe nato tra queste mura polverose.

– A quanto pare sí –. Cosí dicendo, l'inquisitore ripose la statuetta sul tavolo e prese un foglio di pergamena coperto di caratteri in lingua araba.

Notando il suo interesse, Capiferro gli fu subito al fianco. – Dev'essere una pagina dell'*Al-Taṣrīf* – sobbalzò, – un trattato di chirurgia di Albucasis.

Il suo stupore non si doveva tanto all'antichità del documento, quanto al disegno tracciato sopra di esso: era la rappresentazione di un ordigno cilindrico che culminava in alto con uno stantuffo e in basso con un ago.

– È molto simile all'arma del delitto utilizzata da Zaima, – osservò lo Svampa.

– Sarebbe identico, – riconobbe l'altro, – se non fosse che la donna ne utilizzava uno dotato di un doppio aculeo.

– Forse per pompare piú velocemente il veleno nel sangue, – propose l'inquisitore, posando la pergamena.

Davanti a lui c'era una miriade di altri oggetti meritevoli di un attento esame. La priorità dello Svampa, però, era trovar risposta a un quesito che gli toglieva il sonno da giorni.

Zaima, da sola, non avrebbe mai potuto diventare padrona di una simile scienza. Seppur intelligente e versata nelle arti occulte, doveva aver beneficiato per forza degli insegnamenti di un maestro.

Un maestro di cui lei si era ben guardata dal rivelarne il nome.

A tal proposito, lo Svampa non aveva mai abbandonato l'ipotesi del Viaggiatore: un ramingo a cavallo tra Oriente e Occidente in grado di procurarsi delle sostanze rare come la galla di Levante e il *sal ammoniacus*, ma anche di produrre un veleno ignoto persino a un alchimista esperto come Ludovico Ludovisi. Un *magus* devoto a un'antichissima divinità androgina e assai piú pericoloso dei Rosacroce o di qualsiasi idolatra o eretico incontrato finora.

Inutile farne parola con Capiferro. Non ancora, per lo meno. In assenza di prove, il segretario avrebbe di sicuro attaccato un'arringa sull'intervento del Maligno, sul patto delle streghe e su una caterva di superstizioni a cui troppo spesso facevano ricorso anche i religiosi piú dotti. E l'inquisitore, che dubitava dell'esistenza degli arcidiavoli ma non certo della perversione umana, sapeva che per convincere il suo confratello a dar la caccia a un uomo in carne e ossa avrebbe dovuto per prima cosa *dimostrare* di avere ragione.

– Assai curioso, – proruppe d'un tratto il segretario.

– Cosa avete trovato? – domandò l'inquisitore.

Capiferro gli mostrò un libro di cartapecora. Si trattava di un testo molto antico, pieno di schemi e di sigilli che richiamavano l'arte di evocare gli angeli divulgata un secolo prima da Cornelius Agrippa. A differenza di quest'ultimo, tuttavia, l'autore del libro trovato dal segretario non aveva scritto in latino, né tantomeno in ebraico. Le pagine erano state vergate con dei caratteri simili a delle figure geometriche o zodiacali, terminanti alle estremità con dei cerchietti.

– Non ho mai visto nulla del genere, – confessò l'inquisitore.

– Invece sí, – lo contraddisse l'altro.

– A cosa alludete?

L'espressione di Capiferro tradiva un crescendo di eccitazione. – Ai vaselli che reperii nel monastero sotterraneo di Ammone. I vaselli che avete mostrato a Ludovisi.

– Supponete che...

– Oh, il mio intendimento va ben oltre la supposizione, – ridacchiò nervoso il domenicano. – Il collegamento tra le due cose è evidente, – e senza aggiungere altro, scartabellò il libro fino a scoprire il frontespizio.

Lo Svampa sbarrò gli occhi.

Il titolo recitava: *Grimorium Honorii Magni*.

– Vi rendete conto? – continuò seriosamente il segretario. – Onorio Magno. *Papa* Onorio Magno o meglio Onorio III, vissuto al tempo della presa di Damietta. Capite? All'epoca del templare Gherberto Brachioforte! Quel Brachioforte, sí!, colui di cui mi parlaste voi stesso! Il templare che ammise d'aver trovato in Libia il tempio di Ammone e di volerne trasmettere il culto a papa Onorio!

L'inquisitore annuí. – Cosí sta scritto nel vello che trovai nel baule di messer Ferrante.

– E se fosse vero? – soggiunse l'altro, sempre piú agitato. – Oh, pietà divina! Se messer Ferrante avesse avuto ragione? Se il suo non fu un semplice abbaglio e i germi di quel male si fossero davvero propagati in seno alla Chiesa di Roma nel corso dei secoli?

– Il significato di *grimorium* è «libro di magia», – convenne con lui lo Svampa. – Ma finché non avremo tradotto quei simboli e confermato che non sia un falso, non potremo essere sicuri di nulla. E in quanto all'esistenza di una setta devota ad Ammone nel cuore di Roma, sono ancora propenso a credere che sia una montatura o un inganno ordito per sviare messer Ferrante dal *vero* mistero.

– Cioè?

Il commissarius non poté piú trattenersi. – Il maestro di Zaima, – rispose. – Il Viaggiatore. È il tassello mancante, l'elemento che darebbe un senso a tutta questa storia.

Capiferro aggrottò la fronte. – Non avete alcuna prova della sua esistenza.

– Eppure ogni cosa, in questa stanza, parla di lui. Come avrebbe potuto, un'orfana di moriscos, acquisire tanta scienza? Come sarebbe riuscita a procurarsi manoscritti antichissimi e sostanze esotiche come la galla di Levante? Ragionate!

– E allora, la statua di Ammone che vidi nei sotterranei di Roma? Era reale, molto piú reale del vostro Viaggiatore.

– Forse quella statua risale a tempi antichi, – propose l'inquisitore, – all'epoca di Brachioforte e di papa Onorio. Ma reputo assai improbabile che una setta sia sopravvissuta fino a oggi.

– Zaima però sapeva della sua esistenza, – insistette Capiferro. – È stata lei a spingerci fin là. Lei a indicarci la strada del monastero sotterraneo.

– Lei o il Viaggiatore?

Il segretario si ficcò la pipa in bocca e appoggiò la schiena a una parete. La fronte corrugata, a metà tra il meditabondo e l'indispettito, rifletteva la medesima inquietudine dello Svampa.

Il tassello mancante, rimuginò l'inquisitore.

Ciò che aveva spinto Zaima a imbarcarsi per Roma e a uccidere.

Ciò che avrebbe motivato il bisogno di mantenere segreto il culto di Ammone e forse una sapienza occulta scoperta secoli prima dal templare Brachioforte e riversata nell'enigmatico grimorio di papa Onorio.

Ciò che, pur nella sua vaghezza, aveva spaventato il cardinal Ludovisi.

Un cigolio di cardini attirò lo sguardo di entrambi verso l'uscio. Seminascosto dietro il battente, c'era qualcuno intento a spiarli.

Per un attimo lo Svampa rimase immobile a fissare quell'insolita figura nella luce diafana che precedeva l'imbrunire. Alto, avvolto in una tonaca nera e con un cappello dalle larghe falde calcato su una maschera dal lungo naso corvino.

Un *medicus*, immaginò di primo acchito.

Il pensiero si stagliò netto nella sua mente. Ancor piú della veste funerea e solenne, era la postura a conferire a quell'individuo la ieraticità dei *doctores* che curavano la peste e ogni sorta di deformità e malattia mortale.

Eppure c'era dell'altro.

L'inquisitore non fu in grado di comprenderlo, né di giustificarlo al lume del raziocinio, ma *sentí* con chiarezza in quell'uomo qualcosa di insolito. Anzi, di inquietante.

Voltandosi verso Capiferro, colse nell'espressione del compagno le sue medesime sensazioni e, senza piú esitare, avanzò verso l'uscio.

L'uomo-corvo però aveva già abbandonato la sua postazione. Lo Svampa uscí in strada e lo vide fuggire oltre una schiera di donne avvolte in scialli scuri.

– Voi! – gridò mentre si lanciava all'inseguimento. – Vi ordino di fermarvi!

Per tutta risposta, lo sconosciuto allungò la falcata e, alla prima occasione, svoltò dentro un andito.

I due domenicani si precipitarono fino al varco di quel passaggio, pronti anche a battersi, se necessario. Ma della loro preda, ormai, non c'era piú traccia.

Poco oltre l'arco di tufo che delimitava l'ingresso dell'androne, giacevano per terra un cappello, un groviglio di tessuto nero e una maschera dal lungo naso.

– Maledizione! – sibilò trafelato lo Svampa. – Era lui, ne sono sicuro… – Si piegò sulle ginocchia e raccolse la maschera con un gesto rabbioso. – Lui… capite? Il Viaggiatore!

Capiferro stava ritto alle sue spalle, lo sguardo vigile puntato verso la gola di pietra dell'andito. – Doctor Corvus, – snocciolò con ardimento. – Credo sia piú appropriato chiamarlo in questo modo, se non vi spiace.

80.

Il Doctor Corvus occupò i suoi pensieri per tutta la navigazione di ritorno. Mentre il golfo di Gaeta e il Circeo scorrevano a dritta, lo Svampa ragionò a mente fredda sulle circostanze che l'avevano messo di fronte a quello strano individuo. Se dietro la maschera dal naso lungo si fosse celato o meno il Viaggiatore, era impossibile stabilirlo con certezza. Nulla vietava che si fosse trattato di un innocuo *medicus* spinto dalla curiosità a sbirciare oltre un uscio aperto e poi fuggito per semplice spavento. D'altro canto, l'atto di lasciare gli abiti all'imbocco dell'andito tradiva l'astuzia di una persona avvezza a nascondersi. Non riuscirete mai a prendermi, suonava il sottinteso.

Forse il Doctor Corvus era stato davvero il maestro di Zaima. L'aveva istruita e resa devota ad Ammone, ordinandole di soffocare nel sangue – anzi, nel veleno – una minaccia che rischiava di rivelare al mondo la sua esistenza.

Quel che l'inquisitore non riusciva a immaginare era se il Viaggiatore fosse un solitario o l'accolito di una loggia simile a quella che messer Ferrante Cattaneo si era ripromesso di combattere. Una loggia sorta ai tempi di papa Onorio III e prosperata fino al presente. Una loggia troppo antica e potente perché nessuno, fino ad allora, l'avesse scoperta. Ecco la ragione per cui, a dispetto delle giustificabilissime obiezioni di Capiferro, lo Svampa non riusciva a convincersi della sua esistenza.

Ma non poteva neppure escluderla categoricamente.

Mentre la nave superava le terre malariche delle foci tiberine, lo sguardo dell'inquisitore andò al confratello ritto a prua, sulla rembata, come fante da mar pronto all'abbordaggio. La pipa, il mento volitivo e i baffi da sparviero ritraevano un uomo molto diverso dal topo di biblioteca che aveva creduto d'incontrare quand'era stato indirizzato, mesi prima, nelle sale della congregazione dell'Indice.

Se non fosse stato per quel frate, quel compagno d'avventura, lo Svampa non sarebbe stato nemmeno sicuro di aver visto per davvero il Doctor Corvus. Del resto, l'unica prova della sua esistenza era la maschera raccolta sul selciato di Napoli. Una maschera che poteva essere appartenuta a chiunque. Persino a uno spettro piú effimero del diavolo.

Ma anche Capiferro aveva visto. E anche lui aveva colto la minaccia.

Tanto bastava perché l'inquisitore gli fosse grato.

Il tonfo dello scafo sulla rena lo distolse dai pensieri, spingendolo a guardare verso la terraferma, il porto di Ripa Grande.

Lungo la riva, non lontano da dov'era esploso il galeone del vescovo Gonzaga, c'era una donna.

Per un attimo lo Svampa credette di scorgere sua madre, ferma in un istante eterno, in attesa di uno sposo e di un figlio che non sarebbero mai piú tornati.

Poi riconobbe i capelli ramati che avvolgevano come una fiamma un viso di rara bellezza. Un viso che, d'un tratto, si schiuse nel piú pericoloso dei sorrisi.

– Cosa ci fate qui? – disse lo Svampa, scostante, non appena fu sceso a terra.

– Devo consegnarvi qualcosa, – rispose Margherita con aria di urgenza, per poi farsi seguire in un punto appartato, all'ombra dei dossi prospicienti le banchine.

– Per ordine di chi?

– Di nessuno.

– Significa che non siete piú al servizio del vescovo Gonzaga?

La dama si strinse nelle spalle. – Sua eccellenza ha lasciato Roma ieri mattina. Con un diavolo per capello, oserei dire. Pare che sua santità si sia rifiutato di conferirgli il titolo cardinalizio.

L'inquisitore sorrise all'idea del borioso vescovo che si allontanava dall'Urbe furioso e umiliato. – In sostanza, – concluse, – tanta fatica per nulla.

– Oh, la questione non mi tange, – ribatté lei. – Se questi prelati non sanno mettersi d'accordo, non è certo colpa mia. Inoltre, come vi anticipavo, sono qui per voi, – e dopo essersi guardata intorno con circospezione, gli porse un rotolo di documenti. – Tenete.

– Di cosa si tratta? – chiese lui, accorgendosi che alcune di quelle carte erano macchiate di sangue.

Margherita si adombrò. – Appartengono a padre Gabriele da Saluzzo, – rivelò con un sussurro. – Erano custodite gelosamente nel palazzo di monsignor Palombara e non importa che sappiate come ne sono entrata in possesso. Prendetele e basta, a patto che nessuno scopra che le avete avute da me.

Lo Svampa, basito, osservò con maggior attenzione i documenti e lesse due nomi che lo fecero trasalire. Il primo era quello di Cesare Torrefosca. Il secondo di suo padre. Tornò a fissare la dama, incapace di esprimere a parole i mille quesiti che all'improvviso infiammavano i suoi pensieri.

– Fanno parte di un plico assai piú corposo, capite? – continuò a spiegare Margherita. – Un plico che ho dovuto consegnare al maestro di palazzo per riscattare il mio signor fratello dai sospetti dell'Inquisizione.

Sentir menzionare Ridolfi fomentò nell'inquisitore un turbamento ancora piú grande. – E perché questi fogli li date a me? – riuscí soltanto a chiedere.

– Perché vi riguardano troppo da vicino, – confessò lei, stringendogli un polso. – Davvero troppo perché debbano finire nelle mani di qualcun altro.

– Non eravate tenuta –. Per la prima volta la vedeva spontanea, priva di maschere. Il suo maggior timore fu di apparirle allo stesso modo. Si voltò d'istinto verso Capiferro, che passeggiava lontano per le banchine. Quasi con aria complice, avrebbe giurato.

– Non sempre si fanno le cose perché richieste, – replicò la dama, – né perché si pretende una ricompensa.

– In tal caso vi ringrazio, – si preparò a congedarla lo Svampa.

– Anche se… – aggiunse Margherita. E in uno slancio di malizia, si avvicinò e gli accarezzò il viso. Per un attimo le sue iridi verdi tradirono un'intenzione quasi folle, poi sparirono dietro una ciocca di capelli mossi dal vento. – State attento, Girolamo.

– Ve lo prometto, – rispose lui.

Epilogo

Margini settentrionali di piazza Navona.

Lo schianto del legno borchiato lacerò il silenzio della notte, echeggiando per le stanze ombrose del palazzo come il grido di una fiera. Non appena si aprí un varco, lo Svampa fece scostare i soldati papalini armati di ariete e scavalcò il portone rovinato al suolo, entrando per primo nella dimora di Palombara.

– Gabriele da Saluzzo! – sibilò, ascoltando il propagarsi della sua voce fra le pareti. – Fatevi vedere, vigliacco!

Attraversò l'atrio con passo imperioso, controllando i locali al pianoterra con un fascio di documenti in pugno, quasi brandisse un'arma. E lo era, in effetti.

Nel momento in cui gli armigeri si riversarono all'interno, l'inquisitore era già salito ai piani superiori, in preda all'ansia di mettere le mani sull'assassino di suo padre.

– Dove siete? – lo chiamò, scrutando in ogni dove nell'attesa di vederlo spuntare dal buio. – Dove siete, maledetto?

Saluzzo, tuttavia, sembrava svanito nel nulla insieme a Palombara e al loro seguito di sgherri. Nel palazzo regnava un silenzio inquietante, turbato soltanto dai passi dei soldati intenti a ispezionare ogni anfratto.

Lo Svampa controllò le camere da letto e due ampie sale adibite a biblioteca ma completamente vuote. Ogni libro, ogni appunto sembrava essere stato sfilato in fretta dagli scaffali per essere portato via.

Presagendo l'accaduto, l'inquisitore si precipitò ai piani bassi e, indirizzato dagli armigeri, varcò l'ultimo ambiente che non aveva ancora controllato: i sotterranei.

Fu allora che dovette riporre ogni speranza.

Le pareti che fino al giorno prima dovevano aver accolto un impressionante laboratorio alchemico erano state spogliate di ogni grosso ordigno fino all'ultimo alambicco. Restavano soltanto i segni nerastri lasciati sul pavimento dall'athanor, l'odore acido di sostanze volatili e un lungo tavolo sovrastato da dei ganci serviti di certo a tener appesi chissà quali obbrobri.

Dopo aver ordinato di essere lasciato solo in quella stanza, lo Svampa proruppe in un grido rabbioso che a poco a poco si tramutò nella risata di un folle.

L'aveva giocato.

Quel vecchio infame l'aveva giocato per l'ennesima volta.

Ma era solo questione di tempo, si disse.

Che scappasse pure. Che si nascondesse. Che vendesse l'anima al diavolo. Prima o poi l'avrebbe ritrovato e, quant'era vero Iddio, non avrebbe permesso a nessun altro di trascinarlo alla pira del rogo. Gli fosse costata la vita intera.

Perché ora possedeva le prove inconfutabili della colpevolezza di Gabriele da Saluzzo.

Per suggellare quella tacita promessa, aprí tra le mani il documento piú importante che gli era stato consegnato da Margherita Basile e, forzando lo sguardo nella semioscurità, lesse:

A padre Gabriele da Saluzzo,
inquisitore generale di Venezia.

Mi permetto di scrivere a vostra eccellenza illustrissima per denunciare un grave reato verificatosi oggi nella mia bottega e che non stento a immaginare si ripeterà entro breve presso l'officio mio o di qualche altro onesto stampatore.

Stamane, ch'eran da poco suonate le campane del mattutino, entrarono nella mia stamperia due signori che, assai bruschi, tentarono d'impormi di dar veste tipografica a un manoscritto orrendo, fitto di formule magiche e di blasfemie varie che recavano la firma del negromante Cesare Torrefosca.

Ebbene, sia chiaro a vostra eccellenza illustrissima ch'io non sono uomo vile o uso a cedere alle minacce o avvezzo a far la spia per vane quisquilie. Gli uomini summenzionati però minacciarono la mia famiglia e, vi prego d'intendermi, reputo necessario che agiate voi, con i vostri mezzi, prima che quegli infami si ripresentino al mio uscio e io agisca coi miei.

I miei rispetti,

mastro Fulvio Svampa da Venezia.

A quella lettera, spedita il 6 ottobre 1590, seguiva una risposta inviata il giorno successivo allo stampatore:

Signore,

vi ringrazio per la vostra tempestività e per la vostra schiettezza. Oggi stesso, in serata, i miei agenti si presenteranno alla vostra bottega per ripagarvi del servigio da voi reso.

In nome di Dio,

fra' Gabriele da Saluzzo.

L'inquisitore si asciugò una lacrima. Rammentava bene il modo in cui l'onestà di suo padre era stata ripagata dagli sgherri di Saluzzo. E rammentava pure il dolore del marchio tipografico impressogli a fuoco alla base del collo perché Fulvio Svampa ammettesse d'essere un eretico e un idolatra.

Ma per la prima volta in vita propria, l'inquisitore poteva ribaltare quella tremenda ingiustizia, punendo il vero colpevole di tutto quel male.

E nulla al mondo glielo avrebbe impedito.

Nota dell'autore.

Spero che padre Francesco Capiferro Maddaleni non me ne voglia se anche in questo romanzo ho approfittato del suo nome e della sua carica di segretario dell'Indice per dar forma al «braccio destro» dell'inquisitore Girolamo Svampa. Egli tuttavia non è l'unico personaggio storico che riprende vita tra queste pagine. Una menzione d'onore va fatta alla famiglia Basile, soprattutto nei riguardi dei fratelli Giambattista, Andreana (o Adriana) e Margherita.

Se per quel che riguarda il celebre autore del *Cunto de li Cunti* progettavo da molto tempo d'inserirlo in uno dei miei racconti, l'idea di parlare delle sorelle è stata quasi inaspettata. Una folgorazione, per l'esattezza. Del resto come potevo ignorare due donne legate al madrigale e capaci d'imporsi nel mondo della lirica in un periodo ancora dominato da castrati e falsettisti? Mi è bastato leggere delle loro vicissitudini presso la corte mantovana dei Gonzaga, divenuta ai tempi del duca Vincenzo un ricettacolo di parassiti e di istrioni, per capire d'essermi imbattuto non solo in due dive ma anche in autentiche donne d'intrigo. Fu nel 1611, infatti, che Adriana ottenne dal signore di quel casato un feudo nel Monferrato col titolo di baronessa, mentre Margherita, due mesi dopo aver conosciuto Ferdinando Gonzaga – nel 1615, quand'egli aveva appena smesso la porpora cardinalizia –, veniva data in moglie a un ottimo partito con una dote di cinquemila scudi compresi alcuni ori e gioielli.

Il rapporto privilegiato tra i Basile e i Gonzaga perdurò fino al 1626 e fu segnato da viaggi, sfarzi ed esibizioni canore per Napoli, Roma e Modena. Periodo, questo, in cui sbocciava la talentuosa Leonora Baroni, destinata a essere celebrata dagli epigrammi di Milton.

All'epoca in cui si ambienta *Il monastero delle ombre perdute*, il priore del convento della Minerva era fra' Ambrogio Brandi, definito «uomo di molta dottrina» e fra i piú celebri predicatori del Seicento. Fu lui a introdurre a Roma l'uso (istituito da san Gaetano nel secolo precedente) di suonare le campane all'una di notte per invitare la recita del *De profundis* in onore dei defunti. E sempre lui a pubblicare, per la ricorrenza della vittoria di Lepanto, il *Trionfo della gloriosa Vergine del santissimo rosario celebrata in Roma la prima domenica d'ottobre 1625 nella processione solenne della confraternita del Rosario* (Roma 1625, per i torchi di Giacomo Mascardi).

Altrettanto documentate sono le figure di Ludovico Ludovisi, Alfonso Gonzaga, Francesco Barberini e Bernardino Spada (dal cognome fin troppo «dumasiano» perché potessi ometterlo). Ma non dimentichiamo padre Johannes Bollandus, noto ai posteri come Jean Bolland: nato in una regione del Belgio francofono nel 1596, entrò nel 1612 nella Compagnia di Gesú e in seguito proseguí gli studi agiografici dell'accademico e confratello Heribert Rosweyde, curando la monumentale collana degli Acta sanctorum che fu completata dai suoi collaboratori Godefroid Henschen e Daniel Papebroch, entrambi gesuiti belgi oggi noti, appunto, come bollandisti.

Ho cercato altresí di ricostruire con maggior precisione possibile la zona portuale di Roma, le catacombe di Domitilla, il Monte di Pietà, Palazzo Aragona-Gonzaga, Palazzo Montalto, gli spazi di Villa Giulia, le terme di Diocleziano, il golfo di Napoli e ogni spazio urbano-architettonico dell'Urbe barocca. Persino la presunta caccia alle streghe avvenuta in diocesi di San Minato si ispira a fatti realmente documentati.

Per quel che riguarda, invece, l'ideazione di strumenti simili alla siringa nel Medioevo e nell'età moderna, specie nell'ambito della medicina orientale, si trattava di un espediente concepito soltanto per il prelievo del sangue, alla stregua del salasso, e non ancora per la somministrazione di sostanze curative e/o nocive nel corpo umano.

Sul dio libico Amon/Ammone (dall'egizio Amon-Ra) assimilato al culto gnostico di Ammone, padre e madre celeste, Atanasio di Alessandria si esprime descrivendone il capo simile a quello di un ariete: «*Sunt dii illi qui apud Aegyptios canis, serpentis et asini caput habent, et aput Libyae populos Ammon arietis capite insignis*». Ci troviamo quindi di fronte a una divinità cornuta assimilata sempre attraverso la simbologia gnostica a figure magico-cultuali come il Caprone di Mendes, anch'esso androgino, o il Satana (ma anche le streghe) delle illustrazioni sia medievali sia del Cinque-Seicento.

Se quel che resta è dunque frutto della mia fantasia, non si può dire altrettanto degli idoli androgini di Ammone-Bafometto. Che esistono davvero, da secoli.

Ringraziamenti.

Detesto ripetermi, ma la stesura dei miei romanzi, benché avvenga durante lunghe giornate di lavoro solitario, deve molto a mia moglie Giorgia e alla mia famiglia. È con loro che mi consulto ogni qualvolta un nuovo plico di fogli manoscritti si materializza sulla mia scrivania. E questo, credetemi, avviene di frequente e a una velocità impressionante.

Grazie anche alla mia agente letteraria, Roberta Oliva, e al gruppo Einaudi Stile Libero, in specie a Paolo Repetti e a Francesco Colombo.

E a chiunque, per dirla tutta, prenda tra le mani un libro di Marcello Simoni.

Nota al testo.

La citazione in epigrafe a p. 3 è tratta da Cesario di Heisterbach, *Sui demoni*, a cura di S. M. Barillari, Edizioni dell'Orso, Torino 1999.

La citazione a p. 48 è tratta da Johann Jakob Wick, *Die Wickiana. Johann Jakob Wicks Nachrichtensammlung aus dem 16. Jahrhundert*, a cura di M. Senn, Raggi, Küsnacht-Zürich 1975 [trad. it. Cristoph Daxelmüller, *Magia. Storia sociale di un'idea*, Rusconi, Milano 1997].

La citazione a p. 51 è tratta da Jakob Sprenger e Heinrich Institor Kramer, *Malleus Maleficarum*, Peter Drach der Mittlere, Speyer 1492-93.

Le citazioni alle pp. 76 e 77 sono tratte da Giambattista Basile, *Il Cunto de li Cunti. Nella riscrittura di Roberto De Simone*, Einaudi, Torino 1972.

La citazione a p. 230 è tratta da Marbodo di Rennes, *Liber lapidum*, in J. P. Migne, *Patrologia latina*, 1854, vol. 171, coll. 1437-1770.

La citazione a p. 328 è tratta da Atanasio di Alessandria, *Oratio contra gentes*, in J. P. Migne, *Patrologia graeca. Latine tantum edita*, 1857 , vol. 15, col. 882.

Indice

Il monastero delle ombre perdute

Questo libro è stampato su carta certificata FSC®
e con fibre provenienti da altre fonti controllate.

FSC
www.fsc.org
MISTO
Carta da fonti gestite
in maniera responsabile
FSC® C115118

Stampato per conto della Casa editrice Einaudi
presso ELCOGRAF S.p.A. - Stabilimento di Cles (Tn)

C.L. 22869

Edizione	Anno
2 3 4 5 6 7 8	2018 2019 2020 2021

91.

Petit manuel de

Défume